红 柯

本名杨宏科,1962年生于陕西关中农村,1985年大学毕业,先居新疆奎屯,后居小城宝鸡,曾执教于陕西师范大学。漫游天山十年,主要作品有"天山系列"长篇小说《西去的骑手》《大河》《乌尔禾》《生命树》等,中短篇小说集《美丽奴羊》《跃马天山》《黄金草原》《太阳发芽》《莫合烟》《额尔齐斯河波浪》等,另有幽默荒诞小说《阿斗》《家》《好人难做》等。曾获冯牧文学奖、鲁迅文学奖、庄重文文学奖、中国小说学会奖长篇小说奖、陕西省文艺大奖等。

西去的骑手

红柯——著

上海文艺出版社

绝域之大美

红柯

最早接触马仲英的资料是在大学三年级的时候。上到大二，古今中外的文学名著都读腻了，包括当时风行的福克纳卡夫卡马尔克斯和略萨，阅读的兴趣就转移到人物传记上。差不多一年时间读完了二战时的名将传记，印象最深的是古德里安的回忆录。我需要更刺激的读物，在图书馆的角落里翻到马仲英的资料，为之一震。大学毕业留校一年，我悄然西行，来到马仲英当年跃马天山的地方。在那里生活了整整十年，一个内向腼腆的关中子弟在西域脱胎换骨，头发鬈曲满脸大胡子回到故乡时，故乡的亲友以为来了一位草原哈萨克，而故乡在我眼里也陌生起来。

记得1986年我去新疆时，列车暂停，我从站台向四周遥望，我以为自己到了月球上，我已经做好打道回府的准备。到乌鲁木齐，看到了楼房和树，开始喜欢西域，继续西行，至奎屯安家落户。

新疆对我的改变不仅仅是鬈曲的头发和沙哑的嗓音，而是有别于中原地区的大漠雄风，马背民族神奇的文化和英雄史诗，我总算是知道了在老子、孔子、庄子以及汉文明之外，还有《福乐智慧》，还有《突厥语大辞典》，还有足以与李杜以及莎士比亚齐名的古代突厥大诗人。理所当然我在这里搜集到了更多更生动的马仲英资料。

不管新疆这个名称的原初意义是什么，对我而言，新疆就是生命的彼岸世界，就是新大陆，代表着一种极其人性化的诗意的生活方式。这是我和我的一家数年后才明白的道理。1995年冬天，我从伊犁办完调动手续，车过果子沟，我突然泪流满面，因为从户籍关系工资关系上我已经不是新疆人了。我的儿子生在新疆长到八岁，随我回到内地，你可以想象这个自小跟淳朴可爱的哈萨克族、维吾尔族、蒙古族儿童一起长大的孩子回到内地有多么狼狈！内地哪有什么孩子，都是一些小大人，在娘胎里就已经丧失了儿童的天性。内地的成人世界差不多也就是动物世界。回内地一年后，那个遥远的大漠世界一下子清晰起来，群山戈壁草原以及悠扬的马嘶一次一次把我从梦中唤醒。从短篇《奔马》开始，到《美丽奴羊》《阿里麻里》《鹰影》《靴子》《雪鸟》《吹牛》，到《金色阿尔泰》《库兰》《哈纳斯湖》，不知不觉中西域的世界由短篇而中篇，马仲英又奇迹般复活了。1997年、1998年我的短篇似迅猛的沙暴拔地而起时，我就告诉朋友们，这仅仅是大漠之美的一部分，西域那个偏远荒凉而又富饶瑰丽的世界，有更精彩的故事和人物，愈写愈觉我辈之笨拙。

马仲英盛世才显然是中短篇难以完成的，在牛羊马骆驼靴子雄鹰之后，必然是更刚烈壮美的长篇世界。

新疆的风土又是这样的独特，湖泊与戈壁、玫瑰与戈壁、葡萄园与戈壁、家园与戈壁、青草绿树与戈壁近在咫尺，地狱与天堂相连，没有任何过渡，上帝就这样把它们硬接在一起。在这样的环境里产生着人间罕见的浪漫情怀。中亚各民族的民间故事里几乎都是穷小子追求美丽公主的故事，中原的汉族农民连这样的梦都没有，《天仙配》还是天上的仙女，而中原的公主却一批一批被送往草原大漠。一句话，西域是一个让人异想天开的地方，让人不断地心血来潮的地方，这里产生英雄史诗产生英雄传奇，这里甚至没有男人或男性一说，也没有什么江湖好汉绿林好汉一说，统统叫做儿子娃娃，儿子娃娃即英雄好汉，牧人叫巴图鲁。这就是为什么从古至今来这里的中原人都是中原文化的异类，更多的是平民百姓，秦腔与十二木卡姆你很难分出彼此，叶尔羌河出昆仑入大漠成塔里木河，翻过阿尔金山就变为黄河，陶渊明在这里就显得很不真实，天真淳朴没有心计，单纯而直趋人心。

在西域，即使一个乞丐也是从容大气地行乞，穷乡僻壤家徒四壁，主人一定是干净整洁神情自若。内地人所谓人穷志短，马瘦毛长，仓廪实而知礼节在西域是行不通的。大戈壁、大沙漠、大草原，必然产生生命的大气象，绝域产生大美。

马仲英身上体现的正是大西北的大生命，甚至包括阴鸷的盛世才，前者是鹰后者是一条老狼。

此书草稿于1992年，2000年冬至2001年春三易其稿，这要归功于《收获》的老师们。

第一部

1

1934年正月，塬上的儿子娃娃跟着尕司令①马仲英打进新疆，将迪化城②团团围住。这是他们第二次远征新疆，三十六师兵强马壮，锐不可当。尕司令骑着大灰马，一马当先，骑手们成扇形紧随其后。

飞机场和电台被三十六师占领，迪化城指日可待。尕司令下令暂缓攻城，等候盛世才举城投降。这时，侦察人员报告，苏联边防军应盛世才邀请，从霍尔果斯攻入伊犁，抄了张培元师长的后路。张培元将军在果子沟自杀。祸不单行，三十六师派往塔城的联络分队在额敏河畔全军覆没，只跑回来一群河州战马，大家心里一紧：无法与苏联方面取得联系，与伊犁陆军第八师合击盛世才的计划顿成泡影。另一路苏军顿河骑兵师从塔城攻入新疆，直扑迪化，在头屯河与三十六师相遇。幕僚们提议：明智的办法是撤回哈密，以观

---

① 尕：西北方言，小。马仲英起义时年仅十七岁，人称尕司令。
② 迪化：即乌鲁木齐。

静变。尕司令血红的眼睛盯着望远镜。

"我马仲英可以跟盛世才演《三国演义》，苏联人插手干什么？驴槽多个马嘴，摆开阵势让他们退出国境。"

三十六师全线摆开，白马旅紧跟尕司令身后，越过白雪覆盖的头屯河河滩，黑马旅、青马旅，成两翼展开，大地微微颤动。顿河马和顿河哥萨克越来越近，哥萨克骑兵师长是布琼尼元帅的部下。骑兵师在莫斯科郊外与白军作战，布琼尼一刀将白军师长劈于马下，那是顿河哥萨克最辉煌的日子。骑兵师军纪太差，内战结束后被调往中亚。这是他们第二次出国作战。第一次他们进入波兰兵临华沙，这次斯大林叫他们帮盛世才打土匪。

进入中国好几百公里不见老百姓，牧民们知道大鼻子来了，远远躲开。迪化城出现在望远镜里，城里安安静静，没有硝烟和枪炮声。这时，望远镜里出现身穿黑色军装的骑兵，领头的军官二十来岁，是个中将。哥萨克们叫起来。

"中国军队的司令官是个娃娃。"

娃娃司令纵马疾驰，黄尘拔地而起，仿佛大地心中的怒气。哥萨克兵潮水般涌过来。双方隔八百米。参谋长吴应祺请求向苏联提出严重抗议，吴应祺毕业于苏联基辅军校懂俄语。尕司令摆摆手："现在是战刀说话的时候，中共的朋友若不方便可以退出战列。"中共的朋友手按刀柄，没人怯阵。

太阳垂落下来，冰凉无比，战刀开始在鞘中喘息。哥萨克骑兵师长告诉部下："他们不是土匪，他们是正规骑兵。"师长带马出列，停在队伍前边二百米处，战刀出鞘，竖在胸前，马头刀锋与他的鼻尖成一条直线。第一师师长用俄语大声喝道："三十六师师长，三十六师师长。"

大灰马驮着尕司令向哥萨克冲过去。他扯下白手套，手伸进坚硬的风里，谁也搞不清他把手伸进寒风是什么意思。他在风中抓住了一种比战刀更坚硬更锋利的东西，那是一把无形的刀。尕司令的手像活鱼从波浪里跳出来。大漠空旷辽阔。

   当古老的大海朝我们迸溅涌动时，我采撷了爱慕的露珠。

  战马交错，两位师长交手的动作迅如闪电。尕司令没拔战刀，而是从马靴里摸出河州短刀，刀子小鸟归巢一般撞进对方的喉咙。顿河骑兵第一师师长僵硬在马背上，双腿立镫，腰板挺直，脑袋翻在肩窝里，眼瞳又大又湿翻滚出辽疾的海浪。顿河马驮着死者从骑手们跟前缓缓而过，死者与尕司令交手的一瞬间，把战刀换到左手从左边进攻。这是哥萨克们的拿手好戏，右手出刀，两马交错时突然转向对方左侧，对手往往措手不及，被劈于马下。

  双方骑手迅速靠拢，马蹄轰轰，刀锋相撞，好多骑手坠落了，战马拖着他们消失在阳光深处。十几个回合后，大部分哥萨克落在地上，有的坠在马镫上被战马拖着跑，像农民在耙地。

  三十六师主力退出战列，由一一四旅对付残敌。一一四旅全是新兵，几次冲锋后大半骑手阵亡。尕司令继续下攻击令。哥萨克兵放弃长条阵，紧靠军旗拼死抵抗。一一四旅只剩下二百多人，旅长扔掉战刀，吼着没有歌词的河州花儿，嗨嗨呀呀徒手破阵，身后的骑手纷纷扔掉战刀，狂呼乱叫猛攻顿河第一师的最后防线。他们藏身于马肚底下，用马靴里的河州刀捅对方的喉咙。哥萨克们用低沉的喉音唱起古老的顿河战歌：

   我们光荣的土地不用犁铧耕耘……
   我们的土地用马蹄来耕耘

光荣的土地上播种的是哥萨克的头颅

静静的顿河上装饰着守寡的青年妇人

到处是孤儿

静静的顿河,我们的父亲

父母的眼泪随着你的波浪翻滚……

骑兵第一师的军旗周围躺着七千多名哥萨克兵。两名受重伤的哥萨克爬到电台跟前,参谋长吴应祺举枪就打,尧司令下了他的枪。参谋长说:"他们在求援,援军马上就到。"尧司令说:"西北军我们都打败了,哥萨克算什么。"尧司令命令副师长马虎山带两个旅收拾苏联人的援军,自己率主力向迪化移动。

援军来了,来了整整一个装甲师,由五十架飞机掩护冲向三十六师。

骑手们纷纷下马,依山迎战。坦克装甲车排在山脚向山上开炮,轰炸机低空投弹,骑手跟岩石碎在一起,战马驮着他们的灵魂跑进天山。

马虎山被炸成重伤,官兵们拼命抵抗,苏军装甲部队被挡在干涸的河床。挂满炸药和手榴弹的三十六师官兵从雪堆里从干芦苇里爬出来,扑向坦克装甲车。装甲车可以一次炸毁,坦克则纹丝不动,有时被炸翻,这个庞然大物跟蛤蟆一样吐着黑烟又翻过来继续进攻。三十六师的官兵跟猎犬一样,几个人围一辆坦克,爬上去,揭开盖子往里跳,一声沉闷的巨响,坦克就变成软柿子。

"撕破卵子淌黄水,

坦克,日蹋你①。日蹋你!"

---

① 日蹋: 西北方言,消灭的意思。

骑手们像碰上了女人，这么丰满的俄罗斯大肚子娘儿们，一下子激起他们的雄性之力，挂一身炸弹去辉煌呀！连毛带肉给你塞上，整个人给你塞上，日蹋你挨屎的。坦克跟娘儿们一样，哪经得儿子娃娃这么折腾，噗吱吱软成一堆泥。

高傲的俄罗斯军人哪受得了如此屈辱。夜幕降临，苏军六百多小伙子们挂满炸弹提上转盘机枪，去进行一次悲壮的突袭。政委同志用彼得大帝①用斯大林给他们鼓劲，士兵们激昂得如同烈马，他们来自库尔斯克来自梁赞黑土地，他们不是哥萨克，哥萨克骑兵已经被砍倒在头屯河干涸的河滩上。古老的罗斯不能遭受任何失败。一个中尉情不自禁唱起罗斯古歌《伊戈尔远征记》：

龙卷风挟着乌云来了，
上帝给伊戈尔指路——回到罗斯故土去，
从波洛夫草原出逃。
夜已深，一片漆黑。
伊戈尔白窜身芦丛，
野凫般浮到水面，
狼也似奔跑……

六百壮士越过头屯河再也没有回来，连一点声响都没有。指挥官和政委彻底放弃了任何突袭计划。连坦克装甲车也不出动了。

天亮以后，坦克排列成一条线，万炮齐鸣。飞机可以从容不迫飞过去进行低空扫射，投弹。三十六师挂满炸弹的勇士们在地上破口大骂。"婊子你下来，你在天上放骚哩，你在天上撩花兜兜哩，你连个婊子都不如，挨不起啦你滚啊！"机关炮打碎了勇士的脑壳，嘴

---

① 彼得大帝：俄罗斯帝国的创始人。

巴和舌头落在地上，嘴巴和舌头还在骂。

"婊子你下来，你飞鸡哩你飞你娘个腿，你丢你俄罗斯先人哩。"

血染红大地，在炮火的烘烤下很快变黑，发出焦糊味。

头屯河大战最激烈的时候，盛世才的部队趴在城头看得目瞪口呆，骑兵与飞机坦克装甲车交战，上演二十世纪战争史上最惨烈的一幕：战刀寒光闪闪，骑手被炮火击中，落马，战刀在空中飞翔尖叫。

迪化城中有一座火焰般的红山，迪化守军全都上了红山，用望远镜用肉眼遥望头屯河，战马与飞机坦克血战两天两夜，从天亮打到黄昏，太阳的血染红大漠，始终不见苏军的步兵和骑兵出列。

红山嘴上的东北义勇军摩拳擦掌，这是他们第二次目睹战争奇观。1936年9月18日夜，日军偷袭沈阳北大营，关东军敢死队刚冲进去，与北大营巡逻队相遇，双方立即开火，相互倒下一大片，关东军开始退却，子弹不相信武士道。北大营驻军数次报告远在北平的张学良，张学良下令不许抵抗，旅长王以哲在话筒里叫起来："副司令，双方已经交火，北大营都是我们的子弟兵啊。"

"把枪锁起来，把枪栓收到军官手里。"

王以哲在两天前就从日军朋友那里得到情报，关东军9月18日夜将攻占沈阳城，王以哲把这个情报报告给张学良时，遭到张的痛斥，王以哲不能再挨副总司令的训斥了，少帅的命令发向北大营，得到认真彻底的执行。从德国意大利进口的世界最先进的武器，顷刻被收起来，锁进仓库，给对方给全世界以示中国军人的诚意和善良。慓悍的东北汉子眨眼间从狼变成羊，手无寸铁，吹号起床。

关东军从炮火的恐惧中清醒过来，哟西哟西，关东军可以从容不迫按陆军操典行事了，先是排枪扫射，继而拼刺，试验一下野战训练的本领过硬不过硬。有些营房的东北军正在起床，因为大家接到刀枪入库的命令，以为和平了，再睡一会儿，可远处传来的叫声令人怀疑，空气中弥漫着极大的恐怖，太阳蔫头耷脑一脸的冷汗，大家手脚不怎么麻利，兵离了刀枪就像没魂似的。日本大兵胆子壮起来啦，哇哇哇喊叫着冲进来，见人就捅呀，一个短冲锋，就是几百号几百号的东北大汉，挑到刺刀尖上。军官们最过瘾啦，抡圆了弯刀，噗噗噗砍雪人似的，一路砍过来，成堆成堆的人全贴地啦。血水打滑，军靴底子上有马刺针都打滑，血水太厚太腻，总能把武士们滑趴下，不能昂首阔步地前进让人气恨恨的，手里的刀就狠起来啦，越砍越狠。

　　五十万装备精良的东北军被打毛了，不听张副司令的，血性汉子跟上马占山在江桥血战日军天野师团，打了整整一个月，天野师团损失殆尽。从朝鲜调来的两个师团投入战斗，马占山孤军难以抵抗，败退满洲里，依国际惯例放下武器，避难第三国。苏军边防军以军人最高的礼仪向马占山和他的义勇军致敬，然后是西伯利亚到中亚腹地的大行军，数万义勇军携带家属在茫茫雪原中跋涉八个月，从冬天走进冬天，多少病弱的生命埋葬在西伯利亚！

　　回到新疆，他们的老乡盛督办正等着他们哪。他们又拿起枪，征东疆。盛督办纪律严明，指挥有方，奖罚分明，跟沉湎于酒色鸦片烟里的张少帅一点也不一样。大家感慨万千，要是盛督办守东北，小日本非把血流干不可。东北汉子一下子热血沸腾了。跟他们对阵的三十六师更是了不得呀，根本不是传说中的恶魔，谣言和传闻在三十六师的前边就源源不断从口里涌向迪化，许许多多的惨案把新疆人吓坏了。可进入东疆的三十六师，军纪非常好，让人怀疑是左宗棠征西来了，老人们还能想起左大帅的湘军，能打硬仗，但绝不扰民。三十六师面貌一新，锐不可当。红色哥萨克一个整师横尸头屯河，红军只能用飞机坦克进攻。

红山嘴上的东北老兵说:"小日本也没这么凶啊,顶多上几架小飞机,几辆装甲车,打冲锋的还是大活人呀,苏联人咋个连人都不露一下呢。"

"小鼻子大鼻子都是欺负咱中国人,咱们冲下去帮三十六师干。"

东北老兵们哗哗站起一大片,外围全是盛督办的军校生,军校生是铁杆队伍。

"咋啦,咋啦,想造反呀,这是新疆不是你们东北,在这不许胡闹。"

军官们开导东北老兵:"边陲地区,听长官的没错,盛督办这么办自有这么办的道理,盛督办不是不抵抗将军,不要以为马仲英是英雄,盛督办也是英雄,你们刚来不懂这个,你们慢慢就懂啦。"盛督办的军官理论水平绝对高,他把上司的意图领会得相当好。

"咱们把东北弄丢了,再把大西北弄丢了,全国人民咋看我们?马仲英是条汉子,马仲英是项羽,咱盛督办呢就是高祖刘邦,君子斗智不斗勇。"

大家的热血慢慢凉下来,呆在红山嘴上作壁上观。

部下及民众的情绪盛世才是很清楚的,何况他只是临时督办,南京国民政府还没有正式任命呢。马仲英的三十六师与伊犁陆军第八师是国军,国军与苏军激战是捍卫国家主权。盛世才马上组织一个庞大的和谈代表团,各民族各阶层都有。三十六师主力在头屯河与苏军激战,另一个骑兵旅遥控迪化城。

马仲英在战火中接见迪化和谈代表,师部直属特务营纵马而来,军容整肃,代表们暗暗吃惊,三十六师锐气丝毫未减。马仲英侃侃而谈,口气强硬,一边摆弄苏式转盘机枪一边跟代表们说:"去告诉盛世才,举城投降,条件吗,由我来定,军队全归我,我可以考虑让他当省主席。边防督办他不能做,边防督办是掌兵的,他应该学金树仁,做省主席。"

马仲英很客气,用苏联罐头和饼干招待大家,还特意捎给盛世才两筒苏联饼干。

盛世才接到马仲英的礼品,脸上的肉直跳,当他听到马仲英的和谈条件时,他笑了:"要么叫他尕司令呢,他的条件可以考虑。"部下急了:"交出兵权可就完了。""政权才是一切。"部下还是想不通,从蒋介石到各路诸侯,谁不抓兵权呢。盛世才微微一笑:"执行吧,你们以后就会明白。""对外边怎么说?""就这么说,大张旗鼓地说,让人人都知道。"

和谈的内容传遍迪化城。没有人怀疑盛世才的诚意。连马仲英也感到意外,幕僚们也不相信盛世才这么痛快。"他可是一条老狐狸,他能满足一个省主席了?"幕僚们见多识广,他们从事地下活动也都是搞暴动,搞兵运,一直盯着军队。包括像吴应祺这样的留学生,也识不透盛世才的真实意图。迪化方面很诚恳,请三十六师派人到迪化商谈具体事宜。

参谋长吴应祺和政治部主任杨波清代表马仲英进入迪化城。会议室里竟然有两名苏联高级军官,苏联驻迪化总领事也在座。盛世才受不了杨波清和吴应祺嘲弄的眼神,盛世才咳嗽两声说:"盛某早在日本留学的时候就向往社会主义,立志打倒列强军阀铲除黑暗势力。苏联是社会主义革命的大本营,在新疆搞革命一定要有苏联同志的帮助。"

杨波清说:"有这样帮助的吗?你连金树仁都不如,金树仁下台的时候还知道不依仗外国势力坐天下。"

"金树仁是反动军阀我是革命者,全世界无产阶级联合起来。"

盛世才一口气背出许多社会主义口号。杨波清笑:"我们三十六师在肃州四个县城写满了这样的口号。"

"三十六师是国民党的军队。"

"是国民政府的编制,可它是西北民众的武装,政工人员全是共产党员,你没想到吧。"

让盛世才更没想到的是吴应祺会俄语,吴应祺直接跟苏联领事和军官交谈,谁也不知道他们谈什么,杨波清也听不懂。盛世才心里很紧张,脸上淡淡的。

秘书懂俄语,休息的时候,秘书把详情告诉盛世才。吴应祺的主要目的是告诉苏方,马仲英是个革命者,三十六师对苏联是友好的,进攻迪化时三十六师曾派小分队赴塔城边境与苏边防军联系过。"苏方什么态度?"盛世才最关心这个,秘书让督办放心,苏联军方对哥萨克骑兵师的惨败极为恼火,一定要消灭三十六师,一个也不剩,红军的血不能白流。"督办你放心吧,三十六师全是共产党也没用,都打红眼啦,苏联要三十六师退出战场,后退五十公里;吴应祺要苏军先撤,撤出国境线。""你听清楚了?""一点没错,我听得清清楚楚。"

盛世才太紧张了,回到家里还皱着眉头,夫人邱毓芳问:"苏联出兵了你还担心什么?""马仲英竟然要苏军撤出去,他是不是疯了?他派来的谈判代表在苏联留过学,是个共党,一方面要跟苏联合作,一方面却要苏联撤兵。"

"你要是马仲英你会怎么办?"

"这是千载难逢的机会啊,他们派往塔城边卡的联络分队被我们截住了,他们无法与苏联取得联系。没想到三十六师有那么多中共人员,竟然有苏联留学生,差一点坏事。"

"他们没有谈成嘛。"

"我紧张呀,我不明白马仲英为什么放弃这个机会?"

"你现在关心的事情不是马仲英,是这个谈判代表,这个人太危险了,千万不要让他与苏联人再接触。"

"他们谈崩了，苏军一定要消失三十六师。"

"你就这么相信苏联人？现在他们打红了眼，等他们不打了，这些中共分子的话就会起作用，那咱可就惨了。"

盛世才马上召来警务处长，把马仲英的代表关起来，不要告诉苏联顾问。

"现在你可以放心了。"

盛世才的心只放了一会儿，就悬起来啦。夫人生气了："你又怎么啦，这饭还吃不吃？"

"我就是不明白马仲英为什么放弃成功的机会？"

"我知道你想什么，宁可失败也要轰轰烈烈，做个气壮山河的英雄！"

"我们来到大漠不就是为了做英雄吗？"

"你怎么有这种想法？"

"我当初喜欢上你就因为你身上有我们关东人的英雄气概。"

"我现在是不是有点那个？"

"更成熟更狡猾更阴险啦我亲爱的丈夫，马仲英是草原上的鹰，你就是一只荒原上的老狼，狼更适合大漠。"

"谢谢你夫人，你总是给我力量。"

"骑上你的快马到外边去吧，军队需要你鼓舞士气。"

红山顶上的省军官兵被一阵暴雨般的马蹄声所吸引，他们的长官骑着大白马冲上西大桥，桥下是白浪翻滚的乌鲁木齐河，源自天山冰川的寒冷的大河。咆哮的冰河和暴雨般的马蹄声一下子把大家的注意力从头屯河的战火中吸引过来。马仲英围攻迪化时，先头部队一度攻入城内，在西大桥与省军激战，最精锐的军校学生兵被冲垮了，西大桥上全是马仲英的骑兵，在欢呼胜利，而不是乘胜追击，向西大街以西猛攻，再攻一点点，迪化城就完了。根本不需要大部队，三十六师的先头搜索部队就可以拿下迪化。省军最清楚他们的危险，连最能干的军官都放弃了抵抗的打算，全军崩溃，逃到红山顶上。大家被眼前的景象吓呆了，他们的长官盛世才带着十几名卫士狂风般冲上西大桥，给狂欢中的三十六师骑兵以致命的一击。最先反应过来的是东北义勇军，一个营的东北军呼啦冲上去，紧追猛打，把这一小股骑兵逐出城外。现在大家又看到了西大桥，他们的长官骑着大白马威风凛凛地冲上桥头，冰河雪峰与骏马所构成的景象使大家为之一振。长官没有带部队，身后只有两个卫兵，疾风般穿过西大桥向郊外驰去。大家都以为长官是去观察敌情，要准备反攻了，谁也没想到是远方的炮火在吸引着他们的长官，长官比他们更好奇，他们可以爬到红山上尽情地观赏战争奇观，长官就不能这么随便。

郊外已经没有三十六师的部队了，那个白马旅刚刚撤走，投入头屯河战场，种种迹象表明，三十六师已经到了最后关头。苏军被挡在头屯河已经一个礼拜了，炸弹和炮声响彻大地。盛世才跃马天山顶上，战火一下子从声音变成画面，头屯河根本不是河，全是冰块和血肉之躯。那是中亚大地罕见的严寒之冬，炮火耕耘之下，冰雪竟然不化，壮士的热血全都凝结在躯体上，跟红宝石一样闪闪发亮。多么奇怪的场面，坦克装甲车排列在河的西岸，万炮齐鸣就是不敢发动冲锋，只有空军，黑压压的一大群轰炸机反复盘旋着投放炸弹，打机关炮。低矮的山冈上不时冲出一个骑兵，像是从地缝里蹦出来的，在马背上举着机枪朝飞机扫射，飞机一下子蹿上高空，马上有一群飞机从四面八方围上来，机关炮的火网把那个骑兵连人带马吞噬掉了。

盛世才和他的卫兵全看呆了，盛世才几乎是脱口而出："他们应该把阵地构筑在天山大峡谷，飞机坦克就会失去大半作用，这么矮的山，简直是开玩笑。"

语言黯然失色的时候，就意味着一个巨大的无法回避的现实：

头屯河之战把马仲英的军事生涯推向了高峰。天山顶上，寒风刺骨，盛世才竟然冒出一身热汗。

回到迪化，盛世才做的第一件事就是召见吴应祺。盛世才非常坦率，老狐狸的坦率总让人感到奇怪。

"盛先生还有兴致去欣赏战争奇观？"

"不谈战争，谈谈马仲英，这个人太不可思议了。"

"勾起了盛先生美好的回忆？"

"是美好的回忆！"

"盛先生是从西伯利亚大铁路进入新疆的。"

"是这条路，去新疆都走这条路。"

"左宗棠以后就很少有人从丝绸古道去新疆了，这就是盛先生和马仲英的不同。"

"你是基辅军校毕业的，你们三十六师怎么能把阵地建在头屯河，那里都是低矮的山包。把战场摆在天山大峡谷，飞机坦克就会失去作用。"

"山地作战骑兵也会失去作用。"

"你们想进攻？"

"军人必须进攻，即使面对飞机坦克也要进攻。"

"用兵之道要灵活机动。"

"你是不是太灵活了，你如果亲临头屯河战场你就不会说这种话。骑兵把空军和坦克部队挡在一条干涸的小河边寸步难行，世界军事史上有这种先例吗？"

"我刚从头屯河回来。"

"去那里需要勇气。我给你讲一个更精彩的故事，知道马仲英怎样刀劈顿河骑兵师师长吗？大家都盯着马仲英怎样把刀子塞进哥萨克的喉咙，很少有人听见他嘴里发出的声音，一种很庄严很悲壮的生命的誓言：当古老的大海向我们涌动进溅时,我采撷了爱慕的露珠。"

盛世才叫起来："古老的大海，戈壁沙漠是大海？"

"白山黑水，林海雪原也是大海。"

"你去过东北？"

"你忘了我是基辅军校毕业的，从满洲里坐火车，穿越西伯利亚，黑土地的林涛就永远留在我的记忆里了。后来到大西北，我又看到黄土高原的深沟大壑，没有水，却都用水做地名，一碗水，喊叫水，马莲井，清水①，一直到梦想中的大海，久久地翻滚在人们的血液里，当他们捍卫自己的生命时，刀锋就变成波浪，一浪连着一浪，扑天盖地势不可挡。"

2

最先激起这般波浪的是左宗棠，大清王朝的最后一位铁血将军，率领精悍的湘军，在剿灭太平天国之后，挥师西北，势如破竹。陕西回民义军白彦虎率部远走新疆，退入俄国；甘肃回民义军退守河州大河家。谁也没想到大军压境之际，回军首领马占鳌能举兵反攻，用黑虎掏心战术掏掉湘军十营。太子山麓大夏河畔就这样被血水浇灌成沃野，黄土滋儿滋儿，仿佛痛饮甘霖。左帅站在河州高高的旱塬上目瞪口呆。

马占鳌率得胜之军投降，成了左宗棠的部将，随军远征新疆，剿灭阿古柏。马占鳌的子侄们封官进爵，这就是后来的"西北五马"②的开始。后来，八国联军打北京，骁勇凶悍的蒙古王爷僧格林沁被捻军打死在山东，湘军淮军溃不成军，河州马家军奉旨进京，

---

① 一碗水，喊叫水，马莲井，清水：都是甘肃宁夏干旱地区的地名。
② 西北五马：马安良、马福祥、马麒、马麟、马廷襄。

用叉子枪顶住洋鬼子的大炮机关枪,护送光绪皇帝和西太后逃出北京,"西巡"古长安。

负责护驾"西巡"的七老太爷马海渊,成为西军最有威望的军人。

大阿訇应七老太爷邀请来到西宁。宁海军的武备学校设在这里,学生全是马家军的军官子弟。宁海镇镇守使的官职是马麒花钱买的。同族中的马福祥中了武举,靠功名做了宁夏镇镇守使,算是改门换户,马福祥的儿子马鸿逵就一直看不起马步芳,逢人就说:"马子香①跟我比不成,我是家宦之后,他的先人是土匪。"马氏家族一直忌讳土匪出身,清朝垮台,民国初立,正好是改换门庭的时候。侄儿马步英看不起伯父的做法。"土匪就土匪,刘邦朱元璋哪个不是土匪。"他父亲马宝在宁海军当营长,儿子的话把马营长吓一跳:"娃娃不敢胡说,伯父是为大家好。"

"为他还是为大家?"

"对长辈不许这样!"马营长还特意叮咛儿子,"不要跟堂兄争高低,能让就让。"

"我不能让到沟里去!"

"你这我儿②,人没长大哩心先长大啦,大得没边边啦。"

马营长操心的事还是发生了。

那时,马仲英上武备小学,堂兄马步芳马步青上武备中学。马仲英当时的名字叫马步英,与堂兄闹翻后改名为马仲英。

兄弟几个端坐在厅堂里静候贵客来临。这里来过德国和日本的教官,洋教官对大西北回民的尚武精神非常钦佩,认为它可以跟大和武士道和日耳曼条顿骑士团相媲美。日本教官告诉他的德国同事:这荒凉的土塬产生过中国历史上最强盛的汉唐王朝,中国的重

---

① 马子香:马步芳,字子香。
② 你这我儿:西北方言,第二人称,常做口头禅。

心南移后再也没强大过。德国教官说：这里坚硬的黄土跟我们北欧的冰雪一样，能产生军人气魄。

兄弟几个都在猜测贵客是哪一国人，在他们的印象中，德国和日本的军人是最优秀的。他们的长辈一身戎装陪大阿訇走进来，娃娃们起身致礼。宁海镇守使马麒告诉娃娃们：大阿訇要看你们的功夫，看看谁是儿子娃娃。

马麒希望自己的儿子马步芳或马步青能被大阿訇看中，可大阿訇的目光停在侄儿马步英脸上。七老太爷手捻白须，眯着眼睛一声不吭。七老太爷的关公眼常年眯着，一旦睁开便电闪雷鸣石破天惊。

马步芳马步英操起河州刀，刀尖对着刀尖，像两条豹子搅在一起，杀得难解难分。

第一局平手，第二局刚开始，年幼的马步英主动进攻，不给堂兄以喘息之机，像汹涌的海浪连续向堂兄的要害部位劈去，动作准确有力配合紧密。马步芳虽然截住了左右两边的进攻，却暴露了自己的门户，以致对方的刀口横在自己的脖根，急得嘴唇发青。比试结束，马步芳还呆在原地。镇守使说："步英比你小，可刀法比你强。"马步芳说："刀有枪厉害吗？"镇守使啪啪抽儿子几个耳光，儿子嘴角流血，血水中有一颗被打脱的牙齿。镇守使说："咽下去。"马步芳咕噜咕噜连血带牙咽进肚里。镇守使说："军人的魂魄胆略全在刀上，练好刀法才能领兵。"镇守使拔刀在那里嘿嘿哈哈给娃娃们表演一番，娃娃们大开眼界。镇守使摸摸侄儿的光脑壳："步英才是乖娃娃。"镇守使把佩戴的河州刀奖给小侄儿。

镇守使的意图很明显，侄儿马步英已经得到他的奖赏，大阿訇也应该对马步芳马步青有所表示。七老太爷的眼睛睁开了，眼冒血光，瞳人红如玫瑰，镶在如此狭峭的眼睛里令人不寒而栗。七老太爷用这种目光把镇守使严严实实罩起来，镇守使像被人点了穴位，眼睁睁看着七老太爷和大阿訇走进经堂。

大阿訇说:"马步芳马步青将掌握宁海军,可儿子娃娃是马步英。"

七老太爷说:"河州能出一匹骏马,我老汉高兴。"

大阿訇说:"我要带他进祁连山神马谷住三年,让他见识一下祁连山。往后他在宁海军就难以立足了。"

"宁海军呆不住咱不靠宁海军,塬上有的是儿子娃娃。"

"祁连山能给娃避祸,可娃就变成野马啦,野马注定要流浪荒野。"

"民国了,血脖子该扬眉吐气了。"

"娃娃确实是乖娃娃,刀法跟海水一样,一浪接一浪。经书《热什哈尔》里说的大海就是那种样子。"

大阿訇带马步英进祁连山神马谷。

宁海军秋操演习时,马步芳勇冠三军,镇守使把心爱的东洋刀奖给他。马步芳还没忘记那次比刀失败,他大声对台下官兵说:"河州刀是土匪用的家伙,军人应该挂这个。"

那时,中国军界流行东洋刀。

3

那时,北洋和民国的将领纷纷到日本国学军事,挎东洋刀。

盛世才也离开辽东故乡,到日本军事学院深造。他不是来挎东洋刀的,他渴望成为真正的军人。

盛世才跨海东渡时带着叔父的日记本。叔父年轻时去西伯利亚为沙皇修铁路,在西伯利亚荒漠苦战三年,修通了欧亚大陆桥。火车从彼得堡鸣一声直开哈尔滨。后来是日俄战争,大鼻子和小鼻子干起来，把东北变成火海。叔父留在西伯利亚。十月革命，叔父跟中国劳工一起组织中国兵团，杀出西伯利亚，大败邓尼金和高尔察克，以后又转战南俄草原。他们的首领受到列宁接见。叔父就这样成为少年盛世才的偶像。那时，张作霖已在东北崭露头角，盛世才要投张作霖。叔父说："要带兵就得上军校，有文化的人带兵才能干大事。"好多同学进了张大帅的东北讲武堂当小排长小连长。叔父告诉他：最好的军事学院在国外，在那里才能学到真正的本领。

叔父临死前把日记本交给他。日记是叔父的战友写的，其实是一本散乱的战地笔记。少年盛世才在辽东大地的木屋里，借着松明子的光亮读那遥远的故事。他读到斯大林的名字，读到布琼尼，伏罗希洛夫。盛世才被斯大林的名字吸引住了，尽管报纸上常常见到这个名字，但从这本杂乱的战地笔记中读出来却别有意味。一种神秘的东西把他与斯大林连在一起，后来斯大林支持他当上新疆边防督办，他在辽阔的西北边疆轰轰烈烈干了十多年。

十七岁那年，他没法再呆在东北了，一个非常遥远而辽阔的疆域冥冥中出现在他的梦幻里，那是属于他的世界。大草甸子和大森林再也遮挡不住他狂乱的目光了，他登上山冈，遥望北方，那是成吉思汗建功立业的地方，蒙古大军从那里出发征服了全世界。可现实生活没法证实他的梦想。他反复查看地图，新疆在他眼中一扫而过，没留下任何印象。地图上的热点地区与他无缘啊。他的梦想充满了强悍的生命力却无处落身。他的脑袋快成孕妇的肚子了，他已经听见了新生命的声音，他已经领悟到从古至今伟大人物的某些特征：那就是必须给你的生命找到辽阔而自由的空间。成吉思汗的疆域就是用战马和弓箭开拓出来的，在这块大野上叱咤风云的还有契丹女真和努尔哈赤。

他显露出前所未有的聪明和机警，浑浊呆滞的眼睛突然间也变清澈了。寺里的方丈说：那是前世的灵光落在了他身上。

他惊恐万状,在大野上疯跑。关东自古便是龙气很足的地方,大小兴安岭长白山横空出世,黑龙江松花江乌苏里江一泻千里,耶律阿保机完颜阿骨打成吉思汗努尔哈赤跃马扬鞭呼啸其间,这些豪杰就是他生命的前世灵光。

开学那天,军界有名的战术家原田中将来校讲课,全体学员起立致敬。原田中将一眼发现队列中的盛世才,原田中将询问了他的姓名和籍贯,说:"中国学生大多数是学成后发财,而盛先生是为了建功立业来日本求学。"

那天,原田将军讲了许多令人激动的话。原田将军说:"日清战争时我在满洲作战,我们在大兴安岭遭到猎户袭击,师团主力损失殆尽。关东人的慓悍不下于成吉思汗,盛君来自辽东,大概是那些猎手的后代吧。"

盛世才激动得发抖。下课后,日本同学拍他的肩膀:"盛君不要紧张,将军赞扬你才说这样的话。"日本同学说:"我们日本人跟你们中国人不一样,我们给打败过我们的西方列强修建塑像,你们中国人不可能这么干。"

"原田将军不认识我,怎么能知道我的志向?"

"军人的志向在脸上写着,这是原田将军的格言。蒋介石蔡锷吴禄贞就是原田将军第一堂课发现的。盛君你很幸运,能得到原田将军的夸奖。"

4

父亲马宝因病退职,按马家军的规矩,营长职位由儿子马步英顶替。马步英告别大阿訇,骑着大灰马,走进宁海军大营。

堂兄马步芳已经当了旅长。

旅长叫他等候安排。他这个营长跟兵差不多，每天自己遛马喂料，很辛苦，不像个军官。可马营长军装整洁，靴子很亮。

冬天到了，下雪前父亲捎话让他回去。他单人单骑，连个护兵都没有，他在野地里转到天黑，才进庄子。

父亲告诉他："按宁海军的规矩，下雪后要空手围猎。比刀子你占了上风，围猎是集体活动，小心吃亏。"

"三四年前的事情，谁还记这个。"

"你娃年轻你不懂世道人心，你伯父给娃铺路呀，把你这凉凉①侄儿当黑虎星，过几天围猎你千万要当心。要么你别去啦，在屋里歇几天。"

阿娘门帘一揭出来了："我养的是儿子不是女子，好男儿空手打天下，不指望你大，都不指望自己吗！"阿娘说完拧身就走。

父亲忽站地上："你大这辈子给你娃没留下啥家业，你大干不出惊天动地的事情，你大还有一口气，给你娃当个垫脚石没一点麻达。"

退职军官马宝在西宁的大营里很一般，在庄子百姓里还是有威望的。他招呼相邻十几个庄子的精干小伙，骑上大马，到野地去围猎。这是河州人古老的传统。不管汉人回回都爱冒这个险。按老规矩下雪后野鸡野兔好抓。既然马营长想冒更大的风险，大家都是热血汉子，齐声叫好，骑上马，一群接一群拥到野地里。先是纵马疾驰，把草窝里的野鸡野兔赶出来。河州地区深沟大壑纵横，崖又高又陡，烈汉子骑上烈马直突突从陡崖上冲下去，又从崖根纵马而上，直上直下，越跑劲越大，心越狂，跟打鼓一样。马蹄子把大地

---

① 凉凉：傻的意思。

擂得咚咚响,心脏把人的胸腔擂得咚咚响,野鸡野兔惊惶万状,拼命往旮旯里钻,往大地的裤裆里钻。那都是地形极其险要的地方。千百年来,生活在河州地区的野物都练出来啦,一有动静,反应极为灵敏,落脚的地方很巧妙,用铁钩子掏都掏不出来。飞驰而来的骑手在一刹那间要探身下去,捕获野物,几乎是奋不顾身,是沟是崖,是刀山火海,啥都不顾了,直往上扑。多少壮士猎物到手,人成了残废。更多的人相撞在一起,马死或人亡,血光冲天,现出男人的一身豪气!河州人每年冬天都要玩一次命。正在飞蹿的猎物尚有勇力,是不能抓的,一定要让猎物筋疲力尽,隐藏得严严实实,骑手才能去抢去夺。

马步英的鞍子上挂满了猎物,大家拥着他回家。

父亲空手而归,空手的不是父亲一个,有许多人,大家垂头丧气,跟在胜者的后边。

回到家里,邻里街坊,家族亲人全聚在马步英屋里,大声谈笑。父亲躲在冷房子里长吁短叹。

第二天,马步英坐在上房的小炕桌前,阿娘端上茶饭,从今往后,他就是一家之主。

他要回部队,他走到院子里,喊一声:"大,我走啦。"

他就走了。他知道河州人的规矩,他不能抬头看父亲一眼,出了门,他眼泪一下就下来了。

军队围猎更残酷。上了猎场就不分长官士兵了,谁厉害谁是王。宁海军最精悍的几个军官死盯马步英。那匹神奇的大灰马配合着主人,把迎面冲来的壮汉和烈马撞翻,一连撞翻五个,有两个当场断气。马步芳冲上来,坐骑被大灰马踢跪下,一下子把马步芳摔出几十米远。马步芳打个滚起来,腿有点瘸。幸好抓获的猎物跟马步英一样多。

这远远不能平息马步芳的愤怒,他叫来心腹:"把大灰马给废了。"

夜深人静的时候，大灰马倒在马厩里，草料里有一种奇怪的东西，即使很出色的马也难以辨认出来，一下子就把它放倒了。

一群汉子把马搬到车上，拉到野外，旅长说过了："撇远远的，撇到青海湖喂鱼去。"

一伙人把车拉到西宁城外，简直像拉一座山。长官的命令顶一万座山。心腹们不敢懈怠，掏银元买蒙古人的好马，几匹好马拉上车。青海湖越来越近，心腹一心想把事情办圆满，竟然不用鞭子，黑下心，用刀捅蒙古马的后臀，他要连马带骨头撂进湖里。蒙古马喷着血，连吼带叫跳进去，水溅得很高，刮大风都刮不起这么高的浪，浪头跟山一样，一上一下，把马给吞了。心腹满心欢喜，报告旅长时说得很详细，旅长不停地拍他脊背。

秋操那天，旅长把兵带到青海湖边，打靶劈刺，大家干劲十足。压轴戏在后边，是军官们表演。马营长的坐骑比大家差一大截，大家想看他热闹。旅长知道他刀法好，偏不叫他比刀，偏要他试试马上功夫。马营长请示旅长，要做祷告，那正是午祷的时候，旅长不好反对，准许他祈祷。

马营长离开队伍，走到湖边的沙滩上，盘腿坐在那里。奇迹就这样出现了，大灰马从青纯的大海上喷薄而出，它的光芒超过了太阳；太阳薄得跟纸一样，跟娃娃们玩的风筝一样。官兵们把旅长撩到一边，呼啦全过去了，全都跪在海水里。海底全是马骨头，千年万年了，骨架不散，依然保持着奔跑的姿势。老兵们说：那是古代英雄骑过的马。汉朝的卫青霍去病李广窦宪，唐朝的李靖薛仁贵哥舒翰，全都到过这里，西夏王李元昊，李自成的部下也来过。青海湖里全是他们流的血，经过千年万年，发酵成一片青纯。官兵们眼睁睁看着马骨长出肉，长出筋络和血；它的皮毛竟然是灰色的，跟蒙了灰尘的白雪一样，跟祁连山的雪峰一样，从头到脚散发着苍凉和悲怆。大灰马呼呼叫着从海水里奔过来，卧在马营长身边，把马营长驮起来向靶场跑去。马营长空着两只手,大家以为他要拔那些木桩,可木桩全都断了,马营长手里有锋刃的利光,快得像风,忽倏一闪,木桩就断了。后来大家才发现马营长拿的是一尺五寸的河州短刀。

旅长心事重重,回去找镇守使,镇守使也感到事情不妙,千万不能让他带兵,他有了兵就麻烦了。镇守使想不出什么高招,骑马去找马步英的父亲马宝。马宝在家赋闲,跟镇守使是同宗兄弟。镇守使打半天哈哈,打锣听音,马宝说:"步英是你侄儿,又是个下属,不用问我,让步芳安排算了。十四岁的小娃娃,顶职当营长带不带兵无所谓。"有了这句话,镇守使安心了,以年纪小为由让马营长当光杆司令,只领饷不带兵。

父亲把底细告诉他,他竟然不生气:"我的兵刚从空气变成水,我给他们上色,等他们有了血,大西北全是我的兵。"

父亲说:"从古到今,兵全在营里,你胡说八道什么?"

儿子说:"这是我在神马谷中看到的,山谷里全是马骨头。山风那么大,吹不垮;夏天雪水跟海一样,也淹不了它们;它们全是生前奔跑的姿势,它们活着的时候驮的全是古代的英雄。壮士身托黄沙,可他们的战马全到了山里。大阿訇说,战马不是空着身来的,它们驮来了英雄的魂魄。魂魄不散,战马就不会倒。神马谷的骨头全是奔驰状态。"

父亲说:"你是个娃娃,能当营长就不错了。"

马步英脱下军装,一声不吭出去了。他赶着自家的羊上了北塬,塬上那么荒凉,羊群找不到草,那是黄土裂口子的地方,羊群找到草根,跟钓鱼一样一根一根把它们钓上来,吃得很仔细。后来,他翻过大梁,往祁连山里走。那里很少去牧人,那里草很高,可那是豹子出没的地方。马步英硬是把羊赶到那里,羊见了草也不吃。不是草不好吃，而是深草里卧着豹子。豹子跟大火一样，又亮又猛。马步英没带刀子没带枪，他掂两块石头，跟原始人一样。他和豹子在深草里搏斗。羊全趴在地上，像躲飞机上的炸弹。豹子的呜呜声全在天上，山谷容纳不下它的吼声，它就把它威风凛凛的声音放到天上，它的声音跟鹞子一样，翻得又快又猛。后来鹞子不见了，天上静静的一片瓦蓝。马步英从深草里走出来，身上全是伤，血又黏又亮跟树脂一样；他肩上扛着死豹子，豹子脑袋不见了，脖腔里塞一块尖石头。羊开始动弹，开始吃草，羊到底是羊，那么好的草，吃得斯斯文文，可眨眼间它们肚子就大了，奶子又红又亮。马步英把豹子扛回来，乡党们吓得吐舌头，乡党们想不通石头是咋塞进去的。马步英说：石头长翅膀，膀子一扇，就把豹子头拍碎了，石头在里边垒了窝。

有一天，鹞子从塬顶飞下来抓小鸡，马步英撩一块碎石片，齐茬茬把鹞子翅膀打掉一半，鹞子飞不起来，连颠带跑，跟小脚老太太一样，弄得鹞子兀鹫这类猛禽全躲到山里不敢出来。后来，他又用石子打狼，打野鸡野兔。百步以外，狡兔跟风一样，猎枪都没法打，他胳膊一扬，石子长了眼睛似的，死追不放，硬是把野兔追上了，叭一声打碎半个脑壳。老年人说：这娃跟邓艾石勒一样，能飞石击人，塬上的土坷垃都能当兵器使，日后塬上的儿子娃娃都是他的兵。

消息传到军营，旅长马步芳很紧张。官兵们议论纷纷，弄不好要出事。镇守使马麒当机立断，新设一个营，传令马步英走马上任。那一营兵全是老弱病残，枪是破枪，马是驽马。镇守使在军官会议上故意让儿子马步芳宣布这个决定，大家都怪怪地看马步英。镇守使情绪很好，话很多，语重心长，老汉说着说着就说到他们当年护送光绪王和西太后"西狩"西安的往事，这是老汉一生最荣耀的一件事，"过黄河时我亲手掌舵，风急浪高，船在浪尖上打秋千，太后老佛爷就坐在轿里，上岸时我一个人抬起一根轿杠。"宁海镇的军官们照例议论一番，流露出极羡慕的神情和惊叹。侄儿马步英鼻子一哼："给那老婆娘抬一回轿还好意思卖派①。"镇守使脸拉下来了："尕侄儿嘀咕啥哩？"

"亲阿大，你护送西太后时节就二十出头嘛，血气方刚的英雄汉嘛，为啥不一刀劈了那老婆娘保光绪王呢？"

大家全吓白了脸。

尕侄儿就笑："西太后逛西安时节，于佑任②是个念书的娃娃，就敢上书陕西巡抚，要巡抚趁机兵谏，诛杀太后保光绪王，你老阿大还不如人家念书的陕西娃么！"

镇守使被噎得翻白眼，再也不提那段光荣历史了。

马营长请了长假，回神马谷见大阿訇。大阿訇知道他被埋在乌云里，看不到银月的光辉，大阿訇说："先知用手一指，乌云散开，月亮就出来了。那是大海潮动迸溅的最佳时刻。先知让有作为的人到沙漠里去，那些干燥的沙子就是生命的露珠。先知的子民来到旱塬，在世界最荒凉的地方住下来；越是荒凉干燥的地方，生命的露珠越鲜烈烁亮。"

马营长二话没说就回去了。出操时他把队伍拉进沙漠，三天三夜不见踪影，镇守使以为他上山为寇了。第三天晚夕，他带队伍回到军营，旅长吓一跳，三百人只剩下二三十个。旅长问：其他人呢？马营长说：喂沙子了。旅长再问，他就说他是汉将李广，逮不住匈奴走了冤枉路。下次出操，他还把队伍往沙漠里带，三十个人进去，出来剩下七个人了。旅长说：步英你当班长算了，七个人刚好一个班。马步英不吭声。旅长问那七个兵：不怕马营长要了你们的小命？那七个大冷熊齐茬茬吼叫：命牢不怕要，越要越值钱。

---

① 卖派：炫耀。
② 于佑任：陕西反清义士，靖国军司令，国民政府考试院院长，后在台湾去世。

那七个兵成了马营长的铁杆队伍。马营长又带他们进了几次沙漠,从青海进去打甘肃出来。人们把他们叫金刚真身。

5

留学生学西洋剑者居多。那是一种高雅的技艺,将来回国可以交游于上流社会。

盛世才潜心学习日本刀。日本刀是弯的,又窄又长又软活,可以缠在腰间。没有高超的技艺,别说进攻,舞都舞不起来。刚开始他吃尽了苦头,刀子常常砍在自己身上,伤痕累累。日本教官很严厉,动作稍有闪失,耳光随之即来,而且扇得货真价实。

结业那天,教官在讲台上向盛世才连连鞠躬,教官说:"盛君是一个中国人,学日本刀的劲头实在令人钦佩,我们日本人要向他学习。现在请盛君给大家讲几句话。"

盛世才啪立正,向教官致礼:"我之所以学日本刀原因有二,一是日本刀长于实战没有花架子,刀法朴实凶猛;二是日本刀最能体现军人的气魄。柔而刚烈,这是军人最高的素质。"

教官说:"盛君说下去,你有好多话,我教你的时候就感觉到了。"

盛世才说:"我是满洲人,日本军界有句话叫做宁可失去本土,也不放弃满洲。日俄战争期间,俄国人和日本人在我的家乡投入几十万大军互相拼杀。作为中国人我不会忘记国耻。我的祖先越王勾践卧薪尝胆,雪耻国仇,我正是怀着洗刷国耻的决心到日本来的。"

盛世才说:"原田将军曾讲过,他在辽东不曾遇过中国军队的有力抵抗,却见识了东北的猎手。我们东北真正的英雄是红胡子。红胡子常常把对手打翻捆在树上,扒开衣服用刀剜出心脏,拌着白雪大口嚼咽，血水沾满胡须。红胡子就是这样和敌人干的，他们比军队有力量。"

盛世才说："我在东京帝国大学校园里，听过日本国会议员的讲演。议员先生说，中国地域辽阔土壤肥沃，气候温和，雨水丰沛，大和民族应该开发那里，为日本夺取一块优越的生存空间。日本政界的意见与军界不谋而合，中日两国交战是不可避免的。诸位，我盛某东渡扶桑是为了拯救我的国家，也是为了日本军队进攻中国时能遇到真正的对手。"

教官和学员们围上来拍他肩膀："盛君，你是好样的，跟你这样的中国人在一起真高兴呀。"

那时，日本陆军中的少壮派军人成立了不少秘密组织，他们倾慕本国的神道以及纯粹的日本精神。士官生以参加这些组织为最高荣誉。士官生太田黑要给大家引见中国人盛世才，大家一时不知所措。军校来的人一致认为，这个中国人具有真正武士的气质。大家为之一惊。士官生说："大家不要以为中国被我们打败过，中国有不少英雄嘛。"

大家表示愿意结识这位中国人。盛世才一出现，武士们击着剑唱起日本古歌：

　　　　据矛望明月，
　　　　何时照骸骨。
　　　　追随白鸟翱天去，
　　　　空留骸骨在人间。

盛世才被异国武士的歌声煽起来了，武士们说："盛君热血沸腾了。""盛君，我们闻到你血液的香味了。"武士们拔出刀子，刀口在动，刀口仿佛大海里的铁锚，将沉入武士的躯体，在流出鲜血的地方，凝结着生命的纯洁与美。

盛世才说:"很遗憾,中国军界没有贵国这样的组织,权力人物全是军阀。军队下层不乏热血男儿,一旦他们青云直上,就血管干涸脸色发黄,成为不中用的家伙。"大家都说: 中国自古出英雄,请盛君讲讲中国的英雄。盛世才就给大家介绍中国东北的盖世英雄,讲女真人的祖先完颜阿骨打如何崛于长白山,以血气之勇凭数千人击败几十万辽军,从辽东直扑中原灭了北宋。成吉思汗崛起于大漠之后,女真人归隐山林,经过数百年休养生息,又出现一个大英雄努尔哈赤。努尔哈赤不读圣贤书,只读《三国演义》。"《三国演义》大家知道吧,那是我们中国人的英雄史诗,跟英国的《贝奥武甫》,西班牙的《熙德之歌》,法兰西的《罗兰之歌》,俄罗斯的《伊戈尔远征记》一样崇尚血气之勇,又有我们中国人的智慧,是智慧之书又是英雄之书。可惜中国的读书人都不读这部书,不登大雅之堂。努尔哈赤把《三国演义》带回东北,给八旗将领人手一册,作为民族复兴的宝典和用兵方略。——辽东一战,六万多长于野战的八旗兵一鼓作气击溃二十万装备精良的明军,开始入主中原。满洲人在中国开创了一个伟大的时代。"

日本武士们忍不住叫起来:"你这样的中国人太少见了,到日本来留学的中国人都是反清分子,都痛恨清王朝呀。"

盛世才告诉他们: 那是以前的事情,现在民国了,清朝也是我们中国呀,如果努尔哈赤再世,不要说甲午日清战争,就是中英鸦片战争也绝不会发生的。

"乱世出英雄,中国要出大英雄了。"

"绝对不是北洋军阀。"

"蒋介石怎么样?"

盛世才神色诡秘,日本武士们摸不透他的心思,士官生就岔开话题,谈古代的英雄,我们喜欢中国古代的英雄,"盛君你城府太深了,你心中隐藏着另一位大英雄你为什么不说出来,我们日本人是很崇拜英雄的。"

"辽国被金灭了以后,辽国皇帝都丧失了斗志,皇族耶律大石带二百个家兵远征一万里,从辽东直扑西域,大败阿拉伯帝国建立西辽王朝。我就是辽东人,我做梦都能听见二百壮士征西域的马蹄声。"

"大家注意到没有,盛君对那些报仇雪耻的英雄情有独钟。"

"报仇雪耻是几代中国人的梦想,我们东北人更激烈,东北夹在日俄两个帝国主义之间,重压之下必有勇夫,血性男儿都是胯下一匹马手中一杆枪,血染红胡子,不枉活一场。"

武士们情不自禁叫起来:"红胡子,好样的红胡子,盛君大概是唯一一个出国留洋的红胡子吧。"盛世才哈哈大笑,连喝十几勺清酒,放在跟前的清酒都是用小木勺舀着喝,喝一下要停好半天,大家被盛世才的豪饮吓坏了。士官生嘿嘿笑:"喝得好喝得好,盛君露出了英雄本色,真人不露相,太难得了!"

盛世才说:"胡子有他们自己的规矩,他们蔑视政府和法律。胡子的规矩是在拼杀中用血凝成的,大家都要遵守,首领也不得例外。而政府的法律是官僚们为欺压穷人制定的,有钱有势就可以使法律失效。"

武士们感谢军校的人带来这样的朋友,让他们大开眼界。中国人盛世才所讲的红胡子气概与武士道不谋而合。这些故事充满异国情调,很适合年轻人的心理。

盛世才回国后,在粤军中混过,给张作霖当过团长,他是郭松龄派出去的,不可能有出头的机会。张大帅的部队胡子气太重,玩命可以,打正规战稀里哗啦。盛世才神情灰黯,对朋友说:"日本有武士道,武士道把死亡和流血看做是生命的一种荣耀,看做是人生的一种道行。中国武道始终在民间,上不了台面。"

那年,老帅死在皇姑屯,少帅除掉大帅府总参议杨宇霆,总揽东北大权；军校生压过了绿林出身的老军人，那正是盛世才崭露头角的好机会。盛世才跟少帅谈了几分钟就出来了，亲友们眼巴巴盼少帅弄不成事，是个永远也长不大的娃娃。

盛世才离开东北，赴南京找出路。蒋介石翻了他的档案，感到不放心。汤恩伯说："日本陆大对他很器重，把他与吴禄贞蒋百里相提并论。"蒋介石说："既然是个干才，就让他当师长吧。"汤恩伯说："他是东北人，让他去张学良部工作，他能为中央效力的。"

"让他来见我。"

会见只用了五分钟。蒋介石改变了主意："他不能去东北，他血气太旺，他会把张学良赶下台。"汤恩伯说："赶走张学良，东北军就可以改编为中央军了。"蒋介石笑："恩伯，你自比曹孟德，可你小看了盛世才，他会把东北军变成自己的军队，当张作霖第二。"蒋介石说："对有才干的人我们尽量发挥他的才干，同时要遏制他的野心。盛世才是个野心勃勃的人，让他远离权力中心，他还是很不错的。"

盛世才被任命为总参谋部作战科科长，整天跟地图打交道。

同僚们很羡慕他，他们奋斗半辈子才挤进总部机关，他刚出校门就当科长。他用鼻腔笑："当科长有什么好羡慕的，吴禄贞一出校门就当师长。"师长是带兵官可以独立作战。大家噢一声合上嘴巴。他们当初也是怀将相之才奔南京来的，如今白白胖胖，军人所具有的粗犷和剽悍早已消失殆尽，有人跟他们谈军人的光荣与梦想，他们黯然神伤。

到了升迁的时候，盛世才还当科长，处长局长的位子全让那些平庸之辈占了。有人偷偷告诉他："刚来总部的人总司令都要亲自召见，总司令的眼睛是杆秤啊。你是日本陆大的高材生，当科长最多半年，不是师长就是军长。"

"我当科长都两年了。"

"你跟汤恩伯胡宗南他们不一样,你不是久居人下之人。"

总司令问情报人员:"盛科长忙什么?"

"他在看《曾胡用兵方略》《国防新论》。"

"很好很好,说明他开始脱胎换骨了。"

"他是共党吗?"

"不仅仅对共党脱胎换骨,对留学生和旧军人也要脱胎换骨,使他们一心一意忠于领袖。盛世才这个人,既有东北红胡子的劲头又有日本武士道的道行,这些都符合我们黄埔精神。他应该学习汤恩伯,汤恩伯是江南人,很机灵,北方军人太倔强太野蛮太感情用事太英雄主义。"总司令对北方军人没好印象。总司令说:"盛世才我们还是要用的,中日迟早要开仗,到那时再让他带兵吧。"

总司令生性倔强,做事干脆从不拖泥带水,却在盛世才身上打了折扣。大家由此断定盛世才是个厉害角色,至少在陈诚胡宗南他们之上。大家都有崇拜英雄的心理,有人把这些情况告诉盛世才,盛世才说:"总司令不会叫我带兵的,做一辈子幕僚算了,我都心灰意冷了。"同僚说:"盛科长是个真正的军人,不会心灰意冷的。"

"你真这么看?"

"大家都这么看,总司令也这么看。"

"其实我已经不是真正的军人了,我徒有其名。"

"你越是这样,别人越相信你,大家以为你是卧薪尝胆的勾践。"

"我都不相信自己,别人信我什么?凭什么信我?"

"凭你的形象,你在日本陆军大学求学时,就很成功地为自己树立了标准的军人形象。别人只看你的形象,并不看你本人。"

"这是政客行径，不是军人。"

"盛科长才开窍啊，纯粹的军人是不存在的。黄埔学生好几万，成功者有几个是纯粹的军人？"

盛世才说："日本人至今保持着武士道的真髓，明治维新引进西方军事体制和兵器，有识之士成立神风连，竭力维护日本刀的荣誉，军界一直把刀作为军人的魂魄。技术的改进没有削弱武士的纯粹精神。"

"技术就是一切。"

盛世才目瞪口呆。

"他们说技术就是一切"。

盛世才在家里咆哮，从墙上取下东洋刀，他要折断军人之魂。他折出一把血，刀子是软的，是湿的，跟一根甘蔗一样，散出甜丝丝的芳香。垫在刀刃上的是夫人邱毓芳的一双白手，手指破裂，鲜血直流。夫人忘了自己受伤的手。用纱布擦丈夫身上的血，血把丈夫的军服弄湿了。盛世才跟木头一样瞪着眼睛，看夫人忙这忙那，好像夫人在干家务，在擦桌椅、擦窗户。夫人叫他换衣服，他就换衣服，换一身新军装。"叫我看看。"他就左转右转让夫人看。他狂躁的心静下来，他眼睛里的光跳跃着："我把你砍伤了。""这把刀沾过你的血，这回又沾我的血，这才是名副其实的好刀。"

盛世才学东洋刀时吃了不少苦头，伤痕累累才有所收效。邱毓芳攥着日本弯刀，告诫她的丈夫："军人任何时候都不能毁坏武器呀。"夫人把刀擦亮，上油，入鞘，挂在墙上。

"人家的夫人都在学钢琴，我没这个兴致。"

"我们可以去听音乐会。"

"南京的音乐不适合一个军人。夜深人静的时候，月光照进屋子，照到墙上，那把刀就会发出清脆的声音，一种很纯的钢的声音。"

他少年时梦寐以求的理想就是去日本陆军大学学习。有这种理想的人太多了。他们家是辽东的小地主。父亲愿意卖地供他去日本。他不想以这种方式东渡日本。他投东北军郭松龄部当兵，郭很赏识他。他的军人气质不但赢得上司和同僚的好感，而且赢得了郭的干女儿邱毓芳的一颗芳心。盛世才是结过婚的人，妻子病故。邱毓芳正在上中学。盛世才曾到中学看过学生的演出，他不知道台上的那个让男人们怦然心动的少女是郭松龄将军的干女儿。盛世才的喜悦之情藏在心里，表情是很淡漠的。当有一天，郭松龄出面要为他做媒时，他也只是点点头。一个小军官还能有什么要求呢？当邱毓芳出现在他面前时，他就显得有些慌乱。他接过少女递上的茶水，整个人是硬的。婚后他从未对妻子流露过自己的志向。他比邱毓芳大十多岁，早过了夸夸其谈的年龄。前妻是个贤慧的女人，很温顺地侍候他，很少说话。他不习惯对女人谈什么雄心壮志。邱毓芳是个新潮的女性，受过教育。婚后不到半年，小妻子就斩钉截铁地说："干爹要改造东北军，要选派军官到日本去。"他的心猛跳，一匹马在里边狂奔，他快喘不过气了。"收拾一下，我们现在就去干爹家。"东北女人干脆利落，给丈夫换上一身戎装，靴子擦得锃亮。盛世才永远也忘不了那个傍晚，娇小姐出身的邱毓芳跪在地上，那么认真细致地给他的靴子上油，用刷子刷用布条打。热血奔涌，他跟一匹穿越在茫茫草原的马一样，喷着粗气，邱毓芳站起来时，他的粗气喷到邱毓芳脸上，她用手挡一下，手背顶着脸笑，就像个孩子。

事情很顺利，妻子与丈夫一起出国。妻子怕丈夫寂寞，在寓所潜心日本饮食，很快能做出地道的日本菜。因为丈夫从外边回来很不经意地说了一句："日本饭简单，却有营养，中国菜太铺张了。"

不久，灾难降临。郭松龄组织东北国民军反戈一击，进攻张作霖失败被杀。盛世才的学费中断。他们夫妇陷入绝境。那是一段很清苦的日子。到处奔波，渴望得到国内的支持以完成学业。正赶上国内的反日浪潮，留日学生分成两派，爱国派和逍遥派，盛世才手持大棒，谁敢妥协先吃我一棒！声嘶力竭，好像在自己的国家一样，对日本警察大声呵斥。邱毓芳在人群里流下眼泪，她不敢相信贫困潦倒的丈夫爱国热情如此强烈。真不知道他们是怎么熬过来的。邱毓芳给人洗过衣服，看过铺子，最体面的工作是给日本夜校讲授汉语。她不但供丈夫完成了学业，自己也在一所大学进修两年，学习社会学和经济学。

"想想当初在日本，那么困难我们都挺过来了，你现在什么都不缺，缺的就是机会，有作为的人不怕没有机会。"

有一天，他喝醉了。南京这地方很容易让人醉倒。秦淮河上，桨声灯影，几杯酒下去，盛世才的舌头就大了，他根本不知道自己在说什么。

"我讨厌南京。"

同僚们很吃惊，都不吭声望着他。

"南京是个大妓院，军人呆在这里统统都会烂掉。"

"盛科长你喝多了。"

"你嫌我说多了吧，你无所谓，反正我不会在南京呆下去的，我要去西藏，我要去新疆，给部落首长当幕僚，在边陲线上训练一支劲旅，绝不是南京这种样子的草包军队，跟棉花一样软绵绵的军队。那也叫军队，你、你、还有你，一个一个吃得白白胖胖，跟猪一样，只会在长官跟前哼哼，不知道怎么上刺刀怎么拉枪栓。真可怜那些子弹啊，黄澄澄的金子一样的子弹啊。"

盛世才在众人的惊讶中，掏出手枪，取出子弹，卸下弹头，跟吃炒面一样将里边的火药全吞吃掉了。勃郎宁手枪的八粒子弹，全吃下去了。一粒子弹一大口酒。

"怎么样？花生米佐餐好味道啊，好味道！"

谁也没在意盛科长的话，一个醉汉的话不就是胡言乱语嘛。

这时候新疆省主席金树仁的代表鲁效祖到南京来延揽人才，支援边疆建设。新疆地处边陲，强邻环伺，急需军事人才。大家这才想起盛科长曾说过什么。盛世才自己也打个激灵，新疆招聘人才的消息首都各大报头条登着哩，中央对新疆也很重视呀，要不能上头条吗？可你也不想想大漠雪山戈壁之可怕，南京城里大家议论一番，连新闻记者也懒得去西域采访，不要说是去生活去创业。大家只知道林则徐禁鸦片，让皇上给流放到新疆去了。那里自古是流放地呀。

盛世才的心跳得别儿别儿的，他的记忆一下子清晰起来，他的那些狂言是很麻烦的。他给夫人说个大概，邱毓芳也傻了。谁不知道总司令对盛世才特别关照呢。邱毓芳真急了，急得直揪头发，看丈夫时满眼幽怨，盛世才恨不得把舌头撅下来。

"本来这是个机会呀，丈夫！"

"新疆太苦，我怕你受不了。"

"就是地狱我也跟你下呀，何况那里生活着几百万人，我们就生活不下去？林则徐流放新疆，不是还有个降旨扫长毛的机会吗？"

"总司令会放我一马的。"

"但愿如此。"

邱毓芳从来没有对丈夫生过气，这回她再也按捺不住了，一连几天讽刺挖苦，盛世才脸上的肉突突直跳。

盛科长瘦了一大圈。能不瘦吗？夫人越闹越凶，女人再贤慧遇上这种事会没完没了的。盛科长继续往下瘦，那双炯炯有神的大眼睛显得更大了，目光中多了些忧郁，双眉紧锁，眼神忧郁，在南京总部出出进进，大家都不由自主地看盛科长一眼。大家基本上都知道盛科长的故事，酒后吐真言，要出阳关，金树仁主席立马派人来请，去做现代班超，多好的事情呀。有人就对上峰说："让人家盛科长去嘛，去新疆又不是去北平上海当封疆大吏。"上峰笑笑不吭声。总司令不吭声谁敢吭声。

盛世才要去新疆的消息传到总司令那里，同时也传遍了南京城。总司令呼地站起来："值得这么大惊小怪吗？一个小小的科长去边疆服务也是为国家效力嘛，很正常嘛。"

陈诚说："要削平北方军阀，就不能丢掉盛世才，有点有点太可惜了，他们都是很优秀的军人，应该留在总部，或者中央军里。"

"整个南京沸沸扬扬，不放他走，好像我蒋某人不支持边疆建设。"

"另选一个人也行啊，黄埔学员有的是。"

"他们都不行，他们会在戈壁滩上销声匿迹。盛世才跟他们不一样，盛世才是日本陆大高材生，据说在东京还热衷于社会主义，有左派思想，新疆与苏俄相邻，张学良比不上他，金树仁更差。"

"这种阴鸷之人，非总司令驾驭不可。"

"大家为什么对他这么感兴趣？"

"他的夫人很了不起，坚决支持丈夫去西域做现代班超。"

"她可要独守空房喽。"

"她跟丈夫一起去新疆。"

"有这种女人？"

南京的妇女界闹翻了天，她们把邱毓芳比做俄罗斯十二月党人的妻子。

"娘希匹，我是沙皇吗？我流放盛世才了吗？赶快想个稳妥的办法，平息这件事。"

"学生想好了，盛世才一生的抱负就是当将军，他现在是上校，我们可以给他升一级，给个师长干，有兵权的师长，他会满意的。"

"让他到江西去剿匪吧。"

"我们哪儿也不去，就去新疆，"邱毓芳跟个将军一样，大手一挥，"我们已经答应金主席了，我这几天翻地图查资料，西域太神秘了，刘曼卿①能独身闯西藏，我们是两个人不能闯新疆吗？"

"陈诚可是亲口对我讲的，正规师的师长。"盛世才很不甘心。

邱毓芳声嘶力竭："你的志向就是一个师长吗？"

"夫人你想想啊，我一直给人当幕僚，做梦都想带兵，师长可是独当一面的司令官呀。"邱毓芳冷笑："活人要有志气，把你搁冷板凳上这么多年，现在才想起来用你，姑奶奶我不稀罕，没有这个鸟师长我兴许会留下来。给个师长大爷我偏要远走高飞，叫新疆方面看看，我盛世才是放弃了将军的位子到大西北来的。"

盛世才还在嘟囔，夫人不客气了："你咋像个娘儿们一样，你再嘟囔小心我拿大耳光子贴你。"

6

马营长比大家都小，大家都听他的，把他当自己的首领。他们唱那首黄土旱塬的悲怆的花儿：

---

① 刘曼卿：1930年孤身一人闯西藏，恢复了中央政府与西藏地方的直接联系，成为轰动一时的巾帼英雄。

> 花儿本是心上的花儿,
> 不唱了由不得个家(自己);
> 刀刀儿拿来头割下,
> 不死还这个唱法。

古歌的旋律掠过黄土黄沙黄草黄风,掠过滔滔的黄河和无垠的蓝天,跌宕起伏,呈现着一种朴素而鲜烈的美。

马营长说:"命苦的汉子才唱花儿,跟我马仲英干事要流血掉脑袋。"

弟兄们把手纷纷撂在他手上,好多手撂在一起跟城垛一样。弟兄们说:"你是我们的尕司令,我们跟你干。"

尕司令这个称呼就这样叫开了。

那年春天,塬上儿子娃娃都闻到自己骨头的芳香。老人们大叫: 娃娃们要反了。

那年春天,塬上的女娃娃小小年纪就显露出少女的天颜。河冰刚刚消散,柳枝依然黑着,野草依然是枯黄色,女娃娃已经艳若夭桃。她们很小的时候就由父母做主许配人家。她们是有主的人。

那年春天,儿子娃娃的骨头长硬了,像灌浆的麦穗,显出钢刀的锋利,眉毛长成了一把刀,嘴角长成了一把刀,整个人寒光闪闪,唤醒了少女夭桃般的梦幻。

父亲告诉女儿:"本该等你十六岁再送婆家,你男人要开杀戒,得提前过门。"少女沉默不语,她十四岁,懂事了。母亲利利索索收拾嫁妆。父亲说:"你男人对你动刀子你不要躲闪,你是他妻子,你的血是属于他的,他用刀子喝你的血就算跟你过了一辈子。"少女脸色苍白,血全聚在胸口,鼓鼓囊囊缩成了花苞。父亲说:"男人杀你的时候,你要望着他。在妻子的注视下能拔出刀子的都是血性汉子。"父亲说:"记牢!"少女说:"记住了。"父亲拍拍手到窑外晒太阳,就像干完一桩轻松活。

那年春天,儿子娃娃们穿上黑衣黑裤,去岳丈家行大礼。订亲后每年都要拜见岳父岳母,只有行大礼时才跟未婚妻见面。少女端上茶,递给未婚夫时互相瞭一眼,对方的品貌由这短暂的一瞬间来判断。这一辈子的幸福迅如闪电,双方都使出生命全部的悟性来解读这短短的一瞬。

回家路上,小伙子和父母侧耳倾听。要是塬上没有歌儿响起,男人的一生免不了是荒凉的。因为少女情不遂愿,嫁给他是父命难违,幽怨是两个人的。丈夫的钢刀快而不柔,与对手拼杀时随时都会折为两截。丈夫只能用半截钢刀去浴血奋战。那半截钢刀便是男人残缺不全的人生。

回家路上,父母会把儿子丢在沟里,叫儿子再等等。父母是过来人,知道花儿是荒原的生命之所在。花儿萦回飘转,儿子的生命才有光亮。

大多男人体验到的是孤独。沟梁上除了飕飕飞蹿的冷风别无长物,更不要说那艳若桃花的女子了。你赢不到女子的歌声只能怨你自己。你遭受孤独的同时还要照顾战马和钢刀。没有女子之爱的骑手是石头中的石头。他们没有生命的春天,破阵时最先倒下的往往是他们。他们带着残损的生命去破阵,敌人的兵刃就会从残缺的地方给他致命一击。歌手是这样唱他们的:

雨点儿落在石头上,
雪花儿飘在了水上;
相思病得在心肺上,
血痂儿结在了嘴上,

嘉峪关出去黄沙滩，
河里的水，
好像是玻璃的镜子，
白费了心思枉费劲，
尕妹的心，
就像细刀的刃子。

  这首古歌最早没有歌词。歌手们唱了好多世纪，唱不出确定的词来排解骑手的孤独和悲怆。那是一种真正的孤独，真主给了他女人，他却无力从身上抽出那根肋骨。他冲向敌阵时没有铠甲，他去拼杀时后背是敞开的，他是那么易于受到伤害。没有女人之爱的骑手跟没有淬火的钢刀一样易于折裂。女人是上天降给骑手的清水。骑手没喝到水，却要去横越大戈壁，这样，他的血液便少了一半；别人是血水，他必须是血块。
  歌手们只能唱出一些断断续续的曲调，谁也无法捕捉曲调的内容。
  那年春天，尕司令去行大礼，看见未婚妻时，他暗暗吃惊，心中陡然响起那支《白牡丹令》：

白牡丹者赛雪哩，
红牡丹红者破哩。

塬上的甜瓜(者)实在甜，
戈壁上开下的牡丹；

想了想尕妹心里酸，
独个儿活下可怜！

回家时父母把他丢在沟里，母亲对儿子充满信心："我儿不会受孤单的。"

父母放心地走了。一只红雀落在树上，尕司令挥手飞石，红雀落下，血渍斑斑，如灿烂的桃花。塬那边传来女子的歌声：

> 自从那日你走了，
> 悠悠沉沉魂丢了。
>
> 瞭见旁人瞭不见你，
> 背转身儿泪花花滴。
>
> 侧楞楞睡觉仰面听，
> 听见哥哥的骆驼铃。
>
> 听见路上驼铃响，
> 扫炕铺毡换衣裳。
>
> 要吃长面妹妹给你擀，
> 要喝酽茶妹妹给你端。
>
> 做不上好嘛做不了赖，
> 妹妹给你做双可脚的鞋。

尕司令翻过土塬，在路边的石头上看到一双新鞋袜。没过门的媳妇胆子再大，也不会跟自己男人见面的。尕司令刚赶回原路，又听见女子在塬那边唱歌，那曲调把黄土深沟粉刷得静穆辉煌：

焦头筷子泥糊糊碗，
心思对了妹妹我不嫌。

宁叫他皇帝江山乱，
不叫咱俩的关系断。

怀抱上人头手提刀，
舍上性命与你交。
你死我亡心扯断，
妹子不死不叫你受孤单。

　　那女子过门没几天，尕司令就拉起队伍四处飘荡。炮声在她心里引起久远的回响，马蹄声喊杀声，悠扬的军号，常常从梦中突如其来，她一次一次惊醒于黑暗中，整个身子冻得冰凉。北塬寒气凝重，她热血奔涌，连个喷嚏都没打过。

　　炮声消失了，丈夫音信全无。准确地说，丈夫从来没有给她捎过任何音信。河州男人的心啊比铁都硬。听到的全是马仲英的死讯。她根本不相信这种死亡，她口气坚决告诉大家：那是谣言，不要相信谣言。家里人从恐慌中镇定下来。对他们来说，不相信灾难是最明智的办法。不久远方战事又起，尕司令又活来啦。她的判断得到证实。相信一个永生的生命是妻子对丈夫的一种忠诚。

　　数年后，舅舅接她去很遥远的地方跟丈夫见面，骑着小毛驴走了好几天，来到祁连山的尽头。丈夫在这里操练军队，准备远征新疆。她这才明白舅舅良苦用心。古来征战几人回。舅舅要外甥给马家留下一点骨血。那次出行，其悲壮如同孟姜女千里寻夫。

　　这个强悍的男人与她共度一个礼拜的日子，就一去不回了。他们彼此都明白这个意思，漫长的一生浓缩到六七天之内，生命呈现出奇异的光彩。窗外是古代匈奴人反复歌唱过的焉支山,是六畜兴旺的大草地。一个礼拜的时间,她用女人的细心和热血非常清晰非常清晰地记住了丈夫的一切,音容笑貌以及纵马飞驰的雄姿。另一个新生命,丈夫的另一个影子将在她身上诞生!这是一种生命的誓言。是窗前那雄壮无比的山峰所证实了的。她心中涌动着大海般的浪涛。可她的声音很轻很小,她低声问丈夫:

"那是什么山呀?"

"祁连山,连着天,就叫祁连山,也连着咱河州的太子山。"

她要证实这座山,她一定要证实这座山!她问丈夫身边的人,那是个汉人,一脸斯文,一看就是有大学问的人。丈夫说:"让他给你谈,他是俄国留学回来的,学问大。"那个学问大的先生告诉她:这是古代匈奴人的故乡,汉朝有个大将军叫霍去病,带兵远征西域,把匈奴赶到了欧洲,欧洲最古老的帝国——罗马帝国让匈奴人给挤垮了。这就叫狗撵①兔。

"我们河州不叫狗撵兔,叫马撵兔。"

"我媳妇厉害吧?知道马撵兔。告诉你洋学生,我十二岁时节骑上大马,河州地方撵兔撵野鸡就没有人能胜过我,我年年赢,一直赢到十七岁上,拉队伍打冯玉祥。"

那正是太阳下山的时候,祁连山沐浴在血海之中。远山传来饱满的马群的嘶叫。

她小声说:"匈奴人离开祁连山很难受啊。"

洋学生随口吟了一首古歌谣:

失我焉支山,

---

① 撵:追赶。

使我妇女无颜色！

失我祁连山，

使我六畜不繁息。

    她回到河州老家，不久就有了身孕，女人的辉煌岁月来临了。她精心养育着丈夫的骨血，孩子虎头虎脑，活脱脱一个小尕司令。一个可爱的孩子，一个能干的女人，整个宅院呈现着兴旺和生机。穆斯林的女人是不抛头露面的。从老人们的交谈中她知道：马步芳马步青做了大官，发了大财，那是河州回回六百年来最大的财富。人们谈起马步青的东公馆、马步芳的宅院就像谈北京的皇宫一样。

    据说，马步芳当了青海省长后，衣锦还乡，打马仲英家门前过。马仲英的宅子不高不大，但很整洁，砖木土石中有一股子不可轻视的气势，屋顶的烟囱升起一柱青烟，笔直的烟直上云霄。马步芳不由自主叫起来："他们家烟囱还在冒烟呀！"手下兵将拥过来："长官，拿炮轰，把他灭了，他把咱可害扎了。"马步芳摸摸胡子，把激烈的情绪压下去，口气淡淡的："把我看成啥人了，我咋能欺负寡妇娃娃么，我又不是袁世凯。"

    河州人都说是尕司令血脉旺，烟囱壮，把马步芳熏黑了。

    东公馆也好，西公馆也好，再高的门楼都没烟囱里的烟高么。

    过了好几年，从新疆逃回来一群尕司令的兵，河州城的回回汉人都跑到城墙上，跑到大夏河边的千年古渡口古桥头去看啊。城西的大道上，烟尘高高扬起，马蹄声越来越碎。战马，一群战马，都是西域的草原马，焉耆马，伊犁马，驮着一群衣衫破烂的汉子奔向河州古城。异乡的骏马不能让人小看了它们的主人，它们扬起前蹄，打出优雅至极的突噜，然后轻轻地走进城门。发呆的河州人如梦方醒，喊叫着去找他们的儿子、他们的兄弟和亲人。

喝了三炮台热茶，这些老兵清醒过来，反反复复地诉说着："大沙漠那个大呀，世界上最大的沙漠，老维子说那沙漠是进得去出不来，咱三十六师进去出来了好几回。老毛子的飞机跟老鸦一样，遮天蔽日呀，在头顶上嗒嗒嗒嗒，机枪子弹比屎还粗，跟胡萝卜一样，嗒嗒嗒嗒，坦克，装甲车，盛世才的东北骑兵，天上地下四面围追堵截，炮弹子弹跟下白雨一样，嗒嗒嗒嗒，我们硬是从大沙漠里跑出来，跑进阿尔金山，顺着祁连山，长长的祁连山呀跑了整整二十年。"

这些伤痕累累的老兵带着一身的光辉回到河州。河州人的意识里，一个男人一辈子一定要活出这么一身光辉。跟炭火一样，跟天上的日头一样。尕司令的兵把几百年来人们心目中根深蒂固的光辉给改变了。过去，河州汉子总是赤手空拳走四方，十年八载，骑着高头大马，带回许许多多东西，大家就把他当好汉，最让人看不起的是空手而归。

人们瞪大双眼，惊讶得说不出话，心中涌动着大海般的热血，嘴拙得就是挣堪不出一句话。孩子们多聪明，孩子们从老兵的肩胛骨上掰下一块闪闪发亮的金属：

"我的爷爷，金子疙瘩埋在骨头里啦！"

那是一块弹片，苏联飞机的炸弹留在身上的纪念品。人们呀！——叫起来。孩子们从老兵的腮上屁股上拔出粗壮的子弹头，跟孩子的鸡鸡那么大。

"这是啥东西，这是子弹吗？"

老兵们说："这是苏联的水连珠步枪子弹。"

大家都笑了："苏联人把子弹造得这么大就是为日你勾子呀！"

老兵们就这样成了英雄好汉。最惹人眼的是那些西域来的骏马，在河州的山川大沟里奔跑，长鬃飘拂，叫声悠扬，老人们情不自禁叫起来:"这就是汉朝皇帝要找的天马呀。"

马步芳马步青的兵将看见这些马,老远站住,低下头,都是穿军装扛钢枪的军人,把兵当到这个份上太有意思了。

马步芳也见过几回伊犁马,羡慕得不得了。后来从新疆逃难到青海的哈萨克人给他送来伊犁名马,他骑上转几圈,转着转着就在马背上发呆。

"挨屄的马仲英呀,你娃这辈子把威风可是耍扎了。"

马步芳吐几口干唾沫,回到办公室查地图,日本人绘制的五十万分之一的军用地图,天山南北尽收眼前。跃马天山的梦想只能留在脑壳里,白手套在手里轻轻地拍打着。

尕司令的消息是卫兵带回来的。只回来一个卫兵,没骑马,挂着一根枣棍,是沙漠里的沙枣树杈。走到大夏河边,没人的地方,赤条条地下去洗身上,跟剥了层皮一样,从河里上来一个新崭崭的人。坐地上望天呢,望了一顿饭的工夫,好像吃了天上的云,心满意足,抖开羊皮袋子,换上一身新军装,一个干净利落的尕司令的卫兵,腰上别着一把奇怪的手枪。他直直走到尕司令家。

尕司令的夫人在里屋呆着,她隔着门帘听得清清楚楚:丈夫去了苏联,下落不明,队伍被打散了。卫兵只管跟老人谈话,没看见里屋门帘里边的人。卫兵说:"苏联人心瞎①着哩,尕司令怕是活不成啦。"卫兵交给老人一样东西。说了几句安慰话就走了。

她不知道自己是咋走出去的,婆媳互相望一眼,就动手解那件东西。一层一层裹在羊皮里,羊皮软得跟绸缎一样,最后一层果然是绸缎,和田地方出产的名贵绸缎,解开绸缎,里边是一块玉佩,跟一团月光一样,像从月亮的心里掏出来的月精,在大白天里都能现出亮光。婆婆说:"这是和田的玉石,你男人给你留下的宝贝,你

---

① 瞎:西北方言,坏,黑。

收下吧。"老人平静得跟水一样,和田的月光玉把光打到老人脸上,老人说:"这是前定的事情,谁也没办法,留下这么一个宝贝也是咱的一个想往。"

她开始收拾东西,到了晚上,安顿全家吃好喝好,她把她的主意告诉老人:"阿娘我走呀,我把屋里安顿好啦,我伺候不成你老人家啦,我给你老人家磕头。"她跪在地上给老人磕头:"往后屋里的事情就托给老三媳妇啦。"

老人惊讶得说不出话,媳妇要做的这件事太大了,老人心里清楚媳妇要做啥,老人还是惊讶得不得了。

媳妇从容大方,跟个将军一样:"我男人我知道,我男人没死,我寻他去呀,孟姜女能寻到长城,我就能寻到昆仑山。"

"娃娃呀,从古到今,出阳关走西域都是男人里的男人呀。"老人揪住面纱捂住脸,"娃娃呀,你男人的卫兵都回来啦,他本人没回来,你还不明白吗?"

媳妇不说话,媳妇给孩子喂奶。孩子已经两岁啦,早断奶啦,孩子的记忆里还有这么一对热奶头,孩子咬住他阿娘的热奶头,不知世上发生了啥大事情,眼睛睁得圆圆的望阿娘的脸。

媳妇这么抱着孩子坐了一整夜,孩子睡得很熟。天色发亮,天从东方一点一点走近,往西方走。她把睡梦里的孩子放到被窝。她在天光落下来之前,把院落扫净,洒上清水,做好早饭,给老人请个安,夹上个小包袱就出去了。

老人实在是迈不动她那双腿,老人知道娃娃走到那面坡上了,知道娃娃爬上那条沟了,河州的深沟大壑男人走得,女人也走得。媳妇小小的身影一起一落,河州城就远了,老人的耳朵反倒清晰起来,老人隐隐约约听见沟梁上回旋起来一个女子的声音,河州地方的乖女子都能唱这么个调调子:

怀抱上人头手提上刀，
舍上性命与你交。
你死我亡心扯断，
妹子不死不叫你受孤单。

佩着月光玉的女子历尽艰险，一直走到玉的产地和田，居住在昆仑山与塔克拉玛干沙漠之间的小村庄里，孤身一人，守着一个干净整洁的黄泥屋子。没有人知道她的身份。当地的老人只记得她曾是一个美丽的女子，空手来到这里，给人捻羊毛、做鞋帽度日，后来置了屋子。一个孤身女子，严守妇道，美丽红润，直到高龄，丰韵犹存，当地的维吾尔人、汉人、回回都说她是心中有神的人。人们还知道她的丈夫活着，在遥远的异国他乡，由于种种原因回不到故乡。一个如此热爱丈夫的女人，很容易被和田人所敬重。人们想象着她的丈夫，那一定是个男人里的男人，一个魅力无穷的汉子。

她的口音是河州口音，和田人很熟悉遥远的河州，民国以来的新疆，从杨增新到金树仁到马仲英都是从河州地方来的，可谁也把她跟马仲英想不到一起去。她微笑着任凭大家去猜测。她身上活着两个人，这就是她的幸福所在，也是她跟大家的区别。她偶尔也跟大家谈起河州，她说那是她娘家。女人对娘家的记忆总是有限的，一个好女人在出嫁以后跟河流汇入大海一样，总是慢慢地融入丈夫的生命。

"你是我们和田人。"

"我在和田活了几十年了，我肯定是个和田人，因为我丈夫是和田人。"

"你丈夫是干什么的？"

"他是个了不起的工匠。"

她吃了一惊，叱咤风云的尕司令一下子变成了采玉石的手艺人，跟淘金客和跑生意的驮夫一样，走西口的男人都是这种角色。她相信丈夫找到月光玉的时候肯定被美丽的群山打动了，高高的昆仑山，寸草不生，冰雪覆盖，连绵起伏的群山只产美玉和安宁，血性男儿来到这里都会收心的。和田人是那么平和，不管男女老少眼神里都闪烁着世所罕见的宁静，在太阳底下流动着清凉的月光，这就是和田人。穿越死亡之海的人来到这里，就身不由主地渴望月光之夜，渴望月光的洗礼。塔克拉玛干里既有高僧的足迹又有伊斯兰圣徒的麻扎①。美玉在群山顶上闪闪发亮，连太阳也要收敛其光芒，跟个熟睡的婴儿一样漂浮在大漠上空。

丈夫一生渴望荒漠里的大海，大海就在这里。从河州高原奔突而起的血性汉子们，一路冲杀，就是为了这么一片安宁平和的土地。

她唱了一首《白牡丹令》，在河州女人的梦想里，女人的情爱会变成戈壁上的牡丹。她肯定是河州第一个来到戈壁沙漠的女子，她唱完《白牡丹令》，她就不是河州人了，她开始和田的生活。在和田人的宅院里，有高大的白杨，有火红的玫瑰。她第一次看到玫瑰时，忍不住拉紧盖头，那么热烈的一簇红花，怒放在太阳底下，毫不掩饰它们的美丽，凭女人的细心她直感到这里是黄土的故乡，粗的黄土有一千丈一万丈，也是大风从昆仑山下吹过去的，瞧一眼沙石里生长的玫瑰，泼辣的玫瑰与静谧的玉石，多么奇妙的结合！我的丈夫，我给你唱和田瑰。她唱出很地道的南疆民歌，在维吾尔歌曲的热烈中夹杂着黄土高原的静穆和神秘，她竟然唱出了祁连山。祁连山里也有玫瑰花，这是她做梦也想不到的。

---

① 麻扎：伊斯兰教徒的墓地。

7

在祁连山的深处，有个神马谷，那是骏马的归宿之地，马的灵骨化成一片沃土，生长出如血的玫瑰。女人所吟唱的玫瑰绝不是梦幻，是真实的存在。她的丈夫跟着大阿訇来到这里时也大吃一惊，荒山野岭中的玫瑰园，很容易让人怀疑整个世界的荒谬。丈夫那时只有十几岁，竟然从鲜花中闻到一股呛人的血腥味。大阿訇告诉他："那是你的血，血注定要归于大海，在入海之前血必将散发芳香。"

"可我的血没有芳香。"

"那你就去泅渡苦海，苦海的波涛可以去掉血液的异味，生发出生命的芳香。"

"老人家的话不像是穆斯林，倒像个高僧。"

"真主也讲仁爱，没有博大的爱慕，生命还不如一粒露珠。"

"我很想做玫瑰花上的露珠。"

"你可以拥有这本书了，这是生命之书。"

她的丈夫马仲英打开《热什哈尔》，首句是这样描述生命的：当古老的大海朝我们迸溅涌动时，我采撷了爱慕的露珠。在那一天，黄土不再干燥，荒山野岭不再让人绝望，岁月之河随风而逝又随风而来，生命不再与时间偕亡，回旋于深沟大壑中的沉痛悲壮和苍凉顷刻间充满滚烫的诗意……就是这个少年，孤独的荒原骑手，在这一天变得从容不迫，目光冷峻。他不再叫马步英，他的弟弟也把名字改了，他们兄弟从这个血腥的家族中脱离出来，反叛之路近在眼前。

早晨出操，马步芳喝令马步英出列，连喝三声没动静。值日官说："马步英马步杰改名了，他想做马家军老大。"马步芳又喝一声:"马仲英出列。"马仲英出列立正敬礼,报告全营官兵人数。

马步芳开始训话,训到最后,朝前排士兵一顿耳光,然后命令马仲英照他的样子干。

马仲英毫不犹豫,扇七兄弟耳光,扇得货真价实。

弟弟马仲杰问他:为什么不给马步芳一点颜色看?马仲英说:"他是师长,军人以服从命令为天职。我带头违抗军令,以后怎么带兵?"在武备小学时,他就是一名优秀军人了。马仲英说:"违背自己的意志也得服从命令。"

马步芳似乎洞察了他的心思,发往十一营的命令不按马家军的规矩办,而马仲英一一照办。马仲英说:"他在摧残我的意志,经常违背自己的意志就会变成一条狗。"

大灰马把他驮进峡谷,眼看就要融入野马群了,他大吃一惊,拉紧马缰。大灰马昏头昏脑紧追不放,那些野马裂开一个缺口,迎接大灰马。他不能再犹豫了,短刀哗插进马臀,大灰马打着突噜放慢步子,刀刃开始痛饮马血,发热变软融化。所有的钢刀都熬不过血液。

马仲英把遭遇野马群的情景讲给大家听,大家忧心忡忡:"马家军不容咱,以后只怕当野马了。""马步芳只要骡子不要马,咱当野马专咬他。"

尕司令和大灰马回到兵营,宁海军官兵一拥而上,他们认出这是传说中的神马。大灰马轻轻跑起来,四蹄如铁,眼含神光,鬃毛飘逸,威风凛凛。大家纷纷拔出河州短刀向尕司令致敬。

马步芳在司令部里看得清清楚楚,宁海军万余官兵没有抽军刀没有行军礼,而是用古老的骑手礼仪向马仲英致敬。军刀是长官的,河州短刀是骑手自己的。吹号时,骑手没有唱军歌,他们唱那支淳朴悲凉的好汉歌:

四股子麻绳背扎下,
老爷的大堂上吊下;
钢刀子拿来头割下,
不死时就这个闹法!

马步芳吩咐亲信盯紧马仲英,亲信们说他没犯军纪不好弄。马步芳大叫:"给我盯紧一点。"

亲信们紧紧跟在马仲英后边,一直跟到雪山深处。他们回来报告马步芳:"马营长在观天象。"

"他是诸葛亮?"

"马营长什么都看,上至天文下至地理,好像那里边藏着什么秘密。"

"他难道是先知?"

"他确实有先知那种罕见的真诚。"

"他真诚别人就虚伪啦。"

马步芳蹁腿上了马,夸夸夸向群山跑去,亲信们跟在后边。在群山深处,他们看见了尕司令。那里开满红红的玫瑰,马步芳轻声叫起来。

群山上空有个声音在回荡:"瞧那旷野的玫瑰花,它们不用辛劳,也不用纺织,帝王们就是穿上龙袍也比不上一朵玫瑰。"

马步芳叫起来:"如此粗糙的地方竟然长出玫瑰花,真不可思议。"过了一会儿,他又说:

"马仲英造反你们咋办?"

"我们听军长调遣。"

"有你们这句话,我就放心了。"

马步芳和他的亲信赶到山下时,野地里的玫瑰花全都凋落了,谁也不知道马仲英去了什么地方。

只要是生长玫瑰花的地方，人们都能看到尕司令那张感人至深的面孔。他孤独地骑在马背上，周围是无边无际的黑暗。他日复一日去冰川里冒险，不带一个卫兵，甚至连最亲的兄弟也不带。他独自一人徜徉在冰山里，仿佛万年不化的冰层中关着他天仙般温柔的灵魂。那幼嫩的精灵从坚冰和岩石的断面横射而出，使人感到那精灵的坚定、倔强和不可动摇。在那震撼人心的面孔上，有一种沉默的痛苦，一种沉默而怨恨的痛苦。他的嘴角翘着像衔着钢刀，对噬咬自己心灵的东西不屑一顾——这些东西只是平庸之辈，他比这些折磨和扼杀自己的东西更伟大。他在反抗这个世界，毕生都在反抗。他的感情全化做了愤怒，一种难以平息的愤怒、冷漠、深沉、默默无声，就像神的表情那样！还有他那双眼睛，那里边充满惊讶和疑惑，仿佛在问："这世界怎么了？"

这是一张十七岁少年的脸。

马步芳叫起来："没人强迫你，是你自己要沉默。"马步芳回头看他的亲信，"我让他当营长，以后还可以升旅长升师长，他自己鬼迷心窍，放着大官他不做，他要当土匪。"

亲信们说："咱是军人咱不是骑手，当骑手是儿子娃娃的一个梦。"

北塬干旱而荒凉，儿子娃娃渴望成为疾驰如飞的骑手。跟刀融为一体，月亮就从那里升起来。马刀上的明亮。到处都是马刀上的月亮。马步芳吓坏了，赶快找亲阿大马麒："他要反了，他把名字都改了。"马麒也看到了塬上明晃晃的月亮，马麒就难受："月亮落在刀子上可不是个好兆头啊！"

"他是个黑虎星，趁早把他解决了，省得以后咱遭殃。"

"十几岁个尕娃娃，他能翻起多大浪。"

"那不吉利的月亮照谁哩？"

父子俩站在月光地里,东张西望,看不出个所以然①。

8

第二天,从宁夏传来消息,冯玉祥的军队要开往西北。马家军的首领绥远都统马福祥被冯玉祥调任为西北边防会办,做冯玉祥的助手。绥远都统换成冯军的师长李鸣钟。冯军刘郁芬部已经进入宁夏。

马麒叫起来:"冯玉祥不是在北京吗,跑大西北干什么?"

幕僚说:"老冯善变,捅了吴佩孚一刀子,把曹锟都赶走了。老冯成了革命党,把军队改成国民军,迎接孙中山。段祺瑞吴佩孚张作霖合起来打老冯,给老冯一个西北边防督办,老冯就到咱西北抢地盘来了。"

"全西北都归他管呀?"

"中央政府任命的,谁不听话他就收拾谁,他的兵歪②得很。"

坏消息一个接一个,马福祥的两个儿子马鸿逵马鸿宾乖乖地听从冯玉祥改编,当了个师长。冯的大将刘郁芬开进兰州,把甘肃陆军第一师师长李长清活埋,改编了李长清的军队,陇东陇南四镇军队不堪一击。国民军收拾完宁夏陕西陇东陇南后,挥兵河州凉州肃州甘州(甘州即张掖,肃州即酒泉,凉州即武威),战斧一下子搁在马家军的脖子上。马家兄弟血誓联手反击冯玉祥。可他们谁也不是儿子娃娃,他们没有反抗的勇气。自马占鳌降左宗棠以后,马家军格外珍惜头上的红顶子,他们不再习惯于反抗。马家兄弟畏首畏

---

① 所以然:西北方言,什么缘故、原因。
② 歪:西北方言,厉害、能干。

尾,战和不定。

马步芳说:"冯玉祥治军不在左宗棠之下,何必硬碰硬,最好让第三者发难,咱从中斡旋,坐收渔人之利。"马麒在马步芳脑袋上弹一下:"我的儿哇,红瓤西瓜熟透了。"马步芳说:"咱马家老先人当年投靠左宗棠,就因为有白彦虎①这个二百五。"

马麒说:"这回恐怕没谁敢当二百五了,国民军是最硬邦的队伍。"

马步芳说:"马仲英就是二百五,不用芭蕉扇,吹一口气就能烧起来。"

"你敢肯定?"

"不信你试试。"

"凉侄儿最忌讳啥话?"

"最怕说他不是儿子娃娃。"

当时西北连年大旱,民不聊生,甘肃督军刘郁芬只知催粮逼款,征兵服役,不管老百姓的死活。

1928年春天,在宁海军宴会上,镇守使马麒祝酒辞刚说两句,胡子就抖成一团火,"国民军要吃掉咱马家军,要把甘肃全都吃掉。我们老了,当不成儿子娃娃了。"

马廷襄说:"陕西有名的刀客郭坚被冯玉祥骗去喝酒,老郭没到酒桌跟前就被机枪搅成马蜂窝。"军官们轰一声乱了,马廷襄说:"老郭没带刀没带枪,一身白府绸衫一把檀香扇,老郭还想跟冯玉祥比书法呢。"

军官们骂开了:"狗日的冯玉祥,刀对刀枪对枪明干么,人家老

---

① 白彦虎:清朝末年陕西回民起义领袖。

郭是刀客。冯玉祥不是个东西,儿子娃娃不干这号缺德事。"

马麒说:"还有哩,冯玉祥在西北要学兵,每县一千元,每个兵老百姓要花上二三百元,还要地亩款、富户款,老百姓都恨死了。有血性的汉子能引个头杀杀老冯的威风,大家没有不响应的。"

少壮派军人身上黑血翻滚,尤其是十一营营长马仲英,三营营长马腾,眼瞳里嗞啦嗞啦蓝光闪射,火焰汹涌势如海水,年老的镇守使看呆了。"咱们在祁连山下扎根六百余年,该出出一匹好马了。"镇守使走到小侄儿跟前,向他敬酒,马仲英和马腾忙站起来,不知所措。马家军没有老人向小辈敬酒的规矩,宁海军所有的军官张大嘴巴,大家被这种空前的荣耀震撼了,都盯着马仲英马腾。马仲英跨前一步:"小侄儿受用不起,该敬酒的是我。"马麒说:"年轻人里边没几个儿子娃娃,你好好干吧。冯玉祥盼着咱马家完蛋,咱有人哩!"

马仲英很激动,饭后单独找镇守使借兵造反,镇守使先一怔:"尕侄儿,刘郁芬歪得很,惹不成。你能惹你就惹,惹不成就算啦,就乖乖呆兵营里当你的营长,阿大又没赶你嘛。"马仲英鼻子一哼,"不要你的兵,带上你的宁海军给国民军当孙子,侄儿我一条胳膊就能当旗杆用。"马仲英拔下手枪拍在桌子上,"你的枪你收好。"

9

七兄弟聚在西宁南梢门外名叫尕店的小铺,马仲英说:"脱离伯父自创大业的机会到了,黑马来了,就看咱敢不敢骑!成吉思汗的骑手都备有两匹马,一匹驮着骑手,另一匹驮着骑手的命运。"

七个儿子娃①忽站起来,走到马跟前抽出刀子,扑轰,扑轰!插进战马圆实的后臀,战马一声长啸,抖断缰绳冲出城门,黄尘拔地而起。战马驮着他们的命去了远方。

骑手出征前要放一次空马,空马驮着鞍子和钢刀,在旷野奔驰七天七夜,再回到骑手身边。

马鞍子太荒凉了,骑手都活不长。

七兄弟全都进入迷幻状态,老板按时送来干粮和水。第七天,年龄最小的马仲杰说:"我的血响起来了,跟河水一样。"尕司令说:"那是你到了最后的海洋,骑手的血都要流到那里。"

店老板跑进来说:"你们的马回来了。"

战马驮着钢刀穿城而过,来到尕店。七兄弟见到了刀柄,刀刃被战马的血液化掉了。他们不知道战马去了什么地方,但那里一定有沙漠戈壁雪山草原,风沙和阳光会把骑手的命磨成飞快的锋刃。

他们回到军营,值日官知道他们不是兵了,战马把他们的命驮走了,他们已成为真正的骑手。值日官没有执行军事条例。

那是个阴暗潮湿的下午,官兵们没有心思打牌,他们张开嘴巴,惊讶得说不出话。他们看见了屋外雨地里的战马,战马的后臀浑圆坚实,刀痕跟嘴巴一样丰润。刀痕刚咽下一把刀子。

有人说:"马营长从来没服过军长。"

这话把大家给提醒了,大家感觉到自己裤裆里空荡荡;有人在那里抓一下,鸡巴还在,但那货软溜溜像根绳子。

---

① 马仲英起义时的主要骨干:弟弟马仲杰,姐夫马虎山,宁海军军官马仪等。

有人说:"马营长顶撞军长是为练他们的锤子。"

有人说:"马营长的鸡巴跟蒜锤一样是石头的。"

兵们委屈得鼻子发酸,有人说:"咱不是儿子娃娃了,咱叫人给骟了。"

那正是春天,草青水绿,风和日丽,战马褪去憔悴的老毛,个个腰肥体壮,澎湃的生命力像春水般泛滥,到处闪动着雌雄二性的阴阳风火。雄伟的公马嘶声若龙,英俊的母马长鸣如凤。春情勃勃,生命的繁衍方能进入高潮,而士兵们神色忧郁,压抑得难以忍受。

老兵们说:"长官把咱们的底气放跑了。"年轻人不信,憋憋气一试,肛门松松的憋不住气。肛门只能堵住粪便。有人不小心,连气带粪漏下来,把屋子弄得很臭,大家打开窗户。春天的太阳又白又嫩,像块豆腐。

有人说:"太阳没有骨头了,咱要骨头做啥。"

有人说:"咱当不成骑手了。"

主麻日(星期五),宁海军的军官们上西宁东关礼拜寺做礼拜。马仲英吐了些血,就对大家说我有病不能礼拜,就退出寺外,直奔尕店,跟七兄弟会合。他们骑上马,穿城而过,将沿途电话线割了。

"尕司令去哪?"

"到循化,过黄河。"

"那里太险。"

"听说过撒拉汉子的誓言吗?割了头也要走到黄河边喝一口黄河水。"

从西宁往循化,有许多大山,七兄弟和他的马不怕高山一路狂奔啊。一天一夜,天明时,从远方奔来一团亮光,亮得出奇的一团光啊。

"看到了吗,那里就是黄河。"

谁都知道那不是天上的光,那是一条大河在群山里闪烁。他们奔过去,他们快飞起来了。马也看见那神奇的白光,马低头窜啊,马跟长了翅膀似的。他们闻到了黄河特有的那股带有胎液味的清香。黄河出雪山草地,还是个婴儿,在群山里很清澈地奔流着。七兄弟就跟婴儿一样扑到水边,念了经,然后从容不迫地撩起黄河水痛饮啊,嘴里不停地啊啊叫着,自己把自己喝大了,喝成一条壮汉,站起来摸摸脖子,那颗脑袋还在,他们比传说里的无头汉子强多了,他们的脑袋还在。

他们抬头就看见积石山,赤褐色巨石垒起来的一座大山,黄河在大峡谷里开始吼叫。这里有禹王庙,据说是大禹王的巨斧劈开一道口子,黄河出积石山直扑大海。

"上山,到山上去。"

他们把马放在山下,爬到积石山顶。

"这里是大禹王的神迹所在,有他老先人保佑,咱一定能成功。"

七兄弟从山顶上可以见山下的积石镇,循化县衙就在积石镇上。山的另一侧是河的左岸,是大河家。一队国民军牵着牲畜从大河家方向往循化县城走。他们是一支运输队,押送着枪支弹药,刚走到黄河大峡谷的深处,黄河浪震得人头皮发麻,山上响枪,根本听不见枪响,子弹好像是从河浪里卷出来的,飞溅到士兵的身上。他们全都湿了,是那种鲜红鲜红的湿,就好像是黄河的巨浪把他们拍破了一样。另一些士兵惊叫:"我的爷呀,黄河决堤啦。"那是几个河南兵,没跑几步就栽倒在河边。

七兄弟夺了运输队,就赶到循化县城。尕司令骑着马在城外狂奔尖叫,跟老鹰一样。县长说:"谁在外边捣蛋哩。"县长上城墙一看,就笑了:"谁家的尕娃娃,小心从马上摔下来。"尕娃娃叫县长开门，县长说："我拧你耳朵，看你听话不听话。"县长喊几个警察下去把娃捉上来，好好管教管教。警察和尕娃一搭个进来了，警察的枪在尕娃身上挎着，警察蔫头耷脑。县长跳起来，尕娃用枪指他呢，他不能不跳。

"县老爷，把钥匙给我。"

尕娃司令缴了警察的枪，开监放出牢犯，开仓放粮。

最先响应的是撒拉回回，来了五百人，大家跪下，"没个头人反不成，你带上我们扫官灭汉！"尕司令一听就燥下了，脸抽成黑地达，大手一挥发布命令：

> 我们起兵造反打国民军，
> 汉人你一个逗①不成，
> 杀官劫兵抢富汉，与你穷人莫相干，
> 我们要当英雄汉，
> 穷人贵贱不要犯，
> 阿一个杀下汉民的老百姓，
> 一个人哈十个人抵命。

尕司令的命令写成帖子，立马传遍积石山太子山。

积石山周围的穷汉呼啦过来一大帮。财主们气得乱叫唤"土匪贼娃子抢人哩，赶紧跑"。财主们往河州城里跑，跟牲口一样边跑边叫唤："我的爷爷，回回出了李瞎子，李瞎子过来了，不得了。"

"我就是李瞎子②。"尕司令骑着高头大马，挥着鞭子，大声嚷

---

① 逗：动，招惹。
② 李瞎子：即李自成，明末李自成部曾远征积石山一带。

嚷,"你们大伙看么,我瞎不瞎?我不瞎,是这挨尻的世道瞎啦。"

尕司令随口编了一曲花儿。

> 骑大马来背钢枪,
> 富户门前要粮饷,
> 大姑娘捎在马上。

那匹又高又大的马,相传是从青海湖里奔出来的,浑身银灰银灰比银子还要纯,没有一根杂毛。尕司令到循化县下了警察的枪,身边跟的就不是七兄弟了,是几百号硬邦小伙,有回回有汉人有撒拉啥人都有。大家血热得很,黄河峡谷的索道被毁了,黄河刚从雪山下来,冰凉的水瘆骨头。撒拉汉子不怯火,冰冷的黄河水,撒拉汉子用羊皮筏子渡黄河,险要处他们就下到水里拖着皮筏子。尕司令不下马,也不上皮筏子,尕司令夹着马往后退,退到山根脚,就让马跑快,跑成一股风,马就看不见黄河了。黄河一浪高过一浪,马把它们当成石头堆堆,马扬起蹄子踩上去,扑轰扑轰,马在破黄河阵。岸上的人叫起来:"嘿,封神榜,黄河阵,尕司令破黄河阵哩,姜子牙帮咱来了。"尕司令端坐在马背上,稳得很,腰板直直的,肩头稍微晃一下。大伙就说:"这就叫将军不下马,过个河么,能把尕司令难住嘛。"大伙心急,等不得羊皮筏子啦。大伙儿扒下衣服捆起来,背在背上,把枪往脖子上一套,身上光溜溜的,精勾子往黄河里跳,跟鱼一样,憋足劲一声不吭,下去一个又一个,岸上的人都这么下去了。

对岸是甘肃省的大河家。大河家的保安人和汉民围在河滩看稀罕。尕司令夺循化县的消息早传到大河家,大河家的财主们跑了,穷汉们不怕,围在河滩上攥紧锤头绾起袖子跟尕司令干呀。一个尕老汉，尕尕的一个干老汉，在河滩上扯嗓子唱起来，唱的是保安人的刀子。从河州到青海以至藏区，最好的刀子是大河家保安人的刀子。尕司令在西宁武备学校时就喜欢上这种刀子。尕司令有一把保安腰刀，他把保安刀当做真正的河州刀。

相传有叫波日季的保安青年，打刀子的手艺举世无双，他打刀子不是为了挣钱而是专门接济穷人。财主们受不了啦，劝波日季不要白白给穷人钱，波日季不干，财主就雇杀手砍掉波日季的右手，波日季成了残废。为了纪念好汉波日季，保安人在刀子上刻下一把手的图案，这种刀叫波日季刀，也叫一把手刀。

　　尕司令歪得很，
　　七个兵，夺了循化城，
　　开仓放粮救穷人，
　　财主把你当土匪，
　　穷人喊你一把手。

"一把手！一把手！"

河滩上全是一把手，跟天上打雷一样，把尕司令弄得很激动。尕司令勒紧马缰大声吆喝："我尕司令是西北民众的尕司令，我尕司令就用这把尕刀刀杀军阀杀财主，让穷人过上太平日子。"

尕司令的队伍成了几千人的大军，尕司令成立执法队，号令全军："杀一回民一人抵命，杀一汉民十人抵命。"严禁民族仇杀。

大军到刘家集，先拿马家军的老窝开刀，收了绥远都统马福祥马鸿逵父子的庄园，枪支归队伍，粮草归百姓。马麒的族人哇呜一声跑了，老先人积攒几辈子的家产被抢得光光的。

消息传到西宁，马麒气得直跳："这瞎熊把我害扎了，这活活一个李瞎子嘛，咱马家出土匪贼娃子了，咱愧对老先人呀。"老马麒胡子乱抖抖。

马步芳说："当初就该把他除了。"

"让你阿大落个残害子侄的恶名？"

"他是土匪他不是咱马家人，你也不要把他当侄儿，你没见过侄儿吗，咱马家又不缺人。"

马步芳第一次在阿大跟前耍了威风。阿大不计较，阿大到底是阿大，阿大捻着胡子想心思哩。

马步芳说："等他翅膀没硬起，折断，迟了就来不及啦。"

马麒说："让他娃先打冯玉祥，土匪终归是土匪。"

"打下河州城，就收不住摊子了。"

"他能攻下河州？"

"攻下河州就能称王称霸，阿大呀你想好了。"

"娃呀你甭怕他，阿大有法子哩，叫他娃死活进不了河州城。"

"把他阿大交给国民军，看他娃咋办。"

"能成么，这是好法子，咱不出面，咱叫国民军出面。"

尕司令的父亲叫国民军抓到兰州给枪毙了。

尕司令的队伍没乱阵脚，整整齐齐往河州城开拔。执法队骑着高头大马来回窜，谁要扰民，枭首示众。

消息传到西宁，马麒马步芳父子慌了神。

"杀父之仇都能忍，这挨尿的想干啥？你说他想干啥？"

老阿大问儿子，儿子马步芳眼都不眨："外贼头翻天还想干啥？把咱马家军跟冯玉祥一锅煮了，他好重搭台子重唱戏么。"

"他能把冯玉祥煮了？日本人都怕冯玉祥哩。"

"他眼里还有谁？莫说日本人、德国人、英国人、美国人，八国联军都放不到他娃眼睛里,娃眼窝大,我早早就看清楚了,娃眼窝子又深又大。"

老马麒捻胡子,花白胡子捻成线绳,绽开又捻,捻了三遍,大腿一拍:"哈哈哈哈,娃呀莫怕,阿大想出好法子。几千人打不了河州城,起码得万把人。司令嘛,虽说是个嘴上没毛的尕司令,统上一万二万个兵也就像司令啦!"

"阿大?"

阿大摆摆手:"把咱营盘里的土匪兵打发过去么,把山上的土匪叫下来么,把牢里的犯人放出去么,叫他们跟上尕司令发横财去。"

"阿大呀,他夺了循化县就这么干的。"

"循化县长给我说了,娃脑子不笨,牢房是打开了,娃不要歹人,只要好人。他开牢跟咱开牢不一样么。"

"阿大呀,还是你老人家厉害。"

"这叫顺水推舟,顺坡赶驴,跟风扬碌碡。"

马步芳不住地点头。

马麒说:"人身上啥最大?屎大不如胆大,胆大不如头大,遇事多用脑子,天大的难事咱都能解决。"

10

河州以及岷洮陇南陇东的好汉们纷纷投奔尕司令,西宁的军队也大批大批哗变而来。队伍一下子成了上万人的大军,尕司令一声号令,地动山摇,整个太子山和北塬都在欢呼"尕司令尕司令"。十七岁的娃娃尕司令,骑上大灰马,带上一队虎背熊腰的卫兵,歪得不得了。这些西北汉子满脑子的《杨家将》《金沙滩》《三国演义》《薛仁贵征西》,他们举着枪,有枪的人不到十分之一,大多数人拿着刀子长矛棍棒,跟唱花儿会一样,军营热闹非凡。大家既是有血性的儿子娃娃，又是唱花儿的好把式①，大家再也不唱那些悲凉的砍头血身子的花儿，大家当英雄呀，就唱慷慨激昂的《杨家将》。唱《杨家将》的还都是岷洮地区的杨氏后人。这里的汉人自称杨家将后代，这里有二郎山，有穆桂英的点将台，有杨六郎庙和三关口，连藏族酋长也都姓杨，回族也姓杨，那是个充满英雄气息的大姓，一曲《杨家将》，你就成了这里最受欢迎的人。

石崖头上抱凤凰，鹰落紫荆树上；
杨家唱了唱宋王，
我俩人对着唱上。
杨大郎模样赛宋王，身替了宋王死了；
红脸模样大眼睛，
活不成，活活的想死你了。
……
千里的大路上红旗绕，辕门上斩宗保哩；
明白②的孨妹妹领的个教，相思病怎么好哩。
长寿山出下的灵芝草，五曲山出下的紫草；
六郎的儿子杨宗保，穆桂英搂上着睡了。
穆桂英大雨里招亲哩，活拿个杨宗保哩；
你死时陪你着去死哩！不死时陪着你老哩？
前门上挂的红灯笼，后门上要挂个匾哩；
杨宗保绑在辕门上，穆桂英为谁反哩？
乱箭射死的杨七郎，背绑在悬标的杆上；

---

① 把式：技艺高超的人。
② 明白：方言，聪明。

你死了不要喝迷魂汤,回转到阳间的世上。

六郎的妈妈佘太君,手拄的龙头拐棍;

哪一年六月水成冰,阿哥们才忘你们。

满山遍野的"扎刀令①腔",唱起来高而尖,好像在人身上猛扎一刀,疼痛难忍的喊叫声。大家唱红了脖子唱红了脸,唱得青筋暴起眼冒血光。尕司令骑在马上,马都激动了,热血"扑咚扑咚"翻浪呢,身上筋肉突突跳哩。尕司令吊一声高腔,唱《三国》唱《千里走单骑》。

曹操气得大抖呢,张辽哭得牛吼呢。

把关公怎么丢手呢,关公单骑就走呢!

第一关是东岭关,守关将军在里面。

孙秀把关把着呢,手提双枪耍着呢。

关公接战一回合,刀起孙秀朵脑②落。

……

第四关是荥阳关,王桢守关在里边。

关公四关接战了,王桢吓得脉乱了。

被关公把头斩断了,身子叫马踏烂了。

……

尕司令的高腔把大家听呆了,一万人的队伍,鸦雀儿无声。"呼啦啦"一个大个儿卫兵打出一杆旗,这是他们的军旗,跟鹞子一样在天上翻身子。卫兵一把抓住旗穗穗,大家看清了旗上的字,斗大

---

① 扎刀令:西北花儿的一种曲调。

② 朵脑:方言,脑袋。

的一行好书法"黑虎吸冯军"。尕司令在西宁当营长时，民间就传说他是个黑虎星。这是老百姓从《封神榜》里的黑虎编排出来的，气马麒马步芳父子呢。国民军开到甘肃省，要粮要款，马麒马步芳屁都不敢放，西宁兵营里几万兵马，静悄悄的，只出来尕司令一行七个人。七个好汉起兵造反，尕司令就成了传说里的黑虎星。黑虎专歪人，前马步芳后冯玉祥。

黑色大旗在太子山下大夏河畔"哗哗"飘展，尕司令和他的兵也都是黑衣黑裤。西北百姓从古到今就爱穿黑衣黑裤，盖的宅子也是黑门扇黑柱子，金黄峭拔的高原行走着古拙质朴的黑色生命。相传周秦的大军就是黑色军服，秦太子扶苏曾率大军北扫匈奴至河州，秦长城也延伸到洮河岸边，那青黑色的群山因扶苏的缘故叫做太子山。"黑虎吸冯军"浩浩荡荡沿太子山猛进，西北大山里的黑虎——猛虎下山，不吃你，吸你，跟吸一锅烟一样，把你吸下去吐出来，气吞八荒，勇不可挡。

消息传到西宁，马麒坐不住了："气这么盛？吃人呀！"

探子回报："不是吃人，是吸，黑虎吸冯军，谁也没见过这么可笑的队伍。黑虎吸冯军，老百姓都说尕司令人歪，队伍歪，打出的旗号歪得没边边。"

马麒声音小小点："他娃能歪到啥程度？"

马步芳说："我不知道。"

马麒声音越来越小："他娃能歪到阿搭①去？"

马步芳说："我不知道。"

探子叫起来："我知道我知道，尕司令啊要歪到大海里去，我听他唱《千里走单骑》。我就站在他背后，他唱完后边喝水边嘀咕，古老的大海，他爱慕那大海，他迟早要去海里边。"

---

① 阿搭：方言，哪里。

马步芳拉开军事地图，大海在东边，在天边边。马步芳说："他是不是疯了，给他娃安翅膀叫他飞他都飞不到海边，他去海边死呀！"

马麒早年做过脚户走四川下宁夏去内蒙见过大世面，"娃呀，蒙古人把戈壁里的湖不叫湖，叫海，海子。咱青海湖就是个大海子，他谋咱的青海呢。"

马步芳跳起来："阿大好眼力，他娃拿下河州就回头吃咱青海。"

探子说："不对不对，尕司令的帖子上说得明明白白，先打河州的赵席聘，再打兰州的刘郁芬，最后吸吞冯玉祥。"

"我的爷爷，他娃拿下兰州城，把大西北都吸吞了，还用打青海吗，咱投降都来不及，"老马麒气急败坏，不停地拍大腿，"娃娃，快告诉阿大，他要找的那个海是阿门①回事？青海在他娃眼里顶多是个涝池，他到底想干啥？"

马步芳说："他是海量，把全世界都想吸到肚子里。"老阿大说："他总不能吸石头沙子吧？"马步芳赶快给亲大大鼓上一把劲："石头沙子把他塞死！雷把他击死！大炮把他轰死！飞机撩炸弹把他炸死。"

马步芳刚刚从图片上看到飞机，他就想象着那种最新式的武器，跟鸡下蛋一样下一大堆炸弹，把死对头炸死、炸烂。父子两个咬牙切齿唾沫飞溅，终于在飞机上达成共识，飞机就是飞机，叫飞机炸你挨尿的黑虎星。

谁也没想到这奇妙的咒语好多年后会变成现实。

---

① 阿门：方言，怎么。

11

1934年正月，在天山北麓头屯河战场。

苏联人的飞机越来越多，又来了二十架，总共七十架大型轰炸机轮番轰炸。第八天，三十六师终于垮了，白马旅断后，主力绕过迪化城进入天山。白马旅拼到最后一兵一卒，连最后一匹战马，失去骑手的空马也被飞机截住了。那是头屯河边的一块台地，愤怒的白马不离开台地，不停地站立，前蹄伸向天空嘶叫着，在爆炸声中马的嘶叫饱满潮润悠扬而高贵。马在欢叫声里四蹄变成白色的翅膀，马在腾飞，在上升，垂直上升；太阳，那颗古老而新鲜的太阳，终于被马蹄敲响了，钟声浩荡，庄严而神圣的青铜声！亚洲腹地古老的声音，被这最后的飞马驮到苍穹之顶，炸弹再也找不到它了，连它的影子也没有了。辽阔的天幕上，马静静地走着，甩着漂亮的尾巴俯视那些可笑的飞机。飞机跟苍蝇一样嗡嗡地盘旋着，它们比苍蝇更恶心，苍蝇寻找污秽，而飞机制造污秽。连那块台地也被炸平了。

在河谷的拐弯处，摆放着六百具苏军突击队员的尸体，整整齐齐，脸上盖着一小块白布，脖子上有一道勒痕。简直不可思议，六百名特种兵，没放一枪，连刀子都没来得及拔出来，就被勒死了，死得那么安详，压根就没怎么反抗，跟宿营似的整整齐齐躺在一起。三十六师以军人的礼仪把他们安置在远离炮火的地方。"够了！"苏军指挥官一声大吼，所有的官兵都离开死者，指挥官大叫："这些亚洲人，野蛮人，毫不留情地杀死他们，一个也不要放过！"指挥官亲自驾上坦克，冲向雪地上的尸体，那些三十六师阵亡官兵被坦克压碎，所有的坦克装甲车从尸体上压过去。失去抵抗力的三十六师伤兵被捆在坦克装甲车上，疯狂的装甲部队拼命追赶，还是追不上三十六师。空军就顺利多了。

三十六师四列纵队整整齐齐，进入后峡。苏军的飞机被天山冰峰挡一下，再次扑上去时，先朝山路上的三十六师扫射，投弹。地面上的军队不但不乱，反而喊起一二一，一二一，飞行员以为是省军，就往回飞。追击部队远在百里以外，飞行员得到通知，前边急行军的就是三十六师。炸弹跟白雨一样落下来。没人躲闪，炸死算屄！许多没头的官兵直突突立在群山的环抱里，飞机只好绕着圈反复轰炸，跟削平一座山头一样，一点一点把他们削下去，直到看不见。

有几架飞机专门寻找尕司令，大群大群的炸弹呼啸而来。苏军指挥官从望远镜里看见马仲英和他的参谋变成一片火海，便向边防军司令部发报：三十六师溃逃南疆，师长马仲英被炮火击中。

战报同时发往迪化苏联领事馆，领事马上通知盛世才。盛世才不相信。领事说："飞机投弹五分钟，机关炮把地面犁了几遍，他能钻到地心里去？"

"他会死而复生。"

"你的恐惧心理太严重了，放松一下，你要明白，马仲英败了，他在逃命，一个逃命的英雄是不可怕的。"

盛世才命令他的装甲分队加速前进，盯住三十六师："对匪首马仲英活要见人死要见尸。"总领事笑："这就是中国人所谓的斩草除根。"

盛世才告诉总领事："我们中国人从古就讲究留得青山在，不怕没柴烧，君子报仇十年不晚，东山再起，死灰复燃。一个人只要有三寸气在，就能扭转乾坤。"

"噢哟，多么可怕的复仇精神，我完全理解督办的心情。"

迪化新政府已不是金树仁当主席时的烂摊子了，甚至连那个精明能干的第一任边防督办杨增新也比不上新政府。新政府全是进步青年，思想活跃，在军事之外，更注重宣传和教育。新政府的政工人员成功地策反了马仲英的盟友和加尼牙孜阿吉和虎王饶勒博斯。

三十六师刚进入天山，就遭到饶勒博斯哈密军队的袭击，在飞机坦克追击下逃命的三十六师跟一头受伤的猛兽一样，被拦路的小猎狗激怒了，吼叫着扑上去，不到一个小时就把哈密军队打垮了。从激战的场面来看，没有发现马仲英，马仲英和他的大灰马太醒目了，但也没有发现担架或者哀悼的迹象。盛世才几乎要相信马仲英死亡了，三十六师虽败，但尚有实力，群龙无首，收编他们就是了。

盛世才过了一个安宁之日。仅仅一天一夜，他什么也没干，倒床就睡。他的弦绷得太紧啦，稍一松懈就一松到底，漫无边际地沉下去，一片漆黑，闷头往下沉，跟无底洞一样。他正在飞速下坠，无底洞有了底，他大叫叫不出声，他被人猛烈地摇醒。是夫人邱毓芳，有重要情报，机要参谋就在客厅等着。盛世才不顾一切冲出去，看电文。三十六师在铁门关与和加尼牙孜血战一天一夜，双方死伤惨重，激战最关键的时候，马仲英和他的大灰马出现在阵地上。三十六师士气大振，一鼓作气攻克天山最险要的雄关铁门关，和加尼牙孜的部队损失数千人马，逃向尤都鲁斯大草原。这只猛禽又浮出了水面。铁门关之战跟头屯河之战一样将会传遍天山南北，传遍整个中亚细亚。从古到今，破铁门关者只有清朝的左宗棠和这个娃娃司令马仲英。中亚有两个铁门关，一个在新疆，另一个在乌兹别克，据说当年马其顿王亚历山大大帝征服世界时在铁门关前遭到惨败，马其顿军队进攻的狂潮终于平息下来。盛世才慢慢地品味着这场出色的战役，他简直难以容忍自己的脑袋，想什么问题都想得那么精辟那么透彻。也只有他这种军事专家才能体会到铁门关之战的深远影响。在这块尚武的土地上,一场气壮山河的大战就意味着一切。在盛世才心潮起伏的时间里,夫人和参谋悄悄地站在一旁,盛世才终于平静下来,"给我电话,接苏联领事馆。"总领事已经知道铁门关之战。盛世才说:"马仲英活着,亲自指挥这场战斗。"总领事说:"我也要告诉你一个好消息,三十六师已经被强大的红军赶出天山。平坦的塔里木盆地没有任何屏障,飞机和装甲部队将大显身手。古老而神秘的塔里木马上要变成屠场,变成墓地,多么辽阔的墓地呀!"

天山南麓塔里木盆地边缘,古城库尔勒,与城池相连的是闻名中亚的大海子博斯腾湖。大草原一般辽阔无垠的芦苇包围着滚滚波涛,很容易被人看成大海,鸟儿都飞不过去的辽阔水域。长途征战的三十六师官兵伫立在潮润的海风里,一场荡涤灵魂的沐浴,默默地祈祷。追击而来的苏军装甲部队被这景象惊呆了,飞机坦克的轰鸣声根本不存在。

"他们在干什么?"

"他们在祈求真主安拉。"

"谁也保佑不了他们,该死的野蛮人,飞机坦克要好好教训他们。"

苏军官兵的谈论很快被打断了,是那些被俘的三十六师伤兵,俘虏从晕眩中苏醒,苏醒后的生命平静而安详,"大海朝我们涌动,我们爱慕大海。"

"去爱慕死亡吧!"一名苏军军官拔出手枪,顶在俘虏的脑门上。俘虏失去了一条腿,双手被捆在炮塔上,他的神情矜持而孤傲,他根本不看军官和那把枪,他眼瞳里很平静地展开了整个博斯腾湖,他脸上露出微笑,一下子把军官惹火了,"你爱慕的是死亡!""死亡是最深邃最古老的大海。"枪响了,挨枪的人仅仅偏了一下脑袋，好像故意抛掉了另一半脑袋，剩下的这一半酣然入睡，根本不理这个疯子。疯子又放一枪，竟然打偏了，连打三枪，都没打着。上司及时制止了他的疯狂，不能在中国人面前露出蠢相。上司开始另一种方式的蠢相，他一定要让自己的官兵亲手教训中国人，跟一个勇士一样。不能光靠飞机坦克装甲车，俄罗斯有的是小伙子。

骑兵一直在后边跟着，现在赶上来了。每个骑兵前面带一个三十六师的俘虏，枪顶着俘虏的后心。骑兵列队向前，逼近三十六师。三十六师阵地上没有动静。第一排枪响之后，一百多名俘虏栽倒在血泊里，另外三百多俘虏喊着扑向马蹄子，扑向马背上的骑兵。三十六师阵地上机枪猛烈扫射，青马旅跃出战壕，暴雨般的子弹击落大批骑手，那匹大灰马最先冲上去，冲进苏军骑兵部队，更多的三十六师骑手冲上来。真正的骑兵之战拉开序幕，在坦克装甲车前边展开激战，不到一小时，红色骑兵团全被砍倒掉了。

坦克装甲车愣了片刻，在等飞机。飞机很快过来了。飞机盯着大灰马。大灰马很快跑远了。

在博斯腾湖南边，塔克拉玛干沙漠横在眼前，无路可逃。维吾尔人告诉大家这是死亡之海，进去出不来。尕司令勒紧马缰，马要冲进大沙漠，尕司令得问清楚塔克拉玛干到底有多大？维吾尔汉子指指天指指地，天有多么大死亡之海就有多大，地有多么大死亡之海就有多么大。尕司令放心了："弟兄们，我们从河州起兵找的就是这条路，儿子娃娃跟我上啊。"三十六师官兵以战斗队形冲进死亡之海。

尾随而来的飞机盘旋一下，请示后方指挥官，指挥官大叫："骑兵能去你们不能去吗？冲进去，狠狠地打。"飞机坦克很快就追了上来。

飞机果然有大用场，骑兵能摆脱坦克装甲车，却摆脱不了飞机。飞机放开手脚低空飞行，专打大灰马和马背上的尕司令，所有的飞机都认识尕司令，这个傲慢的家伙，炸弹和机关炮老逮不住他。现在四架飞机从四个方向围上来，织起一张火网跟捕鱼一样撒出去，罩住了大灰马，大灰马栽倒了，机关炮打出一团血光，炸弹紧随其后，大灰马被炸没了。硝烟慢慢散尽，在远方失去骏马的骑手甩开双腿狂奔，飞机大吃一惊，绕圈子冲上去。还是四架，很快就到了骑手的头顶，弹雨泼下去，在骑手的腿脚间溅起一团团白烟，这个家伙跟羚羊一样敏捷灵活，又蹿出去了。飞机俯冲盘旋，火网撒下去，方圆几百米，硝烟弥漫。这个家伙正爬一道沙梁呢，飞行员连他的领章都看清楚了，接着是他的面孔，一张英武漂亮的面孔，一个佩剑的美男子，竟然是个美男子，长眠在死亡之海吧！飞行员按下按钮，炸弹跟鸟群一样飞向金黄的沙梁，沙浪翻滚散开，沙漠换了个样子，跟一张大床换了床单一样，所有的痕迹全被抹平了。塔克拉玛干，真正的大海，比海更真实更神秘。飞行员给上司的报告简洁明了："我亲手埋葬了马仲英！"

12

1934年春天，塔克拉玛干大沙漠被飞机坦克打破宁静的那一年，也是瑞典探险家斯文·赫定[①]先生最后一次中国之行。赫定先生用五十年时间五次深入中亚腹地，寻找罗布泊的准确位置。他的一切融入这片土地。当他意识到英国和俄国要夺取这块土地时，他向

---

① 斯文·赫定：1865—1952，瑞典探险家。

国民政府建议，尽快修筑内地到新疆的国防公路，重新开通古丝绸之路。赫定先生受国民政府委托，以七十岁高龄最后一次进疆进行勘察活动。

在哈密吐鲁番，赫定勘察队受到马仲英的热情接待。

当勘察队抵达库尔勒时，到处都是溃兵，人们都在谈论马仲英的死亡，苏联飞机撒下的传单跟雪片一样飞舞。溃兵沿天山往库车奔跑，赫定问这些士兵："你们已经没有指挥官了，为什么不回甘肃老家去？"

"我们的司令是马仲英。"

"马仲英已经死了。"

"胡说哩，苏联人跟盛世才一个裤裆里放屁，他们说尕司令死，尕司令就死呀？没那么容易！"

一拨士兵又一拨士兵，他们口气坚定，根本不相信尕司令会死。这些壮健红润的甘肃小伙子，毫无失败后的沮丧和绝望，像去赶庙会，从沙漠深处返回大路，那条沿天山南麓伸向库车的丝绸古道跟河流一样汇聚着越来越多的三十六师士兵。他们把赫定先生称做尕司令的洋朋友。在哈密城外的戈壁滩上，赫定和他的勘察队竟然发现尕司令和士兵在一起踢足球，偏远的中亚大漠竟然有足球！洋朋友喜出望外，两个瑞典小伙子技痒难忍，加入其中，兴奋得跟马一样嗷嗷直叫。那么辽阔的足球场！球门就在地平线上，太阳守在那里左晃右晃。对准太阳——射门！一场球下来，大家就成了朋友。当大家听说这位七旬高龄的老人从少年时代就向往中国，数次进入死亡之海，穿越欧亚大陆，尕司令佩服得五体投地，亲手泡上三炮台茶端给这位瑞典老人。老人用洋点心请客，老人发现这个娃娃司令是个严格的穆斯林，不喝酒不抽烟，只吃少量饼干和牛肉，饮食很节制。清瘦修长却体格剽悍，一个标准的斯巴达式的古典武士。

"什么是斯巴达?"

老人一时找不到合适的语言,干脆用《三国》里的马超来解释:"将军就像反西凉的白袍将军马超。"

"哈哈哈,马超,马仲英,好好好!就是马超。你简直就是我的父亲,我父亲要活到你这年龄我就安然了。"

"你父亲去世了?"

"叫国民军给害了。"

"对不起,我引起你的悲伤。"

"我不悲伤,这有啥悲伤的,人的生死都是前定的。"

尕司令扬起脑袋吼了两声河州花儿:

> 丢下个尕妹子走西口,
> 离河州又过个兰州;
> 血泪债装在了心里头,
> 儿子娃要报个冤仇。

唱红了脖子唱红了脸,尕司令扒下军装,皮带里扎着白衬衣,带上一帮小伙子冲上戈壁滩,一个射门,足球跟炮弹一样"轰"一下把太阳击落!大地上漫开一大摊红红的血。辉煌的大漠黄昏。

"他还是个孩子,我的小儿子跟他一样大。"

老人泪花闪闪。一定是上帝伸出奇妙的大手,在北欧童话般的森林王国和中亚荒凉的土地之间划了一道线。老人又拦住一群士兵:"你们的指挥官死了,快去找他的尸体,给他举行葬礼。"

"尕司令死不了,能死也就不是尕司令了。老爷爷你是尕司令的洋朋友,你就不该信这破传单。"

"可你们进去的是死亡之海。"

"我们出来进去好几回了,飞机撵不上,我们从这边进去,从那边出来跟喝凉水一样。"赫定先生快晕了,赫定进去过好几次,每次都要经历死亡的劫难,连他自己都不相信是怎么活着出来的,这些士兵跟小孩捉迷藏一样兴致勃勃面无惧色。赫定小声问他们:"你们吃什么?"

"吃四脚蛇①。""吃胡杨。"

"沙漠没有水,你们喝什么?""喝马尿喝人尿咂人身上的汗。"

现在老人相信尕司令没有死,无法战胜的死亡,简直就是神话。

最后一个走出死亡之海的是尕司令,老天有眼,一场暴风,把他从沙层里吹出来,耳朵鼻子里的沙子也被吹净了。"洗了个沙子澡,跟磨刀石一样,把人磨得闪光哩。"

从库尔勒逃往库车的路上,马仲英终于坐上了汽车。"我在南京坐过汽车,到西北一直骑马。大戈壁需要汽车,有飞机更好。"赫定对马仲英的乐观劲感到吃惊:"你在逃命,将军。""我在逃,我还会起来,我起来不只一次了。"

马仲英给赫定讲他大战冯玉祥横越东疆戈壁。"太不可思议了,一只水壶一袋炒面。""要没有苏联人帮助,盛世才绝对赢不了,我还会起来的,"马仲英看见了天山,其实他们一直是沿山脚走的,"我们就是看着天山急行军的。"

马仲英给老人谈他的计划,在他那个雄心勃勃的蓝图里,他要联合斯大林、墨索里尼、希特勒,必要的话还可以考虑英国和法国。老人听明白了,在这个伟大蓝图里,主角理所当然是他马仲英,一切都得听从马仲英指挥。老人忍不住拍他的肩膀:"孩子,你太可爱了,年轻就是好啊。"

---

① 四脚蛇:即蜥蜴。

在库车，碰到从伊犁逃亡的张培元的残部，这些在严寒、风暴和穷困交迫的情况下，翻越天山的伊犁士兵，听到了尕司令那令人神往的讲演：

"同胞们，朋友们！欢迎你们到我的军队里来！我们要在一起打垮那些依然敢于阻止我们前进的敌人。你们在北军领导人的手下，除了饥饿、痛苦和奴役外，什么也得不到。你们听说过甘肃的尕司令吧？我就是尕司令！把这些地方所有民族联合成一个伟大领地的是我。我要在你们的支持和帮助下，为整个人民的幸福而工作。我保证给你们自由、康乐，使你们一切绰绰有余。我们将在一起，把这个地区组织起来，使它成为一个伟大的强有力的富有声望的地方。"

伊犁军队恢复了斗志，被编成步兵师，三十六师壮大了一倍，一支大军又出现在塔里木大地。马仲英重新崛起。

苏联总领事走进盛世才的办公室。有关马仲英死亡的电文有好几份，总领事手里这份最新的电文是马仲英复活的消息，真不知道军方指挥官如何口授这些电文的？盛世才手里也有一份情报，比总领事的电文更详细更生动，那个情报员混在三十六师队伍中倾听了马仲英讲演的全过程，情报的字里行间还保留着马仲英讲话时的某种气势。总领事就是弄不明白，马仲英残部是从库尔勒南边进入塔克拉玛干大沙漠的，飞机装甲车追击了一天一夜，几十万平方公里的大沙漠，比法国还要大的地域，就是一支大军渴也渴死了，怎么可能从库车冒出来？

盛世才说："他碰上了斯文·赫定勘察队，搭勘察队的汽车到达库车。"总领事大声咆哮："赫定是英国间谍，他支持马仲英，他们都是帝国主义分子，要坚决消灭他们！"

"赫定是国民政府聘请的专家，是勘察公路建设的。"

"什么,在新疆修公路?"

"是国防公路,日本侵占我国东北,中央要把西北作为战略后方。"

"那更应该消灭他们,不能让他们的阴谋得逞。"

"这不是阴谋,这是国防建设。我们还是研究一下如何对付马仲英吧,马仲英不灭,我们都不得安宁。"

苏军和新疆部队分两路扑向库车。

三十六师没有动静,谁也摸不清他们下一个目标是什么地方。马仲英派一个骑兵排护送赫定先生。赫定老人对这个神话般的年轻人太感兴趣了,他一定要多呆一天,听年轻人讲河湟事变。尕司令就把作战计划推迟一天,跟老人长谈。当他讲到大战西北军名将吉鸿昌时,老人叫起来:"你跟吉鸿昌打过仗?两个勇士搏斗太有意思了,阿喀琉斯与阿伽门农,令人可怕的愤怒。不过孩子我要告诉你,按照我们北欧人的习惯,强大的对手遭到不幸也是你的不幸。"

"什么意思?"

"我相信你是个真正的勇士,你一定会伤心的,你的对手吉鸿昌将军成了政府通缉的要犯,随时都可能被杀掉。"

"这不是开玩笑吧?"

"不是开玩笑,孩子,你的祖国危在旦夕,日本人侵占东北,已经越过古老的长城,向华北挺进。政府一味退让,冯玉祥将军在察哈尔组织抗日同盟军,吉鸿昌是最能干的一员大将,一举攻克多伦,把日本人赶出蒙古草原,轰动全世界。中央军竟然与日本军队联手进攻抗日同盟军,冯玉祥上了泰山,抗日同盟军解散,只剩下吉鸿昌和方振军孤军作战。他们一直攻到北平城下,进入八国联军当年划定的非武装区,遭到日本空军和最精锐的第八师团猛烈的攻击,中央军东北军背后夹击。吉将军竟然以一个师与二十万大军血战两个月,他亲自率大刀队消灭日军一个联队,日本人如果没有飞机和坦克的优势,很可能会被吉将军赶出华北。他的残部被堵在长城脚下,被中央军缴械,吉将军只身逃到天津,日本特务和国民党特务正在追杀他。我的勘察队路过北平时,听到老百姓很悲伤地唱一支歌谣:抗日同盟一百天,轰轰烈烈化灰烟。在北平这座古城,数十年前发生的也是轰轰烈烈一百天,吉鸿昌将军有可能走谭嗣同的路。"

"谭嗣同是谁?"

"你们中国的英雄,一个具有军人气质的读书人。维新运动失败后,他的同伴全都逃了,他放弃逃跑,发誓要以热血唤醒民众,复兴你们的国家。"

"吉鸿昌,狗日的吉鸿昌,他超过我了。"

"你妒忌他。"

"不是一点点,我们回民有句话,血性男儿要活出一身辉煌。瞧他多辉煌,从头到脚满身的辉煌!在蒙古草原啖①日本人,在长城底下啖日本人,差点夺了北京城,好像全中国人都死光了,就他吉鸿昌一个能成,全世界都知道就他一个抗日哩。"

"世界各大通讯社都报道了吉将军抗战的消息,一个古老而伟大的民族是不可征服的。"

"河湟事变快结束时,我收到吉鸿昌的信函和照片,按中国军人的习惯,照片是名片,是交朋友用的。我不服气,他能赢我是他武器好,我一直不服气,就没理识②他。"

"你想结识他?"

"劳您大驾给我照个相,你回内地找机会把我的相片送给他。凭

---

① 啖:西北方言,狠吃狠打。
② 理识:结识,理睬。

我孖司令的相片，他吉鸿昌不用在租界里东躲西藏，他往清真寺里躲，往甘肃宁夏躲。只要到了甘肃宁夏，谁也害不了他。"

照相机照了两次，一个是马仲英骑着大马，一个是很自信地背着手站在库车的原野上。赫定要给自己留一张。其实两个相片都归他了。他在勘察国防公路的同时最后一次进入死亡之海，终于找到了罗布泊——那个移动的古老的大泽，追寻了半个世纪的古泽终于在他七十岁这一年找到了。赫定返回内地时，吉鸿昌刚刚被枪决，被何应钦将军秘密杀害于天桥监狱。中国的报纸不敢披露真相，吉将军的夫人把详情告诉外国记者。英国《泰吾士报》报道了吉将军血战日寇，以及被捕后被严刑拷打从容就义的全过程。赫定先生遥望新疆，喃喃自语："吉鸿昌死了，孩子但愿你能战胜死亡，你这么年轻，生机勃勃，死神不会找你麻烦的。"

我活着，我将永生！

老人惊讶万分。从大地深处，从苍穹顶上传来滚滚声浪……

当古老的大海朝我们涌动迸溅时，我采撷了爱慕的露珠。

第二部

1

刚开始尕司令根本不知道他真正的对手是吉鸿昌，他压根就不知道世界上有这么一个人。他眼里的头号敌人是甘肃督军刘郁芬，刘郁芬杀了他的父亲，刘郁芬的师长赵席聘坐镇河州城。尕司令先打河州收拾赵席聘，再攻兰州杀刘郁芬。

1928年春，尕司令带着数万之众的"黑虎吸冯军"围攻河州。尕司令下令："电线杆子都砍完，叫他赵席聘电话通不成。"河州与兰州的通讯中断。

河州城里的国民军一个营出城作战，手里的快枪还没来得及拉枪栓，尕司令的兵"哗啦啦"跟暴雨一样砍砍砍，杀杀杀，一营的国民兵眨眼间给日蹋完了。城里的大兵再也不敢出来了，城头上架起大炮，朝城下黑压压的人群轰击，尕司令的兵倒下一大片。尕司令领上"黑虎吸冯军"撤离城墙根，一直上了北塬，钻进深沟不见影儿了。

国民军都是来自河南河北山东大平原的硬汉子，是当时中国野战能力最强的军队，被十七岁的娃娃司令带着乌合之众堵在城里，心里很不是滋味。有个邵营长硬得很,一定要带兵上北塬去撵土匪兵。"我不信马仲英是什么黑虎星,他硬还是我硬?"不等上司发话,邵营长带上队伍冲出城,一溜烟上了北塬。打眼一望,黄土塬一个接一个,波浪起伏跟海一样,邵营长在华北平原上长大,看半天看不出这些黄土疙瘩有什么名堂,从塬顶的台地往两下里裂出一条条子老虎金钱豹一样的大沟大壑,很能满足一个热血军人的豪气。邵营长带上队伍钻进一条大沟,几小时的急行军,出了沟口有个庄子。估计马仲英这个黑虎星躲在庄子里,邵营长就把庄子围了,刚围住,庄子里冲出几百人跟国民军混战在一起。邵营长抡起鬼头刀杀红了眼,杀着杀着,他跟前没兵了,他自己也不动了,血淌干啦,大刀跟拐棍一样拄在手里,扑咚倒地上。

守城的赵席聘再也不派兵出城了。"尕娃娃确确实实是个黑虎星,硬得很。"赵席聘给兰州刘督军写一封信,派卫士趁黑破阵搬救兵,信写得十万火急:"河州城里只剩下三营兵,援军要快,迟了,城就叫黑虎星吞了。"西门炮声一响,东门飞出一匹烈马,朝兰州方向奔去。

尕司令的兵完全可以堵住这个国民军,尕司令不让堵:"闪开闪开,他是去兰州搬兵的。"大家举枪要打,"司令灭了他,从古到今哪有给搬兵的人让路的?"尕司令黑下脸:"你没长眼睛吗?你往旗杆上看,上边写的啥?黑虎吸冯军,连刘郁芬都没吸来,还想吸冯玉祥?"大家都比尕司令年长几岁,这个顽蛮可爱的娃娃天真烂漫地教训大家:"让他搬救兵嘛,把国民军全都搬到城里边,城里塞得满满的,咱往里攻才有意思。核桃吃着香,硬面锅盔有味道。"

刘郁芬发来了一个旅,旅长赵仲华感到很奇怪,进入河州地面,赵旅长严阵以待,提防土匪伏击,四野里静悄悄的,赵旅长顺利开进河州城。赵旅长问守城长官赵席聘:"太平世界哪来的土匪?"

"你不要急,时候一到你就知道了。"

一夜无事,官兵们吃好喝好,浑身是劲。

天刚明,城外一声炮响,接着是暴雨般的马蹄声和脚步声,赵旅长以为回到了古代,简直是演《三国》。

塬上塬下全是骑手们刚健的身影和明晃晃的马刀。尕司令下达攻击令。黑马旅青马旅向北塬猛扑,攻破北塬,包围西城,北塬头的国民军无法立足,放弃阵地,退入城内。国民军旅长赵仲华率大刀队反攻,骑手们一拥而上,那些中弹的骑手仍然紧夹着马腹,僵立在旷野上,战刀在手里闪闪发亮,子弹抖落在伤口里,像黄豆一样被嚼得嘎嘣响。后边的骑手擎着亮晃晃的马刀,一直冲到机枪跟前,把机枪手劈为两半。

国民军毫不惊慌,伸手从背上摘下大刀,跟骑手们砍在一起。刀来刀往,铁器发出猛兽般的吼声。好多汉子倒下去了,身上裂开的口子又长又深,就像高原上的深沟大壑,马刀一下子把里边照亮了。

生命凝固在坚硬的骨头上。

赵仲华旅长跟他的士兵躺在一起。

赵旅长本来可以突围出来。赵旅长刚下火线,就听不见枪声了,就看见尕司令的骑手们收起枪,擎着火炬一般的河州刀一声不吭拥上来。国民军的卫兵也把枪扔掉,从背上摘下大刀。已经站在火线之外的赵旅长纵身一跳,又回去了。赵旅长最早是学兵队的武术教练,来自华北大平原,那里的原野跟大刀片子一样宽阔结实,燕赵自古多悲凉慷慨之士,赵旅长从背上摘大刀的一瞬间仿佛置身于那萧萧的劲风中,仿佛置身于寒声四起的易水河畔。"此地别燕丹,壮士发冲冠。昔日人已没,今日水犹寒。"

卫兵们跟尕司令的骑手一对一全倒下了,大刀和柳叶刀深深地扎进对方的身体,刀口吃进很深,一直到刀柄;刀刃开始在血液中游动像滚滚波涛中矫健的白鱼，后来刀刃被血水吞没。

赵旅长的身边全是尸体，赵旅长望着塬上的回回骑手，等他们过来，他们盯着他，没有进攻的意思。赵旅长全身放松了。大刀和柳叶河州刀像秋天的庄稼，红透在壮士的胸膛上。

赵旅长的身边全是尸体，赵旅长再也收拢不了它们，轰一声倒在地上，跟卫兵和骑手们躺在一起。紧挨他的是两名尕司令的营长，都是二十出头的小伙子，赵旅长很高兴跟小伙子躺在一起去迎接死亡。

刘郁芬的参谋长余嘉培等政工人员，住在镇守使马廷贤的将军府公馆，由国民军二十六师工兵营防守。尕司令重兵进攻将军府，志在生擒余嘉培。城内国民军由赵旅长率部增援将军府，赵旅长阵亡，增援无望。余嘉培孤守将军府。骑手们一队一队开上去，一去不回。太阳偏西，进攻毫无进展，尕司令下令火烧将军府。起火后，国民军一边抵抗一边挖墙，一百多名卫兵掩护余嘉培撤进河州城。来不及撤退的官兵全被烧死，精良的武器，也被烧毁不能再用。骑手们烧毁将军府后，继续放火，把城外的汉族寺庙万寿观、宝觉寺也烧了。国民军以牙还牙，烧毁了河州最有名的回教建筑"八坊"。

逃进城里的余嘉培向兰州求援。五月二十五日，十一师师长佟麟阁、二十五师戴靖宇率部抵达河州。尕司令下令全军撤退。

"这回咱们喋①锅盔。"河州城外一望无际的黄土高原，跟扣在大地上的厚锅盔一样，让尕司令的马鞭子这么一指，锅盔就熟了，焦黄焦黄的，散散地敷着一层芝麻，香喷喷的。尕司令说："咱蹲在

---

① 喋：西北方言，吃，打。

野地啖锅盔。"大军"忽啦啦"钻进地缝缝。

佟麟阁和戴靖宇从两路进军河州。戴靖宇的二十五师中了埋伏，数万人马从沟沟壑壑里杀出来，跟洪水一样，戴将军的队伍展不开，尕司令的骑手就冲进二十五师司令部。戴将军胸膛挨了一刀，幸亏没伤着心脏，拣了一条命，拼死突围，算是进了河州城。

佟麟阁十一师顺利入河州。佟麟阁是名将，不怕土匪，休整一天，就杀出河州城，分三路向尕司令进攻。

相传尕司令起兵时，七老太爷不答应，怕孙子吃亏，明眼人都能看出来，最终得便宜的是马麒马步芳父子。阿爷骑上白青马去劝孙子："你的队伍十个人没有一杆枪，阿门对抗冯玉祥？"尕司令一听怒气冲，双眼"咔"的瞪成了武行僧："阿爷，母鸡叫鸣驴耕地，婆娘当家娃受气，造反离不了年轻的，你们老颠董①害怕了回家去。"阿爷一看劝不成，尕孙子的反心大得很，"要打你就往狠里打，阿爷给你帮上些白青马，尕孙子你年轻你先上，阿爷攒上些精神当上一回老黄忠。"

河州城的炮声引来了阿爷马海渊和一大帮老兵，他们当年随董福祥的甘军入京救驾，打过八国联军。

佟麟阁师长号令全军：让回回见识见识咱西北军大刀的厉害。官兵们收枪摘刀，旋风一般紧随他们的师长。黄尘遮天蔽日。

老兵们大叫："娃娃们让开。"三百多胡须发白的老汉随马海渊杀下北塬。马海渊双腿夹紧马腹直奔佟麟阁，刀口相撞，佟师长吸口冷气。马海渊说："老汉我再年轻十岁，定把你娃娃生擒活拿在马鞍上。"卫兵从侧面猛刺老汉的左肘，老汉身子一拧夹住马刀，伸手一拍，卫兵立马断气，轻塌塌落在地上。

---

① 颠董：方言，糊涂。

佟师长下令后撤，老汉们也退到塬上。

炮声传到西宁，传到甘州凉州，西军宁海军官兵整连整营哗变投奔尕司令。那正是夏天，太阳在塬顶显得又红又大，儿子娃娃们的脖子全都粗了红了；他们骑着快马，骑着火炬般亮晃晃的战马向河州飞驰。尕司令把他们编为青马旅黑马旅白马旅红马旅。所有的骑手全是黑布军装，马队格调纯一，轮换上阵，换下杀红了眼的老兵。老兵们防守北塬观战。娃娃们一队一队开上去，回来的时候马队显得很空旷，活着的骑手全成了血人。血迹把整个北塬全笼罩了，战马也成了红的，汗珠在血迹上滚动像玫瑰花上的晨露。

当古老的大海朝我们涌动迸溅时，我采撷了爱慕的露珠。

骑手们疾驰如飞，一去不回。战刀闯进他们的躯体，搅起汹涌澎湃的潮汐，血液就这样在战刀的呼啸中纯净了。他们就这样把一辈子的光阴浓缩在一个夏天用完了。那个夏天热得要命，战刀的光超越了头顶的太阳和胸中的生命之火，他们什么都不顾了，他们失控了，在太阳之外在生命之外，把自己活活地撕裂，血液爆炸似地扑轰一声喷涌而出。

骑手们从西宁甘州凉州潮水般涌过来，骑手们从天水清水骆驼泉，从所有以水起名的地方涌过来。明晃晃的马刀填满了大沟小沟，溢上了旱塬，旱塬全潮湿了，全是潮水般的刀影。

佟麟阁师顶不住了，塬上塬下，大沟小沟全是明晃晃的马刀。佟将军瞧着手里的鬼头刀发呆，连马仲英的面都没见，就这么退下去？带一把空刀回去算怎么回事，至少应该跟马仲英战上几个回合。

佟将军带着遗憾离开大西北。后来在华北，在长城喜峰口，佟将军率领大刀队夜袭日寇，斩敌三千多，砍出一曲名扬天下的《大刀进行曲》，手中的鬼头刀才安然入鞘。"七七"抗战爆发，佟将军在日军飞机的轰炸中壮烈殉国。这是后话。

1928年夏天，国民军十一师在佟麟阁手里快要垮掉了，刘郁芬再次向冯玉祥告急，点名吉鸿昌来平叛。

2

这是吉鸿昌第二次入甘。刘郁芬初到兰州时被陇南陇东四镇大军围困，兰州危急，各机关打点好行李准备逃难。远在内蒙河套的吉鸿昌率铁军十九师的一个旅，几千里强行军，一举击溃叛军彻底扫平陇东陇南诸镇，然后赴北平陆军大学学习。甘肃烽烟又起，吉鸿昌接任十一师师长。

十一师在河州屡战屡败，士气低落。吉鸿昌用他那一套带兵方法整训十一师，了解马仲英的作战特点。

1928年秋，马仲英与甘州马廷襄联合，兵力达八万之众，第三次围攻河州。有消息说冯玉祥的大将吉鸿昌领着十一师又从定西开过来了。十一师跟马仲英交过手，尽吃败仗，大家都看不起十一师，换个吉鸿昌当师长你们这些蔫娃就成赵子龙啦？换上冯玉祥也不行！尕司令鼻子一哼，没理识。他们很快就尝到了吉鸿昌的厉害。

吉鸿昌不进河州城，吉鸿昌领着一师人马从北路开进莲花堡，兵分两路，一路上谢家坡，一路上康家湾。老将马海渊对孙子马仲英说："老冯的钢全在吉鸿昌这把刀上，把吉鸿昌打下去，你娃娃就长大了。"马海渊说："娃娃下去吧，老汉我给你守摊子。"

尕司令下了北塬，把指挥部设在三角堡。吉鸿昌的部队坚守阵地，士兵们军容整肃，任凭骑手们猛烈进攻，他们岿然不动，吉鸿昌掌握了尕司令的作战特点，攻击时一拥而上，败阵时四下逃窜，没有强有力的组织。吉鸿昌刻意设置火力封锁网，像一道火墙，那些一拥而上的河州骑手很难冲过去。八万大军像被卡住喉咙的烈马，不肯退让，流血不止，搏击愈猛。骑手们每村必夺，有些阵地被骑手们占领了，有些阵地牢牢地控制在吉鸿昌手里，而吉鸿昌的主力一直打到三角堡。塬上的老兵急了，往下冲，被吉鸿昌的炮队轰退了。

吉鸿昌打仗很讲究，他放弃了多余的阵地守住了关键部位，尕司令被钳形战术紧紧锁住。

"锁住就锁住，咱拧成铁滚子往坡下滚。"

尕司令的兵五六百人一堆儿，变成黑虎往下冲。连放两个黑虎团。

三角堡底下全是黑压压的国民军，国民军官兵摘下大刀，等候进攻的信号。吉鸿昌没有动用他的大刀队，他命令炮兵开火。师直属炮兵营猛烈开火，大小钢炮迫击炮一齐砸向三角堡重台塬，一千多骑手死在炮火中。炮火轰击后，国民军大刀队忽啦一下冲上三角堡。受伤的骑手拔刀自尽，被围困的骑手跳入深井。

尕司令提上刀往上冲，卫兵们围住他："哪有司令打头阵？你去冲锋司令部咋办呀？""司令部让空着，插上插杆子就是一个司令部，你们都跟我走。卫士队不卫我了，卫咱队伍的好名声，走！"尕司令手里的刀子一挥，骑上大灰马冲出司令部，身后跟着一帮子小伙子。半面坡已让国民军占领，突然又从崖顶的庄子里冲出一群黑虎吸冯军，凭那匹大灰马国民军就认出谁来了。

"黑虎星，黑虎星出来啦！"

一道道火网撒出去，倒下一大片骑手，而那匹大灰马往前一蹿，就把火网撕破了。尕司令把刀别在腰上，端着一杆马枪，马往前一跳，马枪就吼叫一声，国民军队伍里就栽倒一个人。那些铁杆卫兵不惧炮火,跟着尕司令边冲边打,弹无虚发。趴在工事里的国民军一个劲往血泊里栽。吉鸿昌的火网越织越密,尕司令和他的卫队始终在半坡打转转。"我要是有十挺机关枪,我撕烂吉鸿昌的裤裆。"尕司令怒火冲天,根本不理识冷枪冷弹,"狗日的吉鸿昌你出来老子看见你啦,端个望远镜,装个千里眼,远山变成近山,你照谁呢,你照你爷呢!"心里正骂着哩,国民军阵地上出来一个身披黑大氅的将军。

"吉鸿昌吉鸿昌"。

大家都看见了吉鸿昌。就是这个人,跟刀子一样就戳到交弦处①。把八万人的"黑虎吸冯军"给锁在北塬上。河州的骑手连打枪都忘了,伸长脖子看吉鸿昌。吉鸿昌也是黑脸大汉子,再披个黑大氅随风招展。"狗日的吉鸿昌,把咱的军旗披身上啦。"响了一阵枪,那个吉鸿昌动都没动,压根就不理识冷枪冷弹,傲慢得很,手里连枪都不拿,也不拿刀子,就戴个白手套,举起来在半空那么一举,后边的国民军跟放开铁绳的狼狗一样呜儿呜儿叫着往上冲。尕司令的手也是这么一举,身后也是黑压压一群兵将,两下里拼在一起,跟拧麻绳一样越拧越紧。

骑手向西宁马麒求救,宁海军官兵挤在大操场上,遥望河州,河州那边传来隆隆炮声。马步青马步芳也坐不住了,向镇守使求战,马步芳说:"这一仗打赢了,老冯就没脸在西北呆了,吉鸿昌是老冯的王牌啊。"镇守使望望儿子没吭声,儿子说:"河州战役马仲英出尽了风头,他快成西北王了。"马麒说:"你想当英雄,好哇,爸问你一句,楚汉相争你说谁是英雄?""当然是刘邦了。""放屁!灭秦的是西楚霸王项羽,项羽才是真正的英雄。娃娃你还嫩啊,爷叫你多看史书,你没看进去么。"马步芳的脖子不粗了,脸不红了。

---

① 交弦处:西北方言,关键部位。

镇守使说:"冷静下来就好,娃娃你记住,自古都是英雄打天下,小人坐天下。仲英侄儿确实有项羽之勇。他真要打败国民军,下一步就该打咱了。"镇守使质问儿子:"想当英雄还是想当小人?"儿子不好意思,笑笑出去了。镇守使下令: 集合队伍向河州开拔。大军浩浩荡荡开向甘肃,在离河州三十里处停下。马麒这才告诉儿子:"娃娃,咱跟老冯一起打马仲英。"儿子不知所措,马麒说:"老冯兵多,吉鸿昌打头阵,后边还有刘兆祥刘郁芬。老冯本人还没有来甘肃哩,他要来甘肃可不得了哇。"马步芳说:"马仲英何必死缠吉鸿昌呢?"马麒大笑:"他想学老先人马占鳌,胜了吉鸿昌再投冯玉祥。他娃娃太嫩,咱爷父们先投老冯,合起来揍他。"两个儿子恍然大悟,马麒说:"开窍就好,往后就靠你自己了,我不带兵了。"

宁海军出现在北塬头上,尕司令的部队为之一震,以为援兵到了。尕司令向卫队下令,全部出击,打败吉鸿昌。吉鸿昌也发现了北塬上出现的军队,吉鸿昌以为是刘郁芬派来的援军,吉鸿昌志在全歼马仲英,他向各旅下达攻击令。这时,前沿阵地打来电话,告诉他开过来的是宁海军。参谋长急了。当时的情形就像滑铁卢大战,拿破仑跟惠灵顿打得筋疲力尽,谁的援兵先到谁就能战胜对方。远方战尘高扬,拿破仑相信那是自己的援兵,拿破仑把皇家近卫营投入战斗,然而来的不是格鲁希,而是布吕歇尔元帅的德意志军队。

1928年秋天,在河州三角堡,面对突然出现的宁海军,吉鸿昌毫不惊慌,毅然下达攻击令。参谋长说:"宁海军打咱们怎么办?""马麒不会这么干,马步青马步芳不会向着马仲英,马仲英是个疯子。""他们真联手打咱们,可就惨了。""冯总司令正等着他们这一手,他们全都反了,冯总司令会把他们连窝端。"

前沿阵地报告: 三十里铺发现马麒马鸿宾的部队。三角堡阵地上，回回骑手喜出望外，狂呼大喊冲下来。吉鸿昌说："命令各旅，全力进攻三角堡。"参谋长犹豫不决："马麒马鸿宾怎么办？""置之不理，全力打垮马仲英。"

吉鸿昌师所属各旅集中火力猛攻三角堡。好多骑手被炮火击中，战马来不及躲闪也死在炮火下。三角堡的房屋全被炸毁，骑手们从瓦渣堆里钻出来，沉着射击。枪弹挡不住潮水般的国民军，国民军冲上三角堡。骑手们拔出刀子，国民军停止射击从背上摘下大刀，将三角堡指挥部团团围住。

枪声停止了，全是钢刀的拼杀声。吉鸿昌到这个关头才用他的大刀队。大刀队每人一把短枪一把鬼头刀，头扎白毛巾，穿红上衣黑裤子，活活一群古典武士，雄赳赳开上来，个个身手不凡。河州骑手遇上对手啦。大片大片的骑手倒在血泊里，指挥部逐渐暴露出来，那杆"黑虎吸冯军"的大旗还竖在院子里，卫兵们拼死抵抗。院墙"轰！"一声倒了，尕司令把军旗插在大灰马的鞍子上，顺手给马一鞭子，马就跳进沟里。

尕司令带卫队上了重台塬。那是一块绝地，一面陡坡，三面绝崖。国民军那些如狼似虎的红衣大刀队被撇到坡底下。枪又响了起来。

吉鸿昌正用望远镜看着。吉师长全身痉挛，他从少年忧郁而刚劲的脸上看到一种熟识的东西。吉师长心想：我怎么会出现在这个人身上？少年军官脸上所散射的灵光确实是他。国民军狙击手用三八步枪向少年射击，子弹全打偏了，营长扇狙击手一耳光，营长抓起步枪三枪均未打中，吉师长问怎么回事？狙击手说：他的眼睛像老鹰，没人敢跟他对视。营长说：正面打不上，从侧面打保证要他的命。吉师长抓起步枪，他和少年瞳光撞在一起，他们都感到晕眩，少年伸手摸自己的太阳穴，吉师长也伸手摁那地方。步枪掉在地上，属下以为自己的首领换了枪。吉师长越出战壕，站在土台上,身披黑色大氅,威风凛凛;塬顶上大灰马也潇洒地来回走动,少年拔出手枪朝吉师长连发三枪,距离太远,子弹飞不到一半就坠落了。从弹头的弧线上可以判断出死亡过于沉重。骑手们给少年送来马步枪,少年用马枪朝头顶的太阳开火,子弹在阳光深处爆裂。少年对他的骑手说:"这人是个血性汉子,从正面杀不了他。"骑手们要从侧面对吉师长下手,少年不让,少年说:"那不是咱干的,叫别人干吧。"少年说:"他跟我一样,谁也从正面伤不了他。"

1933年轰轰烈烈的察北抗战失败,吉鸿昌逃到天津法租界避难,处在特务的严密监视下。吉将军也不在乎特务的恫吓,反而更活跃了,四处活动,联络西北军老朋友和各界人士,组织"中国人民反法西斯大同盟"。抗日英雄又成了社会活动家。南京当局再次下令通缉吉鸿昌,并密令军统局不惜一切手段秘密刺杀吉鸿昌。暗杀任务由军统北平站站长陈恭澍负责,这便是轰动中外的"国民饭店事件"。吉将军住天津法租界国民饭店,特务侦察得清清楚楚,靠暖气坐的那位穿白褂子的人就是吉鸿昌,看准后,特务出去发暗号,一群枪手拥到门口,几支手枪同时开火,打死的却是另一个人。吉将军临时上厕所,把死神堵在门外。暗杀失败,干脆来明的,由租界当局出面,把凶手从后门放走,把受伤的吉将军逮捕移交国民党。蒋介石密令,将吉鸿昌在天津就地处决。国民党河北省政府主席于学忠不忍杀害抗日英雄,便电告蒋介石"我不便执行,可否送往别处执行。"

处决抗日英雄的重任,就当之无愧地落在了北平军分会主任何应钦将军的肩上。何将军刚刚与日军联手剿灭了冯玉祥吉鸿昌的抗日同盟军;何将军的另一大杰作就是在二十九军宋哲元佟麟阁长城抗战击退日军之后,与日本签订《何梅协定》,把华北直接置于日军的攻击范围内。由何将军来处置吉鸿昌是棋逢对手。死亡是一种艺术。吉鸿昌刚进北平军分会,值班上校递上一份写有"立即处决"

的电文让他看。吉鸿昌若无其事:"赶快收回去吧!我不是三岁小孩,想给我下马威吗?"

走向刑场时,吉将军以手指为笔,以大地为纸,写诗一首: 恨不抗日死,留作今日羞。国破尚如此,我何惜此头!

临刑时,吉鸿昌要坐椅子上死。"我为抗日而死,死得光明正大,不能跪,也不能倒在地上。"行刑者悄悄绕到他身后,他猛然回头:"这不行!我为抗日而死,不能在背后挨枪。"行刑者颤抖起来,死神首先把行刑者打垮了:"那您该怎么办?"吉鸿昌厉声说:"你在我眼前开枪,我要亲眼看着你们怎样打死我!"

面对吉鸿昌圆圆的瞳光无法射击。要让花生米大的子弹头去完成一次真正的死亡太艰难了。监斩官打电话请示何应钦,何将军不愧为黄埔元老,老将军一语道破天机:"远距离射击嘛,干吗要用手枪。"新换的枪手在几百米外用步枪射击,枪手们果然摆脱了吉将军的瞳光,子弹从眉心呼啸而过。那是一次真正的死亡。

枪声之后,是漫长的沉默。华北静悄悄的,天津静悄悄的。英国路透社北平专电发出一点点声音:"这位愤懑不平的吉鸿昌将军就义的时候态度从容。"

在一个宁静的黄昏,何将军乘车去塘沽会见日本人梅津美治郎。宾主握手寒暄时,梅津美治郎好生奇怪: 这位华北军政大员的手这么软和,这么软和的手也能杀人?梅津美治郎问:"吉鸿昌骁勇善战,何将军如何杀掉这员虎将的?"何应钦说:"西北军都是些粗人,中国古人有句话叫以柔克刚。"梅津美治郎在何应钦白嫩的手上摸一下说:"噢,以柔克刚,以柔克刚。我想起中国古人的一句名言: 腰中三尺剑,尽斩风流鬼。"1945 年 9 月,在湖南芷江,主持日军投降仪式的中国军队首席代表竟然也是这位何将军。在投降书上签字的日本军人很不服气,中国有那么多优秀军人,怎么派一位太监式的将军来签字？何将军说："七七事变前，在塘沽我与贵国的梅津美治郎会谈，他对我的印象跟诸位一样。中国有句古话叫此一时也彼一时也。"日军代表说："很遗憾，我在战场上没见过你，倒听说你杀过不少中国军人，比如吉鸿昌。"何应钦很不高兴："败军之将何以言勇，注意你的身份。"日本人啪一个立正。何应钦松一口气，说："吉鸿昌是党国的叛逆，罪不容恕。中国人把他当英雄，你们日本人也把他当英雄，他是你们的敌人，我杀了你们的敌人你们反而责备我，这算什么道理？"

可死亡是不讲道理的。

1928年夏天在河州北塬，马仲英和吉鸿昌同时感觉到了死亡。吉鸿昌说："古时候两军对阵，上阵的将军互报名姓前先要用眼睛照一下，是死是活这一照就决定了。"

吉鸿昌与马仲英没有交手，他们的眼睛在望远镜里照一下，就冒出鲜烈的血光，塬顶全红透了……壮士的血汩汩流淌，被兵刃撕开的脑袋和肢体仿佛大地的果子。

尕司令身边只剩下五个卫兵。吉鸿昌下令大刀队往上冲，活捉马仲英。大刀队爬陡坡，上来一个被砍一个，上来的大刀队越来越多。一个腿上受伤的河州骑兵满地打滚，奋力往崖下滚，大家好像开了窍，一个接一个，五个卫兵全跳下去。尕司令抬腿中踢倒两个扑上来的国民军，边往崖边走着边吆喝着："挨屎的看亮清，这是黑虎星脱身哩，不是跳崖自杀。"尕司令纵身一跃，跟鹞子翻身一样就不见了。

他飞了！他飞了！

国民军黑压压一大片爬崖顶往下看，下边死人压死人，哈哈，尕司令栽死啦！

吉鸿昌亲眼看见马仲英跳崖自杀。吉将军凝固在望远镜里，好半天才咕噜出一句话:"真是条血汉子,可惜了。"李参谋说:"他刚刚十七岁,都叫他尕司令。"吉鸿昌很吃惊:"十七岁的娃娃敢打冯玉祥,这娃娃了不得。"李参谋说:"师长当兵时不是也顶撞过冯大帅吗?"当年,冯玉祥驻军河南,在部队里推行基督教,会操时,一个愣头青出列责问冯玉祥:"基督教是洋教,我是中国人我不信洋教。"把大家吓了一跳。冯玉祥不但不责备,反而赞扬小伙子有胆有量敢顶他冯玉祥,这个愣头青就是吉鸿昌,从此他以"吉大胆"闻名全军。那时他正好十九岁,"我十九岁跟冯大帅顶嘴,这小子十七岁,竟能一呼百应,力敌万人。"吉鸿昌扼腕叹息,"这小子跟我有缘分。"李参谋说:"师长话不吉利哟,马仲英死了,你跟他有啥缘分?""生当作人杰,死亦为鬼雄,让我钦佩的人死了也是厉鬼。"

马仲英战死的消息传到宁海军那里,马麒马麟马步芳们长出一口气,大家有好多话要说,张开嘴巴嘴里没味,扫兴得厉害。门口站岗的卫兵不咸不淡地说:"尕司令死啦。"马步芳说:"你再说一遍?"卫兵说:"马仲英死了。""马仲英是土匪,造反的都是土匪,我们是官兵,怎么能把土匪叫司令?"卫兵立正连称是是是。

士兵们披挂整齐,下巴勾在马鞍上,遥望炮火连天的三角堡,骑手与国民军正在那里血战,长官在坐山观虎斗。有些士兵沉醉于炮声,沉醉于儿子娃娃的骑手梦而难以自拔,他们跨上战马举着战刀,飞跑出兵营,跑到警戒线时,长官下令开火,炮兵营的小钢炮大吼一声,把那些兵炸上天空,战刀在空中飞翔如鸟,如折翅的鹰,坠落在地上。不再有人敢冒这个风险。大家在兵营里老老实实地呆着,出神地望着河州城。大家在看《下河东》在看《金沙滩》在看《李陵碑》: 老杨业敢撞李陵碑,他们不敢。勇敢者跟尕司令打国民军去了,勇敢者被小钢炮炸死在警戒线上,兵营里剩下的全是懦夫全是没有血性的胆小鬼。长官开导他们: 胆子小的人聪明,有血性只会干傻事。大家都是老实人,老实人都听长官的。尽管大家心里钦佩尕司令,但那是心里边的事,跟外边的世界不沾边。长官说:"这就对了,叛逆分子走光了好哇,剩下的都是咱马家军的铁杆兵。"

各路大军追击尕司令的残部,那杆"黑虎吸冯军"的大旗驮在马背上,大灰马跟狂风一样,从这条沟跑进那条沟。马在寻找主人。马越过大夏河,越过洮河,往临潭岷县藏区奔逃。攻不下河州城藏区里进,尕司令的魂跑进藏区了,大灰马往哪儿跑,被击溃的骑手们就紧随其后。

西北战局被吉鸿昌扭转过来,十一师由弱轻强,成为一支劲旅,主动出击追歼残敌。河州地面太平了。刘郁芬亲临河州,要嘉奖吉鸿昌,要给冯玉祥报捷。吉鸿昌不相信马仲英会死。刘郁芬说:"大家都亲眼看见他跳崖了,你也看见了嘛。"吉鸿昌说:"他的马还在,驮着军旗到处跑,弄不好又要出事。"刘郁芬说:"马仲英就是活着,也是一匹野马了。"吉鸿昌说:"马仲英小时候在祁连山里呆过,那里有个神马谷,马通人性,主人真的死了,马就会尥蹄子乱咬乱叫。"吉鸿昌一番话把一帮子粗犷的军人说得直瞪眼睛。刘郁芬说:"老弟呀,原来你是个细心人嘛,马仲英这个黑虎星遇上你这个打虎英雄算他娃倒霉,他娃要冯玉祥要刘郁芬要赵席聘偏偏漏了个吉鸿昌,带兵的人都知道任何一个漏洞都会要自己的命。从今往后,西北的军事就全归你老弟处理,我给你担着,你想咋弄就咋弄。"

吉鸿昌要带上十一师进藏区,刘郁芬就以甘肃督军名义给甘南各部土司下令,一切听从吉鸿昌调遣。

吉鸿昌带上队伍浩浩荡荡开向甘南。那帮子参谋人员就对刘郁芬说:"给吉鸿昌的权是不是太大了?"刘郁芬说:"马仲英一呼百应是个恶物,咱西北军除了吉鸿昌谁也斗不过马仲英嘛。"

"吉鸿昌平时就目中无人，平了西北，就更了不起了。"

"你们年轻，你们没见过当年剿白狼①，那时咱西北军还是北洋政府的混成旅，二十万北洋大军围剿白狼，尽吃败仗，咱冯总司令也败了几仗，心里窝火。刚好在河南招了一批新兵，里边有吉鸿昌，个子大力气大，就让他当班长。这家伙一上火线不知深浅，带着十来个人，光着上身抡着大刀往上冲，一口气砍倒白狼最厉害的几员大将。那次战役白狼被彻底打垮，吉鸿昌勇冠三军，冯总司令把他从班长提成营长。白狼就是个回回、河南回回，从甘南藏区往陕西流窜时被吉鸿昌堵住，全军覆没。"这帮年轻的参谋再也不吭声了。

3

大灰马驮着军旗跑遍了河州的村村寨寨，那些逃散的骑手又被煽动起来，大灰马一马当先，土门关进入藏区。这是河州回民起义失败后的必经之路，进则占河州城，败则入藏区，进入群山草原大野间，积聚力量恢复元气，再伺机反攻。

大峡谷里汇聚了二万多人马，大家静悄悄地等待着。大家都以为尕司令早早躲在这里，大家都盯着密林和河道，谁也没有朝土门关那边看。那杆军旗已经从大灰马身上取下来，插在山坡上。大灰马累坏了，静静地站在草地上站了很久，开始吃草，吃饱后就轻轻跑起来。大家以为大灰马去河边饮水，谁也没注意。

第二天天刚亮，土门关那边大道上响起暴雨的马蹄声，尕司令精神抖擞端坐在马背上。哨兵在山顶上首先发现尕司令，大家从睡梦中惊醒，然后欢呼。尕司令跟疾风一般跃上山坡，勒住大灰马，

---

① 白狼：即白朗，民国初年农民起义领袖，席卷河南陕西甘肃

一脸的兴奋，朝大家挥手。大军开始骚动，跟洪流一样沿着山谷往卓尼岷县一带前进。

卓尼岷县是杨积庆土司的地盘，杨土司从兰州刘郁芬那里得到消息，马仲英的残部窜入藏区。杨土司传令藏兵严阵以待。

有好几百身带叉子枪的藏兵，在山上放枪，藏兵枪法很准，一连射中好几个骑手。尕司令命令骑手向后退，他自己单人单骑走过去。藏兵放了一枪，打在石崖上，轰下一块巨石。尕司令的马轻轻跑起来，藏兵的叉子枪乒乒乓乓猛烈射击，都没有打中。射空的子弹响声清脆，它们击在岩石和青树上，树木和石头嗡儿嗡儿像牛皮鼓的鼓点。大灰马伴着鼓点一直跑到藏兵跟前，吁一声长嘶，前蹄腾空，鬃毛飘散，马背上的尕司令像振翅的兀鹰，从碧天上落下来，藏兵哇一声打马逃命。

骑手们冲到卓尼，杨土司在他的城堡上用望远镜观察。大队骑手从山谷深处跑出来，一直跑到城墙底下。骑手中一位少年带马而出叫杨土司睁大眼睛。杨土司身边的藏兵叭叭放枪，城下的少年将军纹丝不动，问杨土司看清没有？藏兵说："我们一百条枪打他，没打死他。"藏兵能在黑夜里凭声音击中对手，杨土司不相信。藏兵又开始放枪，枪响后，少年和他的大灰马还在城下的草地上。

杨土司说："我还以为是他的替身呢，他真没死。"

让骑手们吃惊的事情发生了。杨土司不是骑着马，而是步行走出城堡，不带一兵一卒，操着两杆七九步枪，边走边开火，每响一枪，大军里就有人从马背上栽下来。大军不动，失去骑手的马自己跑掉，长嘶狂奔，追亡人的魂魄去了。只有前排的人开枪，开枪的人在枪响之后就丢了命。丢得干净利索，令人心动。总有人接替死者。杨土司开枪的姿势太漂亮了。他有这种功夫：一手操一杆七九步枪，枪托在腿上一顶，胳膊夹住枪杆，腾出手拉一下枪栓，退出弹壳，推上子弹，动作很快，交叉开火。有十个骑手命归西天。打完枪里的子弹，杨土司就撇下枪，拔出腰刀大踏步向前进。迎面奔来两名骑手，被腰刀砍翻，血水泼满满一地，也溅红了杨土司的脸。砍第三个骑手时，刀刃都弯了，热血给烫的。弯刀捅进第三个骑手的身体，就像白鱼进了大海，汹涌的波涛让杨土司吃惊。如此精粹的藏刀杀过数不尽的猛兽，砍百号人不成问题，这究竟是什么样的血肉之躯？是传说中的护法金刚吗，还是格萨尔王的魔法？杨土司大声吆喝："你是格萨尔①吗？我要跟格萨尔王大战三百回合。"

尕司令在阵前听得清清楚楚要大战三百回合，尕司令腾楞一下在马鞍上立起来，两眼放光，侧过身问大家："杨土司吆喝啥呢？"

"叫阵呢，跟演三国一样要大战三百回合。"

"噢哟哟哟哟……"尕司令仰天长啸，发出长长的骏马的啸叫，连声称，"好好好！挨屎杨积庆，爷爷敬你是个人，你真真是我爷哩。"尕司令扑咚从马背上跳下来，他满脑子的三国水浒隋唐演义，瓦岗寨三十六好汉，罗成薛仁贵，他不知道格萨尔王，他感觉很新鲜，他担怕丢了这么好的机会，他差不多是连颠带跑奔过去。

"我就是你说的那个王，我就是你说的那个王。"

两个人扑轰一声打在一起，火星四射，是刀口撞出来的。刀口咬刀口，很快就成了锯牙成了老刀子，两个人热血沸腾，就把老刀子撇下，伸出锤头（拳头）。咚！咚！跟打牛皮鼓一样，往死里捶，连捶带打。两个人很快就成了豹子成了狼，喉咙里发出恶狠狠的声音，嗯—嗯—嗯拉得又瓷又长，一直拉到地底下，脚底忽闪忽闪裂缝缝，惊得大家往后退，往后退，退到山坡坡上，找有大石头的地方，伸长脖子往山下看，看两个好汉一会儿变成豹子一会儿变成狼，一

---

① 格萨尔：藏族神话史诗中的英雄。

会儿变成老虎狮子，一会儿变成黑熊。跑散的藏兵又回来了，紧紧地聚在杨土司的后边。整个人群鸦雀无声，只有眼眶格铮铮响，射出去的光芒跟电光一样。

"嘿，马超！"

"嘿，格萨尔！"

哗！哗！衣服撕成碎片落地上，很快亮出一身好肉，靴子也踢掉了。

"白狼！"

"白狼！"

两边阵上打雷般吼叫，好像谁先喊出白狼，谁家主公就是白狼一样。从中原地界窜出一伙好汉，打败几十万北洋大军，窜到河州和安多藏区，在洮河大夏河歇一口气，又沿黄河呼啸而下，他们的首领就叫白狼。据说白狼被官军剿灭了。这是十几年前的事情。一个英雄跟猫一样有九条命。谁能相信英雄能死呢？有人就喊起来：

"我们的白狼！我们的白狼！"

对方阵上马上回应

"我们的白狼！我们的白狼！"

两边喊声合在一起，比打雷还要厉害。那地方是山区，苍天低低地弯下来，弯着弯着就轰隆一声破了，滚下大团大团的冰雹，当地人叫下冷子。冷子跟炸弹一样在地上砸出一个又一个坑坑，密密麻麻，石头都被砸开了缝。两个混战中的好汉差点被砸晕，脑壳上起了发面疙瘩，充血的红疙瘩，身上全是青伤。两个好汉不打了，你拍我一下我拍你一下，老天爷插了一杠子，再打下去就没意思了。砸伤了好多人。

杨土司后来死了，死得很悲壮。红军长征途经安多藏区，杨土司以几十万公斤的粮食接济大难中的红军。自离开江南大地，这支饥饿的大军第一次吃饱了肚子，一鼓作气击溃甘军鲁大昌，马不停蹄吃掉胡宗南一个整编师，从容进入陕北。蒋介石对杨土司恨之入骨，密令鲁大昌想尽一切办法除掉杨土司。

当时由宁海军投过来的韩进禄旅，军纪不严，官兵冲进杨土司所辖禅定寺，一把火烧了这座大寺，自明朝以来所藏的各种绝版经卷化为灰烬。尕司令大怒，要韩旅长执行战场纪律，韩旅长大叫："我的兵谁敢动，烧几间房子又没伤人命。"

"你不动手我动手呀。"

尕司令把韩旅长的掌旗官从马背上揪下来，拔出河州短刀，脖项里一旋，脑袋被卸下来，丢到地上。

"砍你的掌旗官等于砍你的头，念你是一旅之长，先饶你一回，再有违犯军纪者，不要再脏我的手，也不要污了兵器，就用裤带把自己勒死。"

韩旅长只敢鼓眼睛，不敢言语。那一旅人马是打西宁投来的，都听韩旅长调遣。尕司令一走开，大家就嚷嚷："河州城没打下，窜到藏区当和尚当圣人，咱成孔圣人了，日他的，原本指望着来发横财哩。"大家这么一嚷嚷，把韩旅长给弄躁屎子了。韩旅长就问大家："想不想发财，嗯？"

"想么，都想疯了。"

大家拍胸膛，里边装着一颗发大财的心：

"旅长，咱听你的，你说咋弄咱就弄。"

韩旅长马鞭子往东方一指："从古到今，宁往东挪一寸，不往西走一步，我今儿个就领大家去好地方。"

地图打开，甘肃省最富庶的地方在陇东天水。"去天水，去天水。"韩旅长跟尕司令分道扬镳，去天水当土匪。民国土匪多，不是我一个，韩旅长号令全军：抢，抢光，抢他狗日的，穷人、富人一起抢。天水城变成了地狱。几年后，陕军杨虎城派兵西征，剿灭了这一支悍匪，富庶的天水大地变得跟月球一样荒凉，大家还以为到了新疆大戈壁。

尕司令勒住马缰问队伍："谁还想当土匪，赶快走，韩旅长没走远，我不拦你。"队伍里又少了一些人。队伍还有八九千人。尕司令说："烂人走开，走远，我不稀罕，那些烂脏人。"尕司令连问三遍，没人走开。他以为队伍这下子干净了，他就放下心。

队伍开到了夏河。老远望见群山环抱着拉不楞寺，这是安多藏区的中心，是嘉木祥五世与黄氏家族的地盘。寺庙的金顶闪闪发亮，河水穿城而过，市面繁华，跟天堂一般。尕司令有言在先，多少颗贪婪的心猛跳着，强忍着，嘴巴里干涩涩的。老远看见几个回族长者走过来，长者是来乞求尕司令的，禅定寺毁于兵灾，夏河人心惶惶。民国五年，马麒曾纵兵掳掠夏河古城，五千和尚正在寺内诵经，大火冲天，和尚不动，有小沙弥逃出，被马麒乱枪打死。夏河人对马家军的残暴记忆犹新。黄正清兄弟执掌夏河政权以后，创办夏河中小学校和技术学校，免费培养各族儿童，对汉回各族也一视同仁。生活在夏河的汉藏回各族和睦融洽确实是乱世的一片世外桃源。回族长者再三乞求尕司令不要带兵进夏河县城，"黄司令是菩萨司令，人家把兵撤到后山去了，城里不设防，人家平时很善待咱回民，尕司令你千万不敢把队伍开进去。"尕司令端起望远镜往城里看，竟然看到一座清真寺。"嘉木祥活佛在欧拉草原避宁海军哩，不敢回拉不楞寺。咱回民要修清真寺，人家黄司令没挡，还特批了一块风水宝地，靠着河边。"

尕司令就派了一个团去给拉不楞寺站岗。"老阿爷惹下的乱子，咱补补心，好好站几天岗，叫人家藏民看看，咱也是个人。"那一团骑兵整整齐齐开上去，河边担水的喇嘛吓得乱窜。大兵顺白墙围一圈，战马放到河边草地上，大兵背朝寺院，面朝群山，夏河人才知道这是些护兵，是护寺的，都长出一口气。

尕司令一个人，谁都没带，连马都没骑，取下刀，取下枪，空着手，往后山走。后山响了几枪，一枪从他耳朵边擦过去，一枪从胳膊底下飞过去跟鸟儿一样，衣服紧了一下，又一枪落在脚尖底下，像在地上钉铁桩子。就响了这么几枪，从山后边转出一匹白马，跟一朵白云一样，比银子白比银子亮，马背上一个高大魁梧的少年，精精神神。尕司令不由得眨一下眼。那个少年军人跳下马，马也不跟他，马只管自己吃草。两个少年军人走近，扒下白手套。

"黄正清。"

"马仲英。"

"兰州有命令，让我截击叛军，城里不是打仗的地方，要打咱在野地里打，最好挑个不毛之地打。你看咱这地方，到处是草木，伤不得草木，你说咱咋打呀？"

"不打不行吗？"

"不行咱就喝酒。"

边说边走，走到后山坡上，藏兵布满好几座山，真打起来输赢难说。从那些藏兵的神态上可以看出黄正清是个啥人。

"咱是带兵的，就在野地里喝。"

"能成么。"

端上来的竟然是红葡萄酒，外国货。

"咱办了个技术学校，教师都是从内地大城市聘请的，还有留过洋的。我一心想在咱大西北办个葡萄酒厂，东北通化就有葡萄酒厂。咱西北人太暴烈，喝西凤酒，跟吃炸药一样，甜酒绵软，开开洋荤。"

尕司令不住地点头，呷一口酒含嘴里，感觉就像噙一块冰糖甜兮兮的。

"穆斯林不喝酒不吃烟，你没事吧。"

"没事，红酒跟白酒不一样，白酒打死我都不喝。"

上的是羊羔子肉，鲜嫩清爽，很合尕司令的口味。尕司令吃得很斯文。

黄司令就笑："你的威名跟你本人反差太大了。"

"我又不是老虎又不是狼。"

"你确实跟马家军不一样。"

"马家军是马家军，我是我，咋能一样？"

"河州离夏河这么近咱们竟然不认识。"

"现在不是认识了吗！"

"我交了一个很好的朋友，你应该认识他一下，他是西北军的大官，你正在打西北军，我这么说话你不介意吧。"

"我又不是娃娃。"

"他是国民党里的共产党，叫宣侠父，在日本俄国留过学，给我们安多藏区办过许多好事情。"

尕司令头一次听说共产党，国民军里竟然有这样的奇人。

黄正清说："他确实是个奇人，马麒杀我们多少人，我们到北京告状都不顶用。国民军开到兰州，我们想碰碰运气，给宣先生一说，宣先生二话不说，带两个卫兵到欧拉草原，呆了五十多天呀，安慰嘉木祥活佛，召开部落王公大会，要我们藏民自立自强，团结起来，办教育，组织武装力量，一百个马麒都不敢欺负你。从古到今，中央哪个大官到过我的安多草原呀？黄河南岸一百个酋长给宣先生银子，宣先生不收；黄河北岸一百个酋长给银子，也不收。我们藏民的习惯，不收礼等于看不起我们。宣先生只好收一部分银子，到兰州后组织一个藏民文化促进会，把马麒的罪状告到国民政府，让于佑任院长直接给西宁镇下命令。马家军欺压我们好几十年了，终于给赶走了。人们提起西北军马家军就跟深夜谈鬼一样，畏惧得飒飒颤抖。据说西北军所到之处，沿途村落，人民逃避一空，大地顿成荒漠啊。你跟西北军开战，马麒马麟心里乐。"

"他们痴心妄想。"

"但愿你能在征战中改造出一支为民众办事的好队伍,这么流窜下去不是个办法。"

"我要弄一块地盘,为民众办好事。"

穆斯林是反对偶像崇拜的,尕司令把马和刀枪交给卫兵,轻手轻脚去见大喇嘛。尕司令对韩进禄火烧禅定寺的行为道歉,大喇嘛说:"你斩了他的掌旗官跟他分手了,他的罪过不该你来承担。"尕司令说:"当年西楚霸王入关中,火烧阿房宫,把到手的江山烧个一干二净,实在可惜呀。"大喇嘛问:"司令贵庚多少?""十七岁。""果然少年英雄,项羽二十四岁起兵,你比他年轻多了。"尕司令说:"刘秀十二走南阳,比我更年轻啊。"大喇嘛不言刘秀只谈项羽:"项王则夜起饮帐中,有美人名虞,常幸从,骏马名骓,常骑之,于是项王乃悲歌慷慨,自为诗曰: 力拔山兮气盖世!时不利兮骓不逝!虞兮虞兮奈若何!"尕司令两颊发白,像竖在地上的战刀,刀刃闪射白光。大喇嘛视而不见,吩咐小喇嘛将走马锦缎送给尕司令。

大喇嘛说:"走马渡苦海,锦缎御风寒,司令多保重。"

走出好远,尕司令还在自言自语:"难道我会步项羽的后尘?"

部下说:"项羽火烧阿房宫,坑杀降卒,司令没烧拉不楞寺,大喇嘛还送走马锦缎哩。"

尕司令号令全军,不许放火,不许杀降兵。

尕司令骑上大喇嘛送的黄膘马,马鞍上铺着锦缎垫子,黄膘马一扬蹄子好像把他带进太空,马直直立着,哪匹马也立不了这么久,这里本来离天就很近,现在整个苍穹跟一顶灰蓝色的毡呢帽子一样扣在他头上。他心头一惊:"战争就是大喇嘛说的苦海!"

兰州,那座向往已久的古城在眼前一闪,一个大胆的设想成熟了。尕司令在马背上发布命令："追赶韩进禄旅向天水方向移动，作出进攻陕西的样子，声东击西，让韩进禄做咱们的先锋。咱虚晃一枪，取狄道①的粮草进军兰州，活捉刘郁芬，让吉鸿昌在兰州城下哭鼻子吧！"大家还在发呆，尕司令大笑："韩进禄这个土匪，就知道去抢劫天水，狄道也是个富庶地方，可我告诉你们咱是一支义军，不是土匪，咱是去狄道征粮草，谁抢东西我收拾谁。"

吉鸿昌的部队像跟屁虫一样被尕司令牵着鼻子满山转。官军剿匪从来都是这样子，甘南山区的各族百姓见过白狼当年怎样斗官军。百姓就笑吉鸿昌，胆子大的把歌谣都编出来了："吉鸿昌吉鸿昌，河州城里当大王，甘南山里捉迷藏。"吉鸿昌不但不生气，还大叫好，好，唱得好。山民们胆子更大了，故意逗吉鸿昌："将军，马仲英跳崖了，你还追啥呢，他又没往这里跳。"

"白狼来过这里，我找白狼哩。"

"白狼在这搭败过冯玉祥。"

山民们全都哈哈大笑，国民军官兵都臊了，手都伸向脖子后边的鬼头刀了，吉鸿昌牛眼睛一瞪，大家把手缩回去，吉鸿昌大声说："当兵吃粮，应差事哩。"谁也不知道这是当年破白狼的英雄。白狼在甘南耍尽了威风，窜入陕西秦岭山区，刚要入关中称王称霸的时候，遭到吉鸿昌的突然袭击。山民们不知道这些远方的故事，他们只相信身边发生的事情。

吉鸿昌在夏河卓尼驻上一支部队，修桥补路，安置难民，对回民特别关照。战乱一起，民族仇杀的事情就避免不了，吉鸿昌的部队一个地方挨着一个地方做安置工作，追随尕司令的回民越来越少，回民们就说，冯玉祥瞎了眼，把刘郁芬换成吉鸿昌，省得老百姓受罪遭难。吉鸿昌的主力昼出夜出，悄悄地埋伏在狄道口，狄道

---

① 狄道：今甘肃临潭县。

县城只留当地保安团。白狼大军当年从这里直扑兰州,官军以为白狼要攻兰州,全都聚在兰州,白狼在狄道兜了个圈子,掉头东下,陕西告急,西安暴露在白狼跟前,举国震惊。这回尕司令的意图又被吉鸿昌识破。马仲英如果占领狄道,可以补充更多的兵力和粮草,近可攻兰州,兰州不下,可绕过兰州,直扑宁夏,富饶的宁夏对马仲英来讲简直是天堂。吉鸿昌第一次援甘时路过宁夏,知道宁夏的战略意义。白狼当年是声西击东,马仲英是声东击西。

"黑虎吸冯军"开到狄道,城头全是装备极差的保安团,没有正规军防守,尕司令把攻城任务交给副司令:"一个保安团,你去解决一下,破了城不许胡来。"尕司令累了尕司令去睡觉。

副司令带上队伍往城里攻,这些保安团死硬,虽说没重武器,都是些破步枪和几挺机关枪,枪打得也不紧,弟兄们就是冲不上去,因为城上的射击太准了,一枪一个,都是排子枪,响一下,都要倒一大片人。把副司令给打毛了,耍开二杆子了,扒下上衣,抡起一柄牧民铡草的大铡刀,带上敢死队,啊呀呀冲上去,城上的射击一下子就紧了,步枪机关枪从不同角度往下打,织起一道火力网,把敢死队打倒在城墙底下。副司令腿上挨了一枪,不撤,直直站着,城上又响一枪,大铡刀就咣啷一声落到地上,又是一枪,副司令"呜哇"吐出一股子血水,直到把血吐完,"扑通"栽倒地上。大军的士气一下子落了几丈。

尕司令一听恶气翻,"蔫头黄瓜用不成,瘸三拐四的上不了城,吐血吐了几升升,还折了我多少人。"尕司令立在坡上下命令:"城北有个土墩墩,它比城墙高十分,队伍撤到城北头,扎好军营再攻城。弟兄们好好睡一觉,攒足精神破狄道,晌午端一定能成功,要打就打吉鸿昌,地方保安团咱不弄。"狄道城北的高坡上,"呼啦啦"躺下几万人,卧的卧,睡的睡,尕司令还真想念吉鸿昌,同样都是国民军,刘郁芬躲在兰州不离城,赵席聘缩在河州城里耍威风,佟麟阁戴靖宇,败了一阵又一阵,突然来了吉鸿昌,能打硬仗还能收买人心。尕司令越想气越大,大声问他手下的兵:"你们说,到底谁是黑虎星?"河州的回回哈哈笑:"你两个都是黑虎星,阎王爷见了都躲哩。"尕司令坐在石头上咬牙切齿:"有他没我,有我没他,下一回碰上,绝不手软。"弟弟马仲杰说:"马步芳欺负咱那么多年,你都没咬过牙么。""马步芳他不配,我跟英雄斗,我不跟乌龟王八蛋斗,马步芳算个什么东西。"马仲杰就说:"给我一支人马,我去破城。"尕司令就笑了:"兄弟呀,你可是尕司令的兄弟,一个保安团算个鸟,叫别人去弄,以后碰上硬仗,哥给你机会。"

日入中天,吹号起兵,看着雄壮的大军往山下开拔,尕司令很伤感:"去打保安团,老虎吃糕点,算个啥事嘛?"尕司令一抖绳到了城底下,勒马大叫:"吉鸿昌!吉鸿昌!你咋不来?"

城头哈哈一阵大笑,真的出来一个吉鸿昌,城下的大军噢一声惊呆了,只有尕司令欣喜若狂,马鞭子朝上一举,拧过头对大家大喊:"吉鸿昌在这搭,冲啊捉吉鸿昌。"城头上的吉鸿昌微微一笑,那只戴白手套的手往上一举,枪炮齐鸣,城头城外一齐开火,无数道火网撒出去。

尕司令精神抖擞,一下子从萎靡中摆脱出来,自从跳下高崖四处奔逃,就一直这么软不拉叽,炮火一激尕司令又成了一条好汉,在埋伏圈里左冲右杀,越来越欢,十面埋伏有八面埋伏被撕开口子,突围出击。尕司令还记着对弟弟的诺言,把队伍交给十二岁的弟弟。这才是正儿八经的娃娃司令,一脸稚气,挎着小马枪,骑上高头大马,"弟兄们跟老子上!"一马当先冲上去,队伍跟鞭子一样被这个十几岁的小娃甩出去。

"兄弟,我的好兄弟,一声老子哥就知道你能行。"

马仲杰冲到关口跟前，子弹跟暴雨一样。山坡上孤零零立着一棵青枫树，又高又大跟天地间的柱子一样，马仲杰噌噌往树上爬，一眨眼就变成一只小松鼠蹿上树尖，那支小马枪跟鸟儿一样在树顶上欢叫，叫了九下，山口上的机枪就被噎住了，山下的队伍冲上去。很快就到最后一道防线。山上全是国民军的大刀队，这都是精通武术的中原大汉，鬼头刀舞得呼呼生风。大军再冲不过去了。

吉鸿昌纵马而来，从背上取下鬼头刀，"马仲英看清楚了，这是老子当年斩白狼的大刀，十多年没用过了，你娃娃好福气呀。"尕司令两眼放光，兴致勃勃冲上去，刀刀相合，火星飞溅，十几个回合，不管谁的战刀都取不了对方的首级。取不了算屄！人各回各营，重振旗鼓再战。

这次惨败，马仲英几乎全军覆没，冲出去数百人，往大山里逃去。

吉鸿昌志在活捉马仲英。一支精悍的大刀队咬住尕司令不放，很快就把尕司令逼到绝境。身后是雪山大河洮河，几里外就寒气逼人。尕司令骑的是大喇嘛送的黄膘马，黄膘马啊黄膘马，冰河就是人间苦海吧？尕司令纵马一跃，连人带马沉入河底。两岸的国民军和藏民都看见了，雄狮一样的尕司令从山崖上跳入滔滔大河。藏民们不由自主诵经超度亡灵。滔滔冰河，不要说人，就是山中猛兽掉进河里也会被冻僵淹死。人们很快找到了黄膘马的尸体，在水流平缓的地方被沙滩挡住了，细心的人发现马脖子被咬开一道口子，马血被咂干了。马是通神灵的，尕司令喝了马血升天了。

国民军不相信藏民神神道道的故事。马仲英的部下被淹死了上千人，全被冻僵后呛死。马仲英的残部从狄道往岷县逃窜。吉鸿昌紧追不舍，从狄道到岷县数百里地，各族仇杀，村庄变成废墟。吉鸿昌严禁所部冲击回民，连刘郁芬分摊给各县的杂税都免去一半。部下劝吉鸿昌："咱打仗不要管这些，刘司令会生气的。"

"老百姓造反都是逼出来的,你们没发现马仲英队伍里回汉都有,汉民不爱闹事也跟着闹,回民刚烈,一有压迫就造反。想制服马仲英,就要安抚老百姓。"

在夏河县,吉鸿昌与黄正清相遇。夏河境内,太平无事,马仲英军队在时秋毫无犯。吉鸿昌就对部下说:"可见马仲英是讲道理的。"黄正清说:"我把兵撤了,县城不设防,拉卜楞寺在此,怎么能打仗?兰州的刘大人如果像宣侠父先生待我们藏民一样待回民,就不会引起事变。"吉鸿昌认识宣侠父,一个带兵的将官,一个搞政工的文官,交往不深。黄正清以为他们是好朋友,都是西北军,都关心老百姓,黄正清口无遮拦,连宣侠父是共产党都抖出来了。西北军搞清党早把共产党清出去了,蒋介石是杀,西北军一律送走。吉鸿昌没想到宣侠父在藏区这么得人心,后悔没交这个朋友。后来他们再次相逢,彻夜长谈,宣侠父成为吉鸿昌的入党介绍人。黄正清一直在夏河县当红色王爷,直到1949年与挺进西北的彭德怀大军会合。这是后话。

1928年秋末,吉鸿昌在甘南大破马仲英,凯旋而归,入兰州。他在各地的所作所为早就传到刘郁芬耳里,西北军许多高级将领也不满吉鸿昌的做法。吉鸿昌浑然不觉。这员大将还有用场,刘郁芬劝大家忍一忍。不久有消息传来,一匹神马带着马仲英的残部往青海流窜。刘郁芬问吉鸿昌怎么回事?吉鸿昌说:"马仲英又活了。"

"他不是跳河了吗,连马都淹死了,他能活着?洮河是不是倒流?"

"这个人非同寻常,刘司令,赶快向青海发命令,让各县组织起来,防匪自卫。"

"这史无前例呀,你吉大胆也胆子太大了。"

"实话给你说吧,河州和甘南就用这办法,马仲英为什么专扑青海呢，他在河州甘南站不住脚啊。"

刘郁芬不再理吉鸿昌，给孙连仲安树德这些西北军老将下命令："马仲英已成强弩之末，一定要在青海彻底消灭他们。"

尕司令一直被河水冲到下游，河州无法立足，他沿途召集残部钻进南山。那匹神奇的大灰马在主人上岸的时候就感应到什么，从黄河上游孟达峡一路狂奔，一天一夜后终于找到主人。孟达峡谷地汇聚着好几千人马，尕司令抓住马耳朵，往马嘴里塞一把豌豆："马呀马，你的兵比我的还多呀，你就当副司令吧。"大灰马高兴得刨蹄子。尕司令大声说："我不是开玩笑，它已经当两回副司令了，你们以后要听它指挥。"

大军一直在荒山野岭驰骋，大家议论纷纷。尕司令的姐夫马虎山能征惯战，打起仗跟豹子一样，那些绿林出身的骑手就给马虎山点火："这么下去不行，尕司令想当唐僧，咱就一辈子跟他吃素？""挨㞎的黄正清给他使了啥法术，把他给迷惑住了。""咱得想个办法。"马虎山咳嗽一声："你们说的啥我可没听见。"马虎山骑上马，踢夸踢夸走开。"他不会告咱去吧。""他也是馋人，嘴上不说心里咚咚哩，我听见啦，心在胸腔里跟马蹄子一样，夏河县那么多金子银子，可惜了。""尕司令迟早要改造咱，咱先改造改造他。"

1929年春天，大军开到湟源，百姓死难三千，湟源变成瓦碴滩。

大军开到永登，百姓死难三千，永登变成瓦碴滩。

大军开到民勤，百姓死难四千，民勤变成瓦碴滩。

尕司令和他的执法队枪毙好几十人，大军跟潮水决堤一样拦不住。就跟国民军硬拼，一拼就倒下去一大片，狗日的一伙土匪，爷爷叫你喂子弹，尕司令眼睛都红了。尕司令跑进塔尔寺，向大活佛请罪，大活佛说大地要淌血，谁也没办法，我知道你为何而来，光有恨没有爱不是真正的伊斯兰。

大灰马在寺外嘶鸣,马鞍上的战刀在铜鞘里发出沉闷的吼声。

骑手进来报告,国民军孙连仲①的部队开过来了。尕司令向活佛施礼:"在佛祖圣地大开杀戒,活佛不见怪吧?"活佛说:"苦海无边,你去泅渡吧。"尕司令出去时,骑手们跟国民军接上火。那一仗,骑手们解决了国民军一个团。孙连仲从西宁亲自带大部队来攻,骑手们消失在巴丹吉林沙漠里,孙连仲望着拔地而起的黄尘发呆。参谋长说:"这小子就像一股风,来去无定,旋起旋仆。"孙连仲说:"命令部队坚守城池,不要进沙漠。通报上讲马仲英死了三次,一个人死三次你能相信他死了吗?"参谋长说:"马步芳对我讲过,只要马仲英不占地盘,他就成不了气候,他就会当一辈子流寇。"

4

那年冬天,盛世才离开六朝古都南京,回到老家辽东。蒋总司令手下的作战科长,在乡亲们眼里非常荣耀的。盛世才一点也不荣耀,他淡淡地说:"作战科长是坐冷板凳的。"老同学说:"蒋介石留学日本军校。你也留学日本军校,蒋介石早先做孙大总统参谋部作战科长,你也做蒋总裁的作战科长,可见这是一条成功之路。""一条路上只走一个人,我不想步别人的后尘,我不干科长了,我准备去新疆找出路。"

亲友们为之一震。盛世才告别故乡,骑着大马走了。他得走八十里地去县城搭汽车。亲友们送了一程又一程,盛世才打马前行,头也不回。那情景有点像浪迹天涯的江湖义士,一身的慷慨悲凉。

---

① 孙连仲:西北军将领。

在沈阳，他朝拜前清皇陵，努尔哈赤就躺在这里，面南背北，遥望中原。关东大地王气很足，辽金清曾崛起于白山黑水，驰骋于大江南北，以至中亚腹地。辽被金取代后，辽国大将耶律大石率辽国遗民西迁中亚，在巴尔喀什湖周围建立西辽，长达八十余年。盛世才要去的新疆曾经是西辽的一部分。他必须乘火车穿越西伯利亚，从塔城进入新疆。这条路线是耶律大石当年走过的。耶律大石是带着亡国之痛离开辽东，漂泊万里去开创契丹人的基业。他盛世才东渡日本学来一身本领投奔蒋介石，科长这条冷板凳击碎了他的金陵春梦。他内心的痛楚不下于耶律大石。盛世才在东陵站了很久，故国的无数英雄豪杰就这样从眼前飞驰而过，他们消失在祖国的历史长河中。

他正扼腕叹息，有人在他身后说："长太息以掩涕兮，哀民生之多艰。汉高祖之嗟叹乎，楚霸王之嗟叹？"那人是他的日本同学崛城雄。崛城雄倾慕中国古典文化，毕业后被军部派到中国东北关东军司令部任职。崛城雄说："你不是给蒋总司令当作战科长么，回东北干什么，有特殊使命？"

"真有特殊使命也轮不上我。"

"所以盛君在帝王的陵前发浩然之气。"

"崛城君真会开玩笑，我有什么浩然之气，一肚子鸟气罢了。"盛世才说，"南京的差事我不干了。"

"那是一份好差事啊，在总司令身边工作，对我们日本人来说是千载难逢的好机会。"

"日本有武士道，中国只有帝王术。中国宋朝有个王安石，宁可去边地小县当县令，也不愿在京城当侍郎。我准备去新疆。"

"好多同学等着中国开战跟你对阵呢，你跑到新疆不是叫大家失望吗？当年你可是军校的高材生啊。"

"中日两国真要打起来，我不会沉默的。"

"在遥远的新疆跟我们交战？"

"日本军部一直把辽东视为帝国的生命线。""我明白了，盛君凭吊的不是努尔哈赤是耶律大石，盛君去新疆是为了卷土重来，东山再起，盛君会成功的。咱们聚一聚为你饯行。"

崛城雄把盛世才请到一家日本餐馆，吃生鱼片喝清酒。崛城雄说："盛君在首脑机关工作，中原大战给中国带来难以消除的后遗症，这情况盛君不会不知道吧？"

"内战的结局便是中国北方防务空虚，关东军可以趁机在东北动手。"

"张学良有五十万军队，关东军只有二万多人。"

"中国北方最强大的军队是冯玉祥的西北军，而西北军在这场内战中瓦解了。五十万装备精良的东北军固然庞大，可他的统帅张学良是个狗肉包子，他的军事才能不足以指挥这支大军。这些情况关东军司令部肯定考虑到了。"

"军部的情况一点也瞒不了盛君啊。"

盛世才冷笑。

崛城雄说："蒋介石也是日本留学生，军部的意图同样瞒不过他。"

盛世才说："日本是个统一的国家，天皇有无上的权威，中国四分五裂，蒋介石既要扫平军阀完成国家统一，又要填补帝制灭亡后的权威，还要应付帝国主义，辽东这颗棋子他鞭长莫及。面对日本进攻，他会收缩兵力，避其锋芒，在中原与日本交手。所以，关东军很快会在东北动手的，我估计关东军已经开始制定这项计划了，到时候只要打个小借口就可以向北大营开火。"

"关东军确实有这个计划。盛君如此坦率，就不怕关东军暗算你吗？"

"因为这是不可避免的，我去告诉张学良，张学良会把我当疯子，关东军杀我有什么用呢？再说有你崛城君在，我不会出事的。"

"为什么？"

"崛城君首先是个武士，其次才是军人。"

"承蒙盛君如此看待我，说来惭愧呀，武士与军人本来是一体的，自从西洋新式武器传入日本，象征军魂的日本刀，日见式微，军界上层与财界金融界沆瀣一气，日本故有的武士精神首先从首脑机关受到侵蚀。日清战争，日本军队凭着武士道打败中国；日俄战争，武士道精神发展到顶峰，参加过那场大战的老兵至今怀念东乡元帅和乃木希典大将。在旅顺203高地上，倒下了八万日本军人，乃木的两个儿子也死在那里。战争结束后，天皇向乃木询问战争情况，天皇丝毫没有责怪他，给他颁发了勋章。那场大战以后，武士道精神逐渐失去它的意义，仅仅剩下一种形式。今天，在军部很难找到东乡和乃木那样的统帅了，武道与军道相分离，这是日本军人的悲哀。日本已经很难恢复纯粹的武士道精神，除非来一次惨败，失败有时候也是一条拯救之道啊。盛君刚才诉说耶律大石复国的壮举，确实令人感动。希望盛君在中亚腹地重振武道，盛君成功了，这也是我们日本的骄傲。"

"我在日本求过学，原田先生对我的教诲令人难以忘怀。"

"原田先生是汉高祖刘邦的后代。"

"是吗？"

"东汉末年，曹操篡权，汉献帝的族人为了躲避战祸，远渡日本，天皇陛下赐给他们封地和贵族的爵位，改刘姓为原田氏。原田家族在日本势力不小呢。所以原田先生对中国留学生有特殊的感情。"

"他确实是个了不起的军人。"

"如今的日本跟中国一个样，不学会投机是很难找到进身之道的。"

"我明白崛城君为什么来辽东了，你是被排挤出来的，对吧？唔，我原以为受冷落的就我一个人呢。我跟着蒋介石在南京坐了几年冷板凳，英雄无用武之地，我远走新疆实在是迫不得已。"

"新疆自古就是英雄豪杰驰骋的地方，盛君一定能成功。"

崛城雄从腰间取下盒子枪赠给盛世才：

"龟在我们日本是神物，这把手枪是日本的新产品，叫王八盒子，盛君佩戴它做个吉祥物吧。"

盛世才在崛城雄手上打一下，把手枪收起来。

"有神物保佑，我一定能成功。"

这年冬天，盛世才从满洲里乘上国际列车，进入西伯利亚。在漫长的铁路线上，盛世才第一次对妻子诉说自己早年的宏愿，白山黑水，大平原，慓悍与血性之美，古代的关外英雄，辽金蒙元和满洲八旗。对于一个知识女性来说，最迷人的时刻莫过于倾听一个野心勃勃的男人滔滔不绝地谈自己的心里话。这个男人不是别的什么人，是自己挚爱着的丈夫，是在缓缓行驶的列车上，大地之北的泰加森林带，白雪，贝加尔湖的巨浪，苏武牧羊的传说。读过许多书的邱毓芳一句话都不说，她手托下巴，披着华贵的大披巾默默地看着丈夫。丈夫情绪高涨，在许许多多的关东豪杰中，丈夫最终选择耶律大石，丈夫觉得自己就是当年的耶律大石。金灭辽，耶律大石怀着复国的梦想，穿越西伯利亚和蒙古大漠。"耶律大石手下只有二百壮士，就能横扫西域，大败阿拉伯大军，在遥远的海押立和撒马尔罕建立西辽帝国，在伊斯兰教最兴盛的时候，把中原文化楔进中亚腹地。后来的伊斯兰学者和历史学家总想躲开西辽帝国，那个庞大的帝国千百年来压得阿拉伯学者们喘不过气。这太痛快了！这才是英雄所为！"

"我想我的前世一定是个契丹少女。"

盛世才差点说出叔叔的战地笔记，不知为什么，他的舌头顶不起那个秘密,那一定是个很可怕的秘密。他离开故乡,投军之前,把那本战地笔记烧了。他相信它的每一页每一个字都牢牢地刻在他脑子里了。他将去投军,对一个十七八岁的青年来说,这是一个大胆而诱人的举动,他还未动身就感觉到自己是个真正的军人了。他就像个了不起的军人一样,一把火烧掉自己的秘密和誓言。他觉得叔叔的战地笔记是一种誓言。一个男子汉大丈夫的誓言。辽东,夹在两个帝国主义之间的沃野,一个野心勃勃的少年把梦想与誓言投进大火。他就不再是少年了。他奔向北大荒。

一个契丹少女的梦想肯定是耶律大石。

他始终没有对妻子说出那本战地日记。

等我们老了
坐在火炉边
一起回忆西伯利亚
回忆中亚细亚草原
回忆那条大铁路
那条大铁路
从东往西
从西往东
下边垫的都是骨头
都是中国劳工的骨头

盛世才猛然坐起,妻子已经睡了,他也睡了,他盖着大衣,大衣被揭一边,列车跟摇篮一样轻轻晃着,大地辽阔宽厚的手在摇这个大篮子。他忽然感到沮丧和悲怆。做了好多年劳工的叔叔一笔一画记下了激烈的战斗,却没有记载修路的生活。他就奔驰在这条中国劳工修筑的大铁路上,叔叔不记它是因为大铁路无法忘记,而冲锋陷阵的壮烈场面总会沦为过眼烟云。他的鼻子酸酸的,他为谁而悲怆?他又睡着了。他睡了很久很久,他睡得多沉啊,一直沉到地心又被一股神力驮上去。他看见太阳在列车后边奔跑,好像列车拖着的一个大火球。跟做梦一样,太阳这个大火球追上列车的时候又灭了。天总是黑不踏实,天蓝汪汪的,大地无限地辽阔着,很可怕地辽阔着,列车无比忧伤,好像扑进坟墓,大地总要把所有的东西收进去,包括人的誓言和梦想。

妻子说了一句梦话,他看啊看啊看好半天。好多年以后,他确实写了本书,叫《牧边琐记》,是他到台湾以后写的。他在新疆执政十一年,杀人如麻,他的政府廉洁高效,他调离新疆时,上缴给国库的黄金白银把蒋介石吓一跳。尽管告他的人很多,蒋介石只认钱,一个边疆省区上缴中央的黄金白银比江浙两省还多,所有咒骂声都被巨大的财政收入隔挡开了。到台湾写《牧边琐记》时他才发现自己不过是一个打工仔,给老蒋挣了很多很多钱。在新疆的十一年,也是跟斯大林友好合作的十一年。苏联政府得到的实惠更多,差不多也是一条西伯利亚大铁路了。"我是一个劳工。""我是一个打工仔。"他就是这种双重角色。

《牧边琐记》里没有写这些,他也没有对夫人讲;一个男人总要把一些话埋在心底,带进坟墓的。

他未来的对手马仲英正驰骋在青海、宁夏、甘肃一带,与国民军血战。华北的报纸上登有马仲英部的活动情况。据报纸介绍,国民军在边都口受挫,死伤惨重。盛世才不由吃一惊,冯玉祥的部队长于野战善打硬仗,报纸的标题是"七条枪吊民伐罪,尕司令不愧伏波后裔"。到新疆后,盛世才问当地回民:"百家姓里没尕姓么。"回民说:"尕是年轻的意思。"盛世才又问尕司令是谁,当时马仲英没来新疆,新疆的回民也不知道尕司令是谁,大概是回民土匪吧。盛世才又吃一惊："西北的土匪这么凶，敢拉杆子跟冯玉祥打。"关东红胡子不少，却不曾听说有谁拉杆子打张作霖的。盛世才想起《三国演义》中马超的西凉兵，打得曹丞相丢盔弃甲，狼狈逃窜。这里民风强悍，与关东相比有过之而无不及，这里果然是干事业的好地方。金陵古城留给他的晦气一扫而光。

从塔城到迪化是千里大戈壁，绿洲跟汪洋里的小岛一样，车子从小块绿洲边擦过，漂荡在无边无际的石头堆里，很平坦很辽阔的石头大地。

按道理西伯利亚更辽阔更大，泰加森林遮天蔽日，却远远没有新疆戈壁给人如此强烈的感觉。感觉中的新疆非常之大。盛世才好几次从车子里站起来挥手，不停地挥，"太壮观了，太平洋也不过如此。"

天山山脉越来越近，盛世才指着山下的开阔地，不容置疑地告诉妻子："看到没有，那是薛仁贵当年弯弓射箭的地方，连射三箭，三员大将应声落马，几十万大军伏地而降，部下挥戈呐喊：将军三箭定天山，壮士挥戈入汉关。"

大漠和群山合拢、绾起一个疙瘩，把迪化城围起来。天山最险峻的主峰——博格达峰与妖魔山竖在城郊，城中央挺着一座红山，源自天山冰川的一条河穿城而过，河水冰冷湍急跟冷飕飕的剑刃一样。

"冰河入梦，险峰为枕，六朝粉黛之地哪能跟这座城相比。"

盛世才轻声告诉邱毓芳："夫人，这座城是一位美人，她的美跟你如此相似，我一直找不到一个恰当的词来形容夫人的美，这座城就是你，我的夫人。"盛世才轻轻地拍着邱毓芳的肩头，博格达峰与妖魔山同时看着邱毓芳："那两座山都在看我。"

"夫人不要紧张，是你在看它。"

"它从石头缝里看我，这么厉害的眼睛，我从来没有让人这么看过。"

"不是人是山,是天山的主峰在看你呀我的夫人。"

当时,盛世才是迪化最高的军事人才,省主席金树仁问他有何打算?盛世才愿意去最艰苦的地方工作。金树仁说:"迪化就已经很艰苦了,你留迪化工作。边疆军事落后,军事人才奇缺,我任你为军校总教官,兼省军参谋主任。"盛世才立正致礼。人们发现盛世才腰间挂着一支奇怪的手枪。盛世才说:"这是日本造的盒子枪,叫王八盒子,是我的日本同窗送的。"

第二天,军校学员也目睹了这支奇怪的手枪。迪化城在议论这支王八盒子枪。盛世才打马而过,双眼炯炯有神,脸盘上一圈黑胡须,威风凛凛。那正是隆冬季节,巡夜的更夫发现黎明时分,盛世才来到河边,砸开坚冰,用冰水冲洗身体。不久,军校的学员也开始在野外用冰水冲洗身体。据盛世才介绍,这是日本军校士官生的基本功。崇尚武道的学员很喜欢冰水浴与刀术。盛教官成为他们心目中理想的军人。

金树仁了解这些情况后说:"只要不给他兵权,他教些学生对我们有好处。"幕僚们说:"蒋介石当年就是从办军校起家的。"金树仁说:"军校校长是我,盛世才只是个总教官么。盛世才怎么能跟蒋委员长相提并论?"

军校学员对盛世才说:"以老师的水平应该担任新疆军事首脑,金主席分明是让你坐冷板凳么。"盛世才沉默不语,学员们越说越气愤。盛世才突然说:"以后不许议论长官,我是金主席请来的,军校是军人的摇篮,当教官有什么不好,嗯?你们如此放肆,不是害我吗?"学员们把这种不满搁在心里,一搁就是三四年。三四年以后,他们都是省军的骨干力量了,哈密发生民变,省军连连败北,许多高级将领不能上阵指挥,全迪化只有盛世才一人可以支撑局面,金树仁只好任盛世才为东路总指挥，率部出征。盛世才平生第一次执掌兵权，手下军官大多是当年的军校学员。部下效力，盛指挥有方，捷报频传，盛世才脱颖而出。

那是几年以后的事情。而在民国十九年至二十二年，盛世才却陷在绝境中。金树仁跟蒋介石一样，给他一个空头衔，丝毫也不重用。与南京不同的是，他可以在军校学生中培育自己的势力。只要保持这种优势，他就以静待变。那些年，盛世才的日子清苦而耐人寻味。在迪化人眼里，他始终是个精力充沛，野心勃勃的军人。这里民风淳朴，一点没有南京的肃杀阴阳之气。盛世才已忘记了在南京时对黑夜的恐惧。军校学员们谈起新疆政治腐败，盛世才就感到无比高兴。

5

远在河西的马仲英也了解到新疆政治腐败。马仲英冥冥之中感觉到他和骑手们的使命在新疆。

巴丹吉林沙漠沿河西走廊一直伸向中亚。骑手们在沙漠里几出几进，好不容易进入富庶的河西走廊，谁也不想再到沙漠里去。尽管他们知道雪山与沙漠是骑手的摇篮，可一旦失去枪支与战刀，他们就很难振作起来。

那些日子，马仲英忧心如焚，他盼着国民军来进攻，这样可以鼓动部下向新疆开拔，他们无法战胜安逸和休闲。

那年，千里河西，风平浪静，静得令人怀疑，毫无黄钟毁弃瓦釜雷鸣的乱世景象，反倒有点世外桃源的意味。飞驰的骑手在这里显得一点也不真实，百姓们种田赶集，对军队毫无兴趣，连骑手们都感到自己是多余的。骑手们叫起来：去年这里刚打仗呀。永昌、民勤和武威血流成河。百姓们说：那是好久以前的事了，国民军走了。骑手们茫然若失，兵灾刚过去半年，人们就忘得一干二净。百姓们说："老百姓过日子，过了今天想明天，到了明天想后天，以前的事没人想。"骑手们惊恐异常，他们发现了比战刀更锋利更坚硬的东西——时间。骑手们说："咱离开河州快一年了，河州乡党早把咱给忘了。"

那是个无比惨酷的季节，平静的旷野松弛了骑手们的筋骨，悄无声息的岁月之河吞噬了骑手们的神志。骑手们叫起来：河西乡党忘了咱，不能让河州乡党忘了咱。马仲英说："河州早有防备，回不去。"

"去宁夏，宁夏是回回窝。回宁夏去，咱不做孤魂野鬼。"

大军越来越像一支土匪，把这样的军队带到宁夏会是什么样子？尕司令下令先整训一下再说。大家以为要练兵，号声一响，又是巴丹吉林大沙漠，尕司令都进去了，谁敢不从。大灰马知道主人的心思，带着大军在沙漠里兜圈子，有泉水的地方全被绕过去了。开始有人倒下，太阳一晃就是一团火，赤白赤白的火，太阳的火焰很快变成纯白，一片闪光的纯白跟舌头一样从天空伸下来舔这些沙漠上的露珠。有人尖叫，尕司令上去就是一鞭子，"叫什么叫！沙漠都过不去还想去宁夏？"倒下的人越来越多，连马也倒下了，生命的火焰从尸体上升起，融进太阳。在死亡与磨难之后，人们的目光变得更凶狠更残酷。队伍里的绿林好汉太多了，这些人匪性难改。再这么折腾下去，太阳和沙漠会把他们全吃光。太阳把大家都晒疯了。

不能直扑宁夏，大军绕道阿拉善蒙古地区，从贺兰山进宁夏。这次进军神不知鬼不觉，谁也不相信能从沙漠里冒出一支大军。尕司令先派人潜入银川打探虚实。省城驻军外出训练未归，只有一个团守银川。省主席门致中是个贪官，只知弄钱，不理政务正是进攻的好机会。

大军开到即被攻克,省主席门致中带手枪营从银川南门突围,军长王衡之阵亡。骑手们旗开得胜,纵马奔驰,一片欢腾。王衡之是副将,主将门致中跑了。尕司令高兴不起来。更让他伤心的是,军队入城,匪性又起,杀掠不断。银川仓猝失陷,军政机关职员大多未逃出,躲在百姓家里,被搜出后就地杀害。

银川为省会所在,一告陷落,西北震动。刘郁芬又起用吉鸿昌,命其率队进剿。

两个月后,吉鸿昌部队从兰州杀来,骑手们拼死抵抗,好几个旅长战死。骑手们撤出银川,退到石嘴山。

五月初,尕司令指挥部队二次围攻宁夏,吉鸿昌部队从四门冲出来,与尕司令一起起兵的马仪师长当场阵亡,骑手们死伤惨重,全线溃退。吉鸿昌带着大刀队在战场上寻找马仲英的尸体,有人把马仪抬过来,马仪酷似马仲英。吉鸿昌在尸体旁站了很久,说:"死在我手里,是你娃娃的运气。"

骑手们进入沙漠摆脱追兵,沙漠很快到头了,骑手们发现沙漠这么狭小,有经验的骑手说:"是咱们心太急了,心太急跑天上天也是小的。"

骑手们在沙漠里跑了五天五夜,沙漠的尽头出现了无边无际的旷野。旷野平坦安谧。骑手们又跑到了世外桃源。这里全是蒙古人,原来他们到了河套平原。蒙古人说:冬天快到了。你们会被冻死的。骑手们又是放枪又是乱叫,旷野无边无际,全是灰黄的枯草。骑手们沮丧至极,朝天放枪朝地放枪,放完枪就散伙了。剩下的七百多骑手是从河州带出来的。当初他们有一万多人,好多人战死了。

荒原一下子收割了好几万颗结实的脑袋,战刀插在沙土里像成熟的谷穗,弯弯垂下去。没有人理解金黄的沙土会长出金黄的小米。单单有阳光和水是不够的,还需要儿子娃娃的血来显示泥土鲜烈淳朴的美。好久以前,苏菲导师就告诉我们谷米里边的秘密：日月的精华和山川的灵气就隐藏在谷米里边,谷米喂养我们完全是为了我们身上流动的血液,因为血液是天空和大地的自然延伸；真主把他的灵魂灌入人体是为了让人保持天空和大地的纯真。光有谷米是不够的,大地必须有真主的花园,花园里的玫瑰是儿子娃娃的血液。不是所有的男人都能成为儿子娃娃；有些男人堕落有些男人污染了自己的灵魂丧失了血的纯真。

　　生命像沙子,风吹着它们流动,它们就这样意识到自己的美妙,于是荒原变成大海。

……

那年冬天,骑手们走出巴丹吉林沙漠就不想动了。大家对新疆不感兴趣,新疆比甘肃更荒凉。

尕司令说："那里有世界上最大的沙漠,海洋就在那里。"

骑手们太累了,他们一点也想象不出沙漠里的生命之海；他们太累了,他们的瞳光开始发暗。

他们就像一群老狼,蹲在后套的大草滩上,一边舔伤口,一边盯着银川。富饶的宁夏对他们太有诱惑力了,那里稍有风吹草动他们就会扑上去。

吉鸿昌进银川后与省主席门致中发生矛盾。吉鸿昌认为宁夏资源丰富,应制定计划好好开发,不能一味向地方征税,加重老百姓的负担。门致中思想守旧,一切按旧规办事,正忙着操办迎娶前清端王的二孙女。

吉鸿昌毫不客气讽刺门致中：平时只知道弄钱,战时疏忽防守,城失将逃,给老百姓带来劫难,有何颜面再见宁夏父老。门致中愤而离职去向冯玉祥告状。刘郁芬只好让吉鸿昌代理宁夏主席,冯玉祥知道后默许。

吉鸿昌刚攻克宁夏时，省城回民几乎逃光。一个警察枪杀了一个没有来得及逃跑的无辜回民，吉鸿昌立即将这个警察正法，并发告示，保护回民。回民才渐渐回城返乡，社会秩序逐渐安定下来。大批政工人员到回民聚居地方召开群众大会，宣传回汉一家。吉鸿昌亲自书写"回汉一家"大字匾挂在银川市中心钟鼓楼上，还身着回族服装，与阿訇握手合影，经常出入清真寺，召集全省回教阿訇大会，凡民间擅长武术者不分回汉，予以嘉奖。当地回民十分感念吉鸿昌，称他为"吉回回"。他还打算建设好宁夏后，马上率部进军新疆，开发整个大西北，亲手绘一幅西北屯垦图。消息传到宋哲元、刘郁芬、孙良城这些西北军将领耳中，他们大叫吉鸿昌"犯上作乱""吉鸿昌赤化"一齐去找冯玉祥告状。

吉鸿昌在宁夏的所作所为传到尕司令那里，尕司令忽然想起起兵之初，夺循化县、过黄河峡时他也提出回汉一家，他也杀富济贫，他越想越气，"狗日的吉鸿昌，你是人还是鬼，你把我撵走你就来这一手啊。"

这时，来了一位老阿訇，是替吉鸿昌送信的，还附了一张吉鸿昌的相片，想跟尕司令交朋友，一起合作建设宁夏。尕司令反复看吉鸿昌的相片，马仲英吉鸿昌、吉鸿昌马仲英、骏马钢刀、钢马骏马，两个人影子反复重叠，分不出彼此。老阿訇以为尕司令动心了，就说：宁夏回民都把吉鸿昌叫吉回回。

尕司令跳起来，"他是回回？他是回回我是啥？"

老阿訇也是刚烈汉子："你个屎娃娃你算啥？我宁夏回回不欢迎你，你给我宁夏做过啥好事？你说说看，你娃张不开嘴。"老阿訇从尕司令手里夺下照片，连信也夺回去，临走时说："人家吉将军敬你是英雄，才交结你。吉将军的日子不好过，一帮帮瞎熊天天咬他、排斥他，他在西北军里也受气呢。蒋介石消息灵，派人送来委任状,吉将军当场把委任状撕了,对南京来的人说:去你娘的,我只要老百姓承认,谁要你委任?!你尕司令撑破天就敢反冯玉祥,吉将军连将介石都不放眼里。你娃年纪轻,你娃慢慢思量吧。"老阿訇气昂昂走了。

挨了一顿骂,尕司令汗都出来了,精神也上来了。尕司令把大家召集起来开会,尕司令说:"事情弄到这种地步,唯一的办法就是招安,我和仲杰去内地找机会,大家暂时归顺吉鸿昌,接受他的改编。吉鸿昌不会为难大家的。等我和仲杰混出眉眼,我再通知大家。弟兄们,我们还会东山再起的。"

大家坐一搭吃个饭,就分手了。队伍往宁夏开,马仲英兄弟往黄河边走。那条大河越来越宽,沙漠草原天空无限苍凉悲壮,猛然一声花儿,一腔带血的花儿响起:

尕司令,

年纪轻,

老子说话你不听……

6

马仲英兄弟在北平呆了好几年,没有什么出路,就到了山东。

马鸿逵的部队驻守山东济宁,部队有不少马仲英的旧部。骑手们见到他们的首领,纷纷打听河湟故乡的战事。马仲英告诉他们:国民军把我们挤出河州,国民军也离开西北,甘肃成了马步芳的天下。这些骑手们都是围攻河州失败后被马鸿宾收编的。马仲英问马鸿逵:"你不怕我找麻烦吗?"马鸿逵说:"咱们是同族兄弟一家人不说两家话。"

马鸿逵把马仲英介绍给十五路军的官兵，数万官兵拔出佩刀向他致礼，马仲英大受感动。马鸿逵说："冯玉祥跟蒋总司令搞僵了，南京对你很器重，总司令多次向我提出要见你。你快去南京，这是个好机会。"

西军老将马福祥也在南京，马福祥陪马仲英马仲杰去拜见蒋介石。蒋介石把他们打量半天说："果然少年英雄，见到你们兄弟我很高兴。"蒋介石问他们年龄，马仲英十九岁，马仲杰十七岁，蒋介石对陪宴的黄埔将领说："他们兄弟比你们强。小小年纪，统领数万人马驰骋大西北，冯玉祥的几员虎将都败在他们兄弟手下，不简单啊。中央很快要解决西北问题，西北军治军练兵很有一套，善打硬仗，大家对西北军存在惊恐心理，可以跟马仲英好好谈谈。"马仲英介绍河湟事变的经过，黄埔将领开始还拿得往，听到最后不由得抽冷气。马仲英兄弟离开后，何应钦说："不谈倒好，一谈反而渲染了恐怖气氛。"刘峙说："阎锡山好打，冯玉祥扎手啊。"蒋介石说："马仲英马仲杰我们要好好培养，中央需要这样的人才。敬之你安排一下可以让他们直接当师长。"

何应钦说好好好，马上动身去办。陈诚说："老头子真是异想天开，敬之喜欢不长胡须的军人，马仲英有马超之勇，他能真心给办？你们猜他找谁去了？"大家都说敬之去中央军校给马仲英兄弟办入学手续去了。陈诚说："你们错了，他找马福祥去了。"众人诧异，陈诚说："马福祥不会容忍马仲英兄弟成为中央军去危及自己的子侄。马福祥会把这事给搅黄。"大家说："老头子不会上当的。"陈诚说："马福祥身后有西北五马，老头子不会为马仲英得罪老五马小五马。"大家说："敬之这样干又是何必呢？"陈诚说："给你们说了么，敬之不喜欢长胡须的军人。"大家怪声怪气："太监不长胡子。"陈诚说："敬之也不长胡子。"

何应钦找马福祥一鼓捣，马福祥叫苦不迭，一边电传西北马步芳一边找蒋介石。蒋介石知道个中原委,瞥了何应钦一眼,爽快地答应了马福祥的请求。马仲英兄弟上军校之事作罢,改派他们返回马鸿逵部队。

马仲英兄弟离开南京时,蒋介石给他们赠送了中正剑,蒋介石说:"你们兄弟俩虽不是黄埔毕业,但我把你们当黄埔生看待,希望你们回到西北后收抚旧部,为中央效力,根据情况给你们编制。"

马仲英兄弟回到马鸿逵部队。

北伐革命打倒了北洋军阀,新军阀的矛盾日益激化,蒋介石以英美及强大的江浙财团作后盾,打败湖南的唐生智和桂系李宗仁白崇禧,挥兵河南,直逼山西阎锡山和西北冯玉祥,阎冯联手讨蒋,这就是民国历史上最大的一次军阀混乱中原大战。1930年,百万大军云集陇海铁路沿线。

战斗力最强的冯玉祥部长期驻守贫困的西北地区,财力严重不足,冯玉祥治军极严,高级将军也很俭朴,与各路诸侯交往,高级将领就显得太老土,很难抗拒物质诱惑。韩复榘石友三最先投蒋。西北军内部矛盾重重,最骁勇的悍将吉鸿昌竟然被诸将合谋夺去兵权,囚禁起来。冯玉祥从山西太原赶回来后,才把吉鸿昌救出来。先把他安排在副官处,为了平息众将的愤怒,把吉鸿昌从军长降为师长,率最精悍的十一师出战。

陕军原属西北军,杨虎城守西安八个月迎接冯玉祥。冯玉祥进西安城,调杨虎城到三原喝西北风,将钟楼上的金钟据为己有,诱杀陕军名将郭坚;陕军趁这机会要敲打冯玉祥。马鸿逵也被蒋介石改编为十五路军,被蒋介石安插在山东彰德一带。

开战前夕,十五路军官兵一致认为马仲英会做他们的前敌总指挥,他们可以像真正的骑手那样,跟着首领驰骋疆场。马仲英在西北荒原太出名了，在他的麾下作战是一种荣耀。作战会议上，马鸿逵宣布马仲英担任十五路军总参议，全军上下发出一片嘘声。大家只学麻雀叫，马家军上下森严，大家绝对地服从长官命令。

在陇海线上，马仲英骑着大灰马，平原辽阔无限，西北军官兵认出了大灰马和马背上的骑手，他们在河州在宁夏在青海跟马仲英打过仗。他们朝天放枪，马仲英也拔刀向他们致意。大灰马越过铁路，在两军壕堑之间的开阔地带纵横驰骋。陇海线已经不通车了，钢轨在阳光下发出蓝光。大灰马和骑手所到之处赢得西北军官兵一片呼声。中央军莫名其妙，打电话质问马鸿逵："马仲英是不是投降了西北军，西北军向他鸣枪致敬。"马鸿逵说："马仲英跟他们交过手，不打不相识，他们认识。"

马仲英回来后，马鸿逵说："中央军对你很生气。他们原以为你打败过西北军，你一出现可以煞煞西北军的锐气，没想到反而激起了西北军的好战情绪。这些中央军，吃得好穿得好，装备好，就是胆子小，我看这仗打起来很麻烦。你到马全良旅去帮他一把，你指挥一个旅不成问题。"

马仲英离开总部，到马全良旅。马全良说："你带过几万人马，我这只有四千多人，我以为你不会来我这。"

"这么大的仗我还没打过，见识一下。"

大战开始后，西北军后撤八百里。蒋军步步进逼。陈诚指挥的蒋军主力越过壕堑，纵深突击，被西北军吉鸿昌部截住，血战三天三夜，陈诚所部几次被围，死伤累累。只因陈部装备优良，机枪火力极猛，方得突围撤退。吉鸿昌紧追不舍，陈诚节节败退，被逼进死角。这时只见一匹高头大马驮着铁塔一样的壮汉，赤裸上身，明晃晃的鬼头刀横在胸前，一马当先呼啸而来。"吉鸿昌！吉鸿昌！"

"大刀队！大刀队！"蒋军尖声狂叫，乱了阵脚。1929年10月冯玉祥第一次反蒋，蒋军尝过吉鸿昌大刀队的厉害，对阵的不是陈诚部队，是汤恩伯的部队，只见潼关城门一开，吉鸿昌率两千多人的大刀队旋风般冲出来。蒋军自恃武器好，都笑冯玉祥土老帽，都二十世纪飞机大炮机关枪的时代了，还来《三国演义》冷兵器。蒋军官兵有耐心，准备近打。等瞧见大刀队凶神恶煞的样子，已经来不及了，冷兵器白刃战的效果比火强多了。恐怖心理蔓延很快。陈诚不一样，陈诚十八军是蒋军王牌里的王牌。吉鸿昌一上来并没有用大刀，枪炮对阵，蒋军火力极猛，全德国装备，吉鸿昌部队几次包围，都抵不住密集的自动火器。

此时，马仲英用望远镜看得清清楚楚，那些火网让他想起在河州城外的惨败，吉鸿昌就用这种密集的火网对付马仲英的，现在吉鸿昌也被火网给封住了，蒋军的火网让马仲英大开眼界，这才叫现代自动火器。这么好的武器、装备还是让吉鸿昌逼退几百里，逼进死角。马仲英冲进司令部要马全良给他一支部队，"吉鸿昌过来啦，我去收拾吉鸿昌！"马全良也很激动，连说好好好。参谋长挤眼睛，马全良也没感觉到，参谋长干脆把马全良叫出去，参谋长已经挂通了总部的电话。参谋长说："旅长，你最好请示一下马长官。"马全良只好请示马鸿逵，马鸿逵一顿臭骂："你还嫌马仲英名气不大，让他在中原大地耍大娃娃①。让他闻名世界呀？你给我看住他！出了差错我卸你的狗腿！"马全良龇牙咧嘴走过来，到底是个老实人，说话支支吾吾，马仲英就笑："不为难你，不为难你，算了算了。"马仲英端上望远镜出去了，眼睛都红了，"把他娘给日的，儿子娃娃淌血不淌泪，就这么容易让我淌眼泪呀。"马仲英端起望远镜，看吉鸿昌耍威风。不看不生气，一看一肚气，吉鸿昌你算个人吗？跟我马仲

---

① 耍大娃娃：西北方言，耍威风，逗英雄。

英打了一年仗，也没见你赤膊上阵，打中央军你就脱衣服，露你那一身肉！

两千多赤膊横刀的大刀队冲上来了，大刀片子寒光闪闪，太阳躲到云层深处，圆圆的苍穹下全是战刀的影子，蒋军被砍得东倒西歪，互相枕藉。他们的手脚被砍掉了，有些腹部背部被刀刃拉开，露出脊椎和内脏，凉风一下子吹进身体，生命之火猝然暗淡下去。他们不是一下子就死的，而是受到疼痛的打击，痛苦地扭曲着身体，当他们用手指挖地时指甲全崩裂了，当他们抱着树根用牙齿啃咬咬光了树皮，而牙齿和舌头全烂掉了，他们自己搞得通体鳞伤，血肉模糊，死亡姗姗来迟，直到他们脸上丧失人的模样，变得狰狞可怖，死亡才肯收留他们。

陈诚一败涂地，带几个卫士逃命。蒋军全线震撼，狂风般的吉鸿昌所向披靡，西北狼闯入羊群，中央军鬼哭狼嚎一口气从洛阳跑到郑州，又从郑州跑到开封，蒋介石被困在开封城，城外的中央军全被吉鸿昌打跑了。蒋军另一支主力胡宗南和关麟征奋力救驾，掩护蒋介石后撤至商丘柳河火车站。刚上火车，吉鸿昌就杀过来了，蒋军一见白晃晃的大刀就手脚发软，等着挨刀。蒋介石差一点被擒，全仗蒋公从容刚烈，往外一看，西北军如狼似虎已经近在眼前，跑也没用，骑兵快得跟风一样，蒋公反而不慌了，返回车厢，里边空荡荡黑乎乎的，蒋公独坐沉思，外边自己的部队被砍得鬼哭狼嚎，他毫不动心，西北军的骑兵用大刀背敲打车窗"蒋介石出来！"蒋公也不恐慌，有个骑兵把脑袋都伸进来了，车厢空荡荡，谁会注意车厢尽头角落里的一个老头子呢。"蒋介石跑啦，弟兄们追呀！"骑兵大刀队向车站外杀去。蒋公脱险。蒋军遭此痛击，对西北军产生严重的恐惧心理，士气低落，固守阵地不敢出击。蒋介石对顾祝同陈诚大加训斥："我革命军人之精神，竟如此不振？"蒋介石怒不可遏,就骂娘希匹,中央军就是打不过杂牌军。陈布雷说:"关西自古出勇将。战国时,六国百万之师叩关攻秦,秦人开关延敌,六国之师逡巡不敢进。"老头子又要骂娘希匹,陈布雷说:"楚汉相争,楚霸王追得刘邦连躲的地方都没有,最后刘邦反而得了天下,大丈夫斗智不斗勇。"蒋介石恍然大悟,即派人去东北拉张学良,封张学良为海陆空副总司令,并控制华北。陈布雷说这是刘邦收韩信的法子。蒋介石又派人从中央银行提取现款,收买西北军高级将领,陈布雷说这是刘邦收陈平收彭越的法子。

中央军吃败仗的时候,马鸿逵和杨虎城的部队却守住了阵地,并迂回反击,西北军时时感到侧面的威胁。

马仲英指挥的马全良旅越过陇海线进入安徽,这是陇海线津浦线的三角地带。马仲英建议部队停止前进,以观静变。马全良说:"这里有中央军四个师,西北军啃不动。"马仲英说:"三角地带是死角,西北军野战能力强,完全可以吃掉这几个师。"马全良犹豫不决,马仲英说:"河湟战役,我们马家军凭的是戈壁沙漠,很少正面跟西北军交手,平心而论,西北军是块硬骨头,蒋总司令要啃它不容易。"

马仲英是总部派来的总参议,没有实际用兵权。先头部队进入亳县与蒋军主力会合。蒋介石又调集大批精锐部队在陇海线发动反攻,与西北军决战。中央五个主力师连同地方部队向西北军发起猛攻。蒋介石乘坐铁甲车沿铁路线督战。蒋军吸取教训,高度警觉提防吉鸿昌大刀队。西北军高树勋孙良诚佟麟阁三面反击,郑大章骑兵师旋风一般横扫中央军侧面,吉鸿昌部正面突破,中央军一下子损失三个主力师,指挥部被冲得七零八落。

蒋军赶快收缩兵力,由进攻转入防守。这回大刀队又出现了。不是白天,是晚上。每人一支匣子枪一把鬼头刀,头扎白毛巾,穿红色上衣,袒右臂,拂晓前摸进蒋军营地。杀声大作,蒋军惊慌失措，丢下武器只顾逃命，大刀队四面出击，追击几十里。

战场上全是被大刀片子削掉的脑袋，像摔碎的西瓜，被斩首的官兵有五千多人，两万多官兵被砍成残废。

马全良旅在侧面，与吉鸿昌一交手就被吃掉一个团，立即后撤，避免了全军覆没的命运。蒋介石指挥军队仓皇南移，深沟高垒，任凭西北军百般辱骂，绝不迎战。马仲英说："中央军真没用，这么好的枪炮，给咱马家军装备一半就能打败西北军。"马全良说："这仗是打败了。"

相持一个月，战局发生了奇妙的变化，总部突然宣布：张学良拥护中央。二十万东北军进入华北，中原大战胜利结束。马仲英叫起来："这不是开玩笑吗？就这样赢了？这也算胜利？"马全良笑："这是政治，懂吗？蒋总司令釜底抽薪，西北军受得了吗？"马仲英像青蛙张了张嘴巴，说不出话。马全良说："西北军那些干净漂亮的胜仗可以在军史上大书特书，可谋天下者只有蒋总司令啊。"马仲英说："这样谋天下，顶个屁用。""能谋天下的人不但顶屁用，而且是大家伙，大拿①。"马仲英说："想不透，想不透。"马全良说："你是真君子，不抽烟不喝酒不沾女人，你想想坐天下的有几个是真君子？"马仲英说："蒋总司令不喝酒连茶也不喝。"

"可他玩女人呀，蒋介石玩女人很有一套呢，女人把这叫做幸福，而且女人都喜欢让他玩。不会玩女人可以当英雄，但绝对做不了皇帝。"

中原大战结束，马仲英回到十五路军总部。马鸿逵问他感觉如何，他说："中原大战跟河湟事变一样，胜者无所得，冯玉祥与我半斤八两。"

"中央胜了么，江山还是蒋总司令的，怎么说胜者无所得？"

---

① 大拿：西北方言，大老板。

"中央军连连败北，突然赢了，这叫打仗吗？简直是开玩笑！"

司令部的参谋人员都笑了："西北军是能打仗，可他们是叛逆，中央大权在蒋介石手里。蒋介石可以封官，可以出钱，有了这两样，西北军打的胜仗再多也等于零。这就叫政治。"说话的参谋叫张雅韶，另一位叫吴应祺。马鸿逵说："他们都是中共人员，很有才华。"马仲英说："他们都是政府的通缉犯，你不怕惹上大麻烦？"马鸿逵说："地方部队都潜伏着中共人员。这些人都是难得的人才，他们可以应付各种复杂的局面。蒋介石跟冯玉祥一样，总想法子瓦解咱马家军，多一个朋友多一条路，你跟他们多谈谈。"

马仲英在甘南夏河听黄正清介绍过共产党，印象很深。马仲英在河湟一带的反冯运动吴应祺张雅韶了若指掌。吴应祺毕业于苏联基辅军校，张雅韶毕业于黄埔六期。他们俩参加渭华暴动①失败后与党组织失去联系，便投奔马鸿逵的部队。洗澡时马仲英发现他俩身上伤痕累累，马仲英说："你们出生入死就为你们的组织？""为老百姓。你尕司令当初反冯玉祥不也是为老百姓吗？""不全是这样，我想摆脱马步芳兄弟的控制，自创大业。当时国民军横征暴敛，民心可用，我趁机起事。开始老百姓都支持我，人也多了枪也多了，官兵素质太差，经常骚扰百姓，老百姓就不支持我们了。"

真正打动马仲英的是吴应祺对蒋介石的分析。马仲英问吴应祺西北军为什么那么傲慢，不把蒋介石放在眼里？吴应祺告诉他，刚开始冯玉祥很看重蒋介石，他们结拜为干兄弟，蒋介石搞清党，冯玉祥也跟着盟弟搞清党，打完共产党接着北伐。北伐军到山东济南时，日本军队就想试一下蒋介石的虚实，日军几千人向中央军几万

---

① 渭华暴动：大革命失败后，中共陕西地下党组织的一次武装暴动，失败后余部退入陕北。

人挑衅，蒋一味忍让，西北军要打，蒋不让西北军到胶东，蒋派外交公使去交涉，日本兵把国民政府的外交特使割鼻割耳，活活钉死在墙上，并袭击中央军。中央军一触即溃，死伤数千人，这就是五三惨案。西北军一直以日本为假想敌，曾在大沽口跟日军发生炮战，中央军在济南的所作所为让西北军大失所望。马仲英大叫："蒋总司令怎么这样？"

吴应祺说："蒋为人精明，擅长权术，哪路军阀都不是他的对手。可精通权术的人只能当政客不能当大国领袖，他没有雄才大略，没有豪迈的气度和魄力，他驾驭不了这个伟大的时代。面对列强怎么能示弱呢？不要说冯玉祥，小民百姓也会小看了他。"

马仲英本人作风很好，能吃苦，爱学习，没有不良嗜好。十五路军驻守的山东济宁，文化相当发达，马仲英在这里一方面结交中共朋友，一方面阅读大量书刊。回想河湟战役的种种失误，不禁发出阵阵感叹。吴应祺说："你当年的经历就像古罗马的斯巴达克斯。"吴应祺说："斯巴达克斯率领角斗士抗击罗马大军，罗马的好多军团被打败。斯巴达克斯迅速崛起，变得无比强大令人生畏。但他对形势却有一种清醒的认识，因为他还不能指望推翻罗马的统治，就开始把队伍带向阿尔卑斯山。他认为大家必须翻过山岭回到各自的家乡，一部分人回色雷斯，另一部分人回高卢。可是他的部下自以为人数众多而盲目自信，不听他的命令，继续在意大利各处骚扰劫掠。骄横狂妄而脱离主力的日耳曼人被罗马军队歼灭。罗马大军把斯巴达克斯围在海边三角地带，斯巴达克斯回师反击，大败罗马人。这次胜利却断送了斯巴达克斯，因为他的部下都狂妄的自信，不愿再回避战斗，也不再听从首领的命令。这正是敌人求之不得的。"民国十九年，在边都口击败国民军主力后，马仲英进入河西，打算攻入新疆，没有人支持他。这样，他们失去了进军新疆的好机会。吴应祺说："你的部下军纪太坏，兵匪不分，屠戮百姓。"

马仲英问:"这是为什么?""他们一辈子守在家门口,他们如果听从你的指挥,进行一次远征就好了,大军远征不仅仅是争地盘,重要的是部队能得到锻炼。"吴应祺说:"在河套平原,大军压境时,你的部下背叛了你,你只剩下七百多名老兵。"马仲英说:"斯巴达克斯是不是也有过这种遭遇?""他就是这样死的,角斗士们不听命令,意气用事,与罗马大军混战,斯巴达克斯看到他必须亲自出战。首先,他让人把战马牵到跟前,他拔出剑,声称,如果得胜,他将从敌人那里得到很多良马;如果失败,他就不再需要任何马了。说完他把马刺死,然后冒着飞矢,越过遍地的伤员,直向罗马统帅克拉苏杀去。他杀死了迎面奔来的两名百夫长,却没有达到目标。最后,他的同伴都逃跑了,他独力奋战,在敌人的重重包围下,他被砍倒时还抵抗不止。"

马仲英沉默好久,说:"很早以前我就渴望着一次远征,穿过中亚荒漠一直到大海。"马仲英说:"那是骑手最后的海洋。"

吴应祺说:"听说你喝过马血,不是用刀而是用牙咬。"

马仲英说:"马血里有海洋的气息,从那里我看见了宽阔的入海口。"

吴应祺说:"你应该回西北召集旧部,重振旗鼓。寄人篱下不是长久之计。"

马仲英说:"我这次来内地最大的收获,就是交了你们这些中共朋友。我还会东山再起,我要改造我的部队,你们要来帮助我。"

吴应祺说:"我们的工作就是组织民众反抗黑暗的社会。"

"多带些朋友多带些书,我知道的革命道理太少啦,我能不能加入你们的组织?"

马仲英加入了共青团。这两个与组织失去联系的共产党员也只能把马仲英发展为团员。马仲英潜回宁夏。

7

宁夏省主席马鸿宾得到消息，即派人前往欢迎，马仲英向银川各界表示，这次回来收抚旧部，遣散回家，使其安居乐业。大家松了一口气。马鸿宾让马仲英担任宁夏部队的教导队长，选拔下级军官受训。

马仲英生活简朴，与学员同甘共苦，采用西北军的训练方法，配以河湟战役和中原大战的实例，学员领会很快。好多学员表示愿意听马仲英调遣。马鸿宾闻讯大惊。马仲英为了避人耳目，整个冬天，天天去郊外放鹰抓兔。有时外出很远。

春天快到时，马仲英带着忠于自己的学员离开银川，潜伏在中卫黄河渡口。

马鸿宾的部队四处搜索，毫无踪影，查了一下，跟尕司令走的仅仅七个人。

"带七个兵还想弄事呢。"马鸿宾可以放心地喝茶了，噗儿噗儿，茶越烫越有味道。

参谋长不放心："当年夺循化县尕司令就带七个兵。"

"本事大让他夺么，只要他不夺咱宁夏，管屎他哩。他是马步芳的仇人，又不是我马鸿宾的仇人。"

"那咱把兵撤了。"

"看你笨的，总得给马步芳个面子么，尕司令是个咬屎的大王，不要让人家说咱闲话。"马鸿宾喝一口换个杯子，卫兵不停地给他上烫茶。

参谋长说："烫嘴哩。"

马鸿宾说："我也不知道烫谁哩，让它烫么！"

尕司令潜入河西走廊，骑上大马，一夜间走了千里路，直扑甘州。他的旧部二千多人被马步芳收编在这里,编成一个旅,旅长马谦也是尕司令的老部下。

马谦一见尕司令,嘴张得跟一眼窑一样,眼巴巴看着尕司令走进窑里,马谦站也不是坐也不是。尕司令说:"你是旅长,我是光杆司令,我到你跟前混饭来了。"马谦这才想起来叫司令,赶紧唤人摆席给老长官接风。宴席上一口一个老长官。几个团长都是马谦的亲戚,也跟着马谦一口一个老长官。尕司令说:"你别怕,我不当司令,我跟大家见个面叙叙旧,轰轰烈烈干了一场,出去了好几年,想弟兄们呀!"门口挤满了老兵,黑压压一大片,不出声,眼睛在暗地里放着亮光,尕司令撇下热腾腾的宴席走进那团亮光里。

马谦连夜晚派人去西宁给马步芳报信,马步芳大叫:"他不是在宁夏吗?就是长了翅膀也飞不了这么快!"马步芳给来人下命令:"回去告诉马谦,旅长不是擀面杖,想当官就当得下狠心,把马仲英灭了,灭得死死的。"

马步芳派了最精锐的骑兵团,约好时间,协助马谦灭马仲英。那一团人马潜伏在山窝里,只要马谦发个信号,眨眼就能杀进甘州城。

一连好几天平平静静。

星期四晚上洗澡,军官先洗。马谦邀上老长官还有参谋长副官。尕司令只带他的小兄弟马仲杰,十几岁个碎娃。

洗到一半,澡堂响了一枪,尕司令从热水里出来一看,是朝他开枪,是马谦旅长开的枪。马旅长不知啥时候穿好衣服,提着二把盒子,离尕司令近近的,举起手枪搂一家伙,又搂一家伙,估计死得差不多了。谁也没想到尕司令精身子,跟一条大鱼一样凌空而起扑上去。马旅长双手攥住枪,搂一下又一下,搂着搂着枪就不响了,尕司令立在他跟前,二把盒子扫射的是澡堂的后墙,是一面石头砌的厚墙。尕司令给马谦一脚,马谦扑通跪在地上,"挨屎的心太狠,哪有这么打枪的,两只手把枪捏死啦,你配当军人吗。"尕司令唾马谦一脸。

第一声枪响,城外那一团骑兵就冲进来,在街巷里全被马刀砍死了,血流出城门洞。几匹空马性烈如火,翻过祁连山,回到宁海军的大营里。

马步芳赶快调集大军,全青海的兵倾巢出动。连马步青的那个骑兵军也调上去了,数万大军分两路出山丹和边都口合击甘州。

马仲英最精锐的步兵旅由马仲杰率领攻占肃州,仅仅两天,大半个河西走廊十几县落入马仲英之手。

大战开始前,马步芳对阿哥马步青说:"老祖宗的家业眼看要毁于一旦,阿哥呀,咱是亲兄弟,咱要拼上命把马仲英打下去。他活着,咱就活不安然。"

"他就是老虎咱也不怕,咱兵多将广,他才几个人?不怕他。"

数万大军开上去。被堵在祁连山最险要的地方红水沟。红水沟淌着一条小河,水跟血一样,因为土是红的,石头也是红的。这是前定下的流血的地方。狗日的马仲英呀,你真会挑地方,这么大一座祁连山你偏把爷爷我堵在喉咙眼。

大军一个整团一个整团开上去,死人倒浪浪,把红水沟快要填满啦。

山上枪不响了,马刀一闪一闪跟镜子一样,把人的五脏六腑全照出来了。马步芳拔出手枪,朝天开三枪:"弟兄们冲呀,敌人没子弹啦。"被马刀赶下坡的士兵愣愣地看他们的长官,以军人的习惯,对方跟你拼刀子你就不好意思子弹上膛。他们的长官一马当先,开了一枪,又开了一枪,连打倒两个马仲英的兵。山下的宁海军乒乒乓乓放起枪。

这已经是两天两夜以后了。这也是宁海军青马旅黑马旅损失殆尽之后,调来的援军,由马步芳亲自带领杀上红水沟。机枪夸夸夸夸叫个不停。

"就打马仲英。"

"长官，打死啦。"

"你看清楚了？"

"二百发子弹，跟下白雨一样下到他身上啦，他肯定湿啦。"

"找他的尸首，我要攮他几个窟窿。"

搜索队在死人堆里乱折腾，死的都是硬硬邦邦好小伙，日他妈个个都像马仲英。许多尸首被马步芳卸开了，喷满身血。阿哥马步青稍微冷静些。

"兄弟呀，人死了就算啦，人家笑话哩。"

"我要让他死得踏踏实实。"

"死踏实啦兄弟。"

"我不踏实，我眼皮老跳。"

"你太紧张。"

"不是紧张是警觉，人警觉点好，不吃亏。"

马步青摇摇头一笑。

搜索部队报告，马仲英残部向肃州撤退。

"一个不剩，杀光。"

马步青挡住他疯狂的弟弟："肃州快到新疆啦，就不追啦。"

"不成，全杀光。"

"兄弟你杀红眼啦，你也不清醒清醒，咱把主力开到肃州就不怕兰州和陇东的军队抄咱后路。"

阿兄的话把马步芳吓一跳。赶快收兵回营。

回西宁后，马步芳哄阿兄去兰州看戏。马步青是个戏迷，听上一曲秦腔，魂都走了。阿兄的兵权一点一点让兄弟给夺光了。阿兄发觉时已来不及了，就在河州城里修一座蝴蝶楼，重金从兰州买一个秦腔名旦做姨太太，在蝴蝶楼给他一个人唱大戏。

马仲杰带残部退回肃州,元气大伤,仅剩数百人。大家四处打探寻找,没有尕司令的消息。马仲杰不相信哥哥会死,他指挥部队照常训练。

一个礼拜后,从戈壁滩上走来一个血人。阳光照射下,血人的身上有一团可怕的光芒。血干在身上,还那么鲜艳,跟裹一层红绸一样。马仲杰大叫:"哥,哥,我哥活着,哈哈,我哥活着。"

尕司令从死人堆里爬出来,在祁连山走了三天,在戈壁上走了三天,绕个大圈,从嘉峪关外走回来了。

"我走到马鬃山,那么威风的一座山,石头一绺儿一绺儿在天底下闪亮哩,像风在吹马鬃哩。"大家谁也没见过这么一座山。"马鬃山前边连着昌马儿山,日他妈昌马儿山,那么好一个地方,马能不昌吗?"尕司令说着说着就睡着了。

马仲英守住了嘉峪关以及周围四座县城,马步芳的大军三面包围着他。马步芳日夜盼望马仲英溃散。他好收编马仲英的残部。据情报人员报告,马仲英准备进军新疆。马步芳说:"民国十九年他准备打新疆,他的下属都不愿意,他的兵都是河州回回,离不开故土。"

情报人员说:"马仲英招了好多汉民,还有内地大城市来的读书人。"

马步芳说:"幸亏动手早,晚一步就麻烦了。"

马步芳命令情报人员密切注意马仲英的动向,又派人去新疆联络金树仁,夹击马仲英。大漠之中如瓮中捉鳖,马仲英插翅难逃。

8

这是个凶年。马仲英濒临绝境时,盛世才在迪化城也面临绝境。

盛世才在迪化城名声大振，军校学员以结识盛教官为荣。省府举行联席会议，人们翘首以待，希望盛世才能担任师长一类的职务，独当一面，而省主席金树仁宣布盛世才治军有方，擢升为军政厅参议。人们看见盛教官纵马扬鞭，向郊外飞驰，那真是一匹好马，乌溜闪亮。郊外的哈萨克牧人说："黑马，黑马，黑马找骑手去了。"牧人们发现马背上有一位骑手。

骑手和黑马离开草原，在戈壁上飞驰，戈壁上的红石头像泡胀的牛皮制成的空心大鼓，四野八荒响起来。大鼓发出一种低低的，阴沉的声音，像是野兽的怒吼和粗暴刺耳的雷鸣。后来，黑马驰进沙土地带，马蹄踏裂地表，在深深的沙滩上腾起一阵暴风骤雨般的尘雾。好多次，骑手勒住缰绳，马蹄腾空，整个马直立在荒原上，发出咴咴的嘶叫，像要吞吃肥大的太阳；缰绳一松开，黑马平窜出来，窜到妖魔山上。盛世才从山顶俯视迪化全城，山谷里吐出团团黑雾。

盛世才是长子，父亲年迈，他就长兄为父了。他把父母亲四个弟弟一个妹妹还有岳丈一家全接到新疆，看样子要扎根边疆了。他的军衔还是上校，在省政府做上校参议，在军校兼职，两份薪水维持夫妇俩还可以，维持老老少少这么一大摊就很困难。这里不比日本，在日本，邱毓芳还可以出去找事做，中国的官太太是不能出门挣钱的。日子很清苦。

同僚提醒他到上边走动走动，放一任县长，什么都有啦。新疆前任总督杨增新常常劝诫属下做官要有良心，不能太贪，杨增新的口头禅就是：西出阳关无好人。来的都是发洋财的贪吏，杨增新尽最大力气把属下们的贪欲降到最低线。你不能让大家不贪啊，这叫有限贪污法则。多明智一老头，硬是让肖耀南给杀了。金树仁主席上台，很直爽。金主席是甘肃河州人，河州正在打仗呢，马仲英拉杆子打冯玉祥，打得天昏地暗，河州难民就跑到新疆投靠金主席。

金主席热爱家乡，更爱老乡，大骂冯玉祥我日你妈欺负我们河州人。金主席有义务有责任为乡党排忧解难，尽量满足乡党们的各种要求。从温饱到职业安排，到各个要害部门的位子。金主席管不过来了，叫兄弟管，金老二掌握衙门只有一个标准，会不会河州话，一口流利的河州话就能进衙门当个科员、科长，或者排长、连长。社会上就有"一口河州话，就能把盒子枪挎"的说法。

金主席的官很好做，好做得让人不做一做官就好像你不是人一样，除非你是一匹马。

同僚们很不客气把话说到盛世才面上，盛世才心里冷笑，"我盛某平生宏愿就是铲除军阀铲除贪官污吏解民倒悬，新疆未来的政府将是一个清廉高效的政府。"盛世才相信他能开出一片光明的天地。他不禁热血沸腾，大家不知盛先生怎么啦，粗脖子红脸的，急吼吼奔出办公室。

"肯定是吃羊肉又吃西瓜，肚子胀，奔茅房，茅房肚子一块儿遭殃。"

盛世才奔到街上，才平静下来。他的自制力很好，脑子再热也能压下来。他还觉得自己不行，这样冲动不行。他走得很慢，他彻底放松了。他看见金老二金老四骑着大马在街上奔驰，小贩们吓得乱躲，他也躲一边。他彻底平静了。

回到家里他又忍不住了，四弟五弟还有妹妹刚放学回来，静静做功课。弟妹们是很听话的，都是学校里的尖子。可他还是对弟弟们吼起来："你几个听着，你们谁要是以后有一丁点金家兄弟的样子，我非杀了你们不可。"

"你又中什么邪啦。"邱毓芳把丈夫拉到屋子里，"你把他们吓坏了。你看你的脸都歪啦，你要吃人呀。"

"我要杀人，我一定要杀很多很多的人，把那些王八蛋们全杀掉。毓芳你记着，我以后当了省主席你提醒我，盛世才你不是什么狗屁主席,你是清道夫,你的使命是清扫这个肮脏的世界。你给我脸上吐唾沫,像越王勾践那样。"

"你也不用对兄弟们发火呀。"

"金主席会毁在他那帮亲兄弟手里的。"

盛世才主掌新疆以后,真的把四弟给杀了。不是因为四弟腐化堕落,而是四弟太革命。这是当初他们谁也没想到的。

盛世才在军队的声望超过省主席金树仁。连伊犁塔城阿勒泰的边防军也在谈论盛教官。部队的高级将领纷纷来迪化拜见金树仁,大家一致认为: 盛某不除,他们难以驾驭部下。盛世才是鲁效祖招聘来的,金树仁问鲁效祖的意见,鲁效祖说:"我们当初招聘人家,是看重人家的才能,军校学员崇拜他,说明他训练得法,确实有一套。"

司令官们说:"下级军官只知道有盛世才,不知道有长官,还要我们这些人做什么?"

金树仁说:"赶人家走外边会笑话,当初只想让他把部队整顿一下,像个样子就行了。"

司令官们说:"蒋介石都不敢重用他,可见他有多么危险。"

鲁效祖说:"蒋介石也没杀他呀。"

金树仁说:"我们也没给他多大权力,不就是军校教官吗;军政厅参议也是个空架子么。哎,你们怎么就不动动脑筋呢,人家超过你们,你们就知道找我瞎吵吵,你们这些人真没用。"

大家拍拍脑袋,肩膀上都有个挺大的家伙,大家回去动脑筋。

鲁效祖很为难,回府后打电话叫盛世才。盛世才匆匆赶来,鲁效祖叮咛他注意安全。

当天晚上,盛世才卧室遭枪手袭击,床板被手提机关枪打成碎片,盛世才在书桌底下躺着,幸免于难。

傍晚,盛世才骑马去郊外遛圈,沙枣丛里射来一箭,扎进马的后臀，马颠起来。围观的人发出惊叫，这种情形，骑手会被颠落在地上，被马蹄踩成烂泥。只见马背上的骑手拉紧缰绳马蹄腾空，骑手从靴子里摸出短刀，从马后颈窝切下去，马头落在地上，马蹄深深插进地层马血发出吼声。骑手下马后马的僵尸凝然不动，骑手转到前面，朝马的胸膛又捅一刀，剖开厚厚的胸壁，马的心脏在冷风中一下子变硬了变成了石头。马尸轰然倒下，灰尘高高扬起，一直到苍穹深处消失。沙枣丛里的射手站起来，走到盛世才跟前，射手扔掉弓箭，拔刀在手："如果我输了，像杀那匹马一样杀掉我。"盛世才用的是日本刀法，射手的刀被击落地上，盛世才收起刀子，用柔道把对手盘在地上。盘了差不多一个时辰，对手全身发抖，脸色发白，围观的人说："这是猫追老鼠，盘软了再吃。"

那正是腊月天气，射手的血全缩回心脏了，盛世才把他捆在白杨树上。盛世才说："马是军人的魂魄，很遗憾我不能用杀马的办法杀你。你不配与马为伍。"盛世才用关东胡子宰活人的法子宰了他。盛世才扒开他的衣服，用雪刷他的胸口，刷湿后把刀子塞进去，用掌在后心一拍，心跳出来，盛世才连雪带心吞下去，唇上的胡须结了一层冰碴，完全是一个真正的红胡子。

那场面，迪化城的人全看到了。不再有杀手露面，他们不敢接这活。

策划谋杀行动的司令官们又聚在金树仁家里，金树仁说："军队有啥动静？"

司令官们异口同声："少壮派快把盛世才吹成拿破仑了。"

金树仁说："现在想给他找个罪名都不好找了。这样一来，人家会怀疑我们是谋杀案的策划者。"

司令官们一筹莫展。

金树仁说："这种时候，任何意外事件都能成全盛世才。你们想想，新疆最近会不会出乱子。"

大家首先从政府的法令条文中寻找漏洞,全都无懈可击,所有的条文都能证明金主席无比英明。

大家度过了一个安静的夜晚。

第二天东疆传来急电,哈密维吾尔人造反,反对改土归流。省政府一片混乱,只有少数官员心里清楚,盛世才一显身手的机会到了。

金树仁与司令官们决定派重兵进剿。朱瑞墀师长熊发友师长杜国治旅长率一万多省军开往哈密,暴动的农民败出哈密城,省军大获全胜。东疆战役没有动用军校学员,竟然获胜,金树仁和他的下属们高兴坏了。

盛世才虚惊一场。迪化城在庆祝东疆战役的胜利,金主席给出征将士颁发奖品,军乐队吹洋号敲洋鼓,盛世才也被邀请到主席台上就座。

盛世才绝望到极点。

省军的胜利非常短暂。逃进山里的起义军残部在和加尼牙孜阿吉的率领下又壮大起来。这时,饶勒博斯带着一部分王府护兵也起义了。整个东疆陷入一片混乱。迪化派去的部队大败而回。伊犁的马队上去也败回来了。迪化城无兵可派,只有军校几百名学员可以一用。整师整旅的老牌子部队都顶不住,将军们想看盛世才的笑话,几百名学生兵顶个蛋,让这位孤傲的留学生见识一下战争吧。据说盛世才还没带过兵呢。

跟军校学员一起开赴前线的还有一个团的警察。

盛世才被任命为东路军参谋长,鲁效祖任总指挥。盛世才是鲁效祖介绍来的,他们做搭档正好。邱毓芳恨恨地说:"金树仁真不是玩艺,这种时候还不给你放权,参谋长还是幕僚呀,给人当一辈子幕僚这不是欺负人吗?不去,不稀罕妈拉巴子的参谋长。"

这回盛世才可没听夫人的。

"拿破仑当年为了政权,把一支大军留在埃及,只身逃回巴黎。为什么?因为他建立过战功,巴黎需要一位铁腕人物。迪化同样需要铁腕人物,需要战功和胜利安定人心。"

盛世才从墙上取下东洋刀,战马在外边嘶鸣,他飞身上马,扬蹄而去。邱毓芳脸色苍白,这么苍白!她很久以后才发觉丈夫已经出征打仗去了。磨炼了这么多年不就是为了这一天吗,这是什么样的一天呀,战马把丈夫从她身边带走了。她的心越抽越紧,她呼地站起来,像被马蹄子踩了一下,她对着镜子稍稍打扮一下,去看望老人,一大家子就靠她支撑了。

大战在山脚展开。盛世才把军校学生摆在第一线,那一团警察由总指挥鲁效祖掌握摆在后方。若是败了,军校学生兵一个也逃不了,鲁效祖可以从容撤退。

盛世才一马当先发起冲锋,他很快把部队甩在后边,单人单骑冲上去。迎面而来的铁塔般的汉连同坐骑被东洋刀劈为两半,马的半拉身子落在地上,马蹄子还立着,骑手的脑袋在地上翻滚。盛世才一口气砍翻八个壮汉,再也没有人敢上来拼刀子了。对方开始放枪。他们胆怯了。子弹打穿衣服,流弹从头发里擦过去,血从鬓角流淌下来,耀眼夺目就像戴了一个面具。"血,血。"敌人在叫,盛世才冲上去,从容不迫,日本刀在他手里跟鞭子一样运用自如,发出嚓嚓,格铮格铮的声音,刀锋在筋肉与骨头上的声音是不同的。刀锋贴着骨缝走,中刀的人惊讶万分,嘴巴和眼睛要么睁好大,要么紧紧闭着,冰凉飞快的刀锋跟鸟儿一样欢叫。他已经忘了腰间的王八盒子。后来他从卫兵手里抓过一支步枪,敌人已经崩溃逃窜,军校学员杀得性起,喊起号子。一直在后方山冈上观望的那一团警察终于激起沉睡的雄性之力,冲上来投入战斗。

和加尼牙孜和虎王饶勒博斯全垮了,垮得一塌糊涂。

盛世才半跪在土丘上,卫兵给他压子弹,两杆步枪换着打,弹无虚发,顺着弹道,摆开长长一溜人,变硬变僵成为尸体。

盛世才收起枪,枪口冒着青烟,有一股呛人的硫磺味,他闻着硝烟的气息就兴奋无比。

鲁效祖过来哈哈大笑:"打得好哇打得好,老盛,你放手指挥吧。"

那一团警察全交给盛世才了。

又打几仗,暴动的农民全被赶进山里。官军缴获甚丰,士兵们在羊肠子里发现黄金,盛世才当场分给大家,论功行赏。他自己分文未取。归来时,一团人马加上军校学生已经成为一支劲旅。迪化人狂欢东疆大捷,盛世才表情淡漠,这些人能欢呼你也能打倒你。他拉紧马缰,跟在鲁效祖后边。鲁效祖不交兵权,这支劲旅就是他的后盾。

9

自冯玉祥东下以后,甘肃又形成割据局面。陕西杨虎城派军长孙蔚如攻占兰州,控制陇东陇南;河西一带由马步芳控制。杨虎城向南京请求任孙蔚如为甘肃省主席。蒋介石识破杨虎城独霸西北的意图,只宣布孙蔚如为甘肃宣慰使,准许马步芳驻军河西。

孙蔚如为了抗衡马步芳,派人与马仲英联络,并转给杨虎城向蒋介石的申请,改编马仲英部队。蒋介石满口答应:"杨虎城很狡猾,可他没想到中央了解马仲英。"

马仲英部被改编为新编第三十六师。

马仲英将所部五千余人进行整编。以马仲杰马虎山为旅长,马占祥马生贵为步兵团长,马如龙为骑兵团长,另编手枪机枪工兵特务四个直属营。杨虎城派来的中央党员杨波清任三十六师政训处长。

政训处和政治部全是中共朋友。还有一个军事参谋部，五花八门什么人都有，有土耳其的陆军中将，有各地投奔而来的冒险分子。尕司令太好奇了，来者不拒。

尕司令用西北军的练兵办法操练士兵。西北军也就是国民军，是当时中国最长于野战的军队，从冯玉祥吉鸿昌佟麟阁这些高级将领到普通士兵，都有一身过硬的武术刀术和拼刺功夫。尕司令在中原大战中真正体会到西北军的战斗力。据说，西北军在大沽口与日军对峙，冯玉祥下令齐步走，口令一出，一千多人的团队很悲壮地走进大海，日军一下子被震住了，中国竟然有这么硬的军队。"我就要练出这么一支军队。"尕司令依西北军的体制，挑选最优秀的士兵组成学兵队，自己亲自训练。学兵队各民族都有，回汉撒拉东乡，只要是血性汉子都要。因为有中共朋友的大力宣传，酒泉周围的四个县掌握在三十六师手里，大街小巷到处是标语，革命口号让这偏远的一隅面貌一新，马仲英自任甘青宁联军总司令，旗号是"三行省苛政猛虎，七条枪吊民伐罪"。其革命热情比1926年、1927年的大革命还要激烈。中共的朋友们离开组织太久，只言片语知道中央在南方建立了武装根据地。他们依托马仲英在遥远的大西北也拥有了一支武装和一块地盘。这块地盘稍微扩展就能进入新疆，与伟大的苏联连成一片，世界将是赤旗飞扬的世界呀。他们相信他们能改造马仲英，把他改造成中国的夏伯阳，中国的莱奋生。他们给马仲英介绍《毁灭》和《夏伯阳》。张雅韶和吴应祺在苏联时看过电影《夏伯阳》。尕司令听得很入迷，突然蹦出一句："哥萨克骑兵这么厉害，我们跟他干一仗，跟打西北军一样。"

"他们是苏联红军，支援全世界的革命，不可能跟我们打仗。"

尕司令大笑，"你们白上军校啦，军人的交情是打出来的。"

"都二十世纪了，你还满脑子的三国演义。"

"不要看不起三国演义。"马仲英鞭子一挥，指着操场龙腾虎跃的小伙子们说,"他们血管里翻腾的就是张飞马超就是八丈蛇矛青龙偃月刀,我马仲英凭什么当司令?凭的就是马超之勇,凭的就是反西凉打得他曹孟德丢盔弃甲脱袍割胡子。"

马仲英提上鞭子到操场去训练士兵,队列训练早已结束,士兵们进行单杠越野训练。最要命的是跳墙,一队队士兵走上古长城,一声口令,奋勇而下,不少人趴在地上,很久以后挣扎着起来,第二次、第三次,直到稳稳落地,一阵小跑去拼刺。

有一天凌晨,学兵队悄悄摸进马虎山马占林马黑鹰的团队,三个凶悍的绿林好汉骑兵团,被几百人的学兵队解除武装,集中在大操场。大家大眼瞪小眼,揉着发麻的手腕和胳膊肘。他们的团长马虎山马占林马黑鹰垂头丧气站在土台子上听尕司令讲话。三个歪人服服帖帖,交出兵权,表示愿意听尕司令发落。三个歪人一时间成了闲人。三个精锐骑兵团由学兵队接管,开始严酷的整军训练。

"这伙挨尿的能打仗,缺的是笼头,是铁嚼子,把牙口给勒住勒紧。"

尕司令毫不手软,对他姐夫马虎山更不客气,稍息,立正!马虎山骑马骑成了罗圈腿,咋都站不直,尕司令上去就是一马鞭子,又是一脚。马虎山抱住肚子,慢慢往下弯,弯到地上又慢慢弹起来。

"你这笨牛,再来!再来!"

马虎山一遍接一遍,咬着牙,气恨恨地站直了。

"你肚子胀,是你吃得太多,屙上几回就没事啦。"

大家轰一声笑了。半年多的强化训练把五千号人马训成了铁胳膊铁腿铁脑瓜。古城酒泉,当年卫青霍去病马踏匈奴的血性之地,兵马欢腾,千里大漠在无限荒凉中显露出悲壮和生机。这支生机勃勃的部队吸引着千里河西的进步青年,而且都是念过几天书,对动乱黑暗的世道不满的有为青年，许多与组织失去联络的中共党员从陇东陇南陇西，甚至从陕西，来投奔三十六师。早在山东时，张雅韶吴应祺就介绍马仲英加入少共——共青团。只要打进新疆，他们就有把握把马仲英培养成中国的夏伯阳，大西北的红军司令。

马仲英拥有一批思想进步才华横溢的政治军事人才。但部队的带兵官还是绿林英雄马虎山，有才干的幕僚起的作用不大，幕僚的话他听不进去。幕僚们便对他讲十月革命，讲中山学院讲伏龙芝军事学院基辅军校，那些学校培养的都是世界的叛逆者。他的家族从老五马到小五马都是西北望族，只有他一个叛逆者，他反抗伯父堂兄的羁绊，反抗冯玉祥的欺压。他对幕僚们谈关里爷的遭遇，谈血脖子一代接一代的反抗。"太平军和捻军，在中原在江南血气很旺，到西北就不行了，这里大旱，没有水，水全在自己的命里，只有儿子娃娃才能活下去。你们的革命要在西北扎下根，没有这血不成。"

那些受过高等教育的幕僚难以理解这块土地，也难以理解神秘的哲学。

"沙石和清水是一样的，只有去过最后海洋的人才会有这样的眼光，群山和沙漠就是这样存在的。"

幕僚们像惊讶的孩子，像在听天书。但他们是真诚的。他们说："我们观念上有差别，我们能为三十六师工作而感到高兴。"马仲英说："这我相信，杨虎城冯玉祥能用你们，说明你们是够朋友的。"

大灰马把他驮到荒滩上，斜阳落在他的背上，像箭囊。

放羊的老回回说："当年瘸子拔都就是这样子。"

幕僚说："他是个好骑手，好军人，按西北人的说法是了不起的儿子娃娃，可他太年轻了。"

1931年夏天，新疆哈密的和加尼牙孜阿吉和虎王饶勒博斯武装反抗金树仁的压迫，无奈势单力薄，难以抵抗省军的进攻，他们联名邀请尕司令进疆助战，平分金树仁的江山。他们谁也没有注意盛世才。当时嘉峪关以东整个河西走廊落入马步芳之手,马步芳为自身安全,也希望尕司令进军新疆。三十六师里那些公开不公开的中共党员一下子兴奋起来,他们与党组织失去联络很久了,到了新疆就能去苏联。自民国以来,新疆一直孤悬塞外,中央政府鞭长莫及,南京方面也电告马仲英进军新疆。整个三十六师处于亢奋状态。

傍晚,红红的太阳被祁连山吞到肚子里,山嘴嘴血溜溜个红呀,天顶上青苍苍的。大道上由远而近一个男人,后边一头驴,驴背上驮着一个小媳妇,俊得让人眼睛痛,眼眶骨格铮铮裂开一道缝。

"尕司令的女人,尕司令的女人。"

"你嘴臭,是夫人。"

"夫人,对,是夫人。"

牵牲口的男人是尕司令的舅舅。舅舅喝两缸子热茶。

"你这我儿,进新疆呀你进么,进去了是活是死就说不来了,你甭叫老人操心么。国民军把你大给害了,你不能叫马家绝后么,你给人家媳妇把事办了,人家媳妇往后守寡呀也好守么。"

媳妇脸红红的,头都不敢抬。尕司令把她娶进门,就撇下她,去打冯玉祥,打得鸡飞狗跳天昏地暗,差不多把她给忘了。

舅舅咳嗽一声,"我不打扰你们,你们抓紧时间把事办好办稳当,我出去呀。"舅舅拉上门就出去了。

整整一个星期,事情办完了。尕司令精神得很。舅舅笑:"这挨尿的年轻,身体好,我还操心你打不成仗哩。"

"我日金树仁去呀。"

"娃呀,金树仁是咱河州乡党哩,手下留点情。"

"知道知道。"

"就怕你不知道,你娃年轻,做事没轻重,到了新疆可不敢胡来。"

他舅回呀,他舅的任务就是给马家留下点血脉。尕司令要派兵护送,他舅不要。

"怕我把你媳妇遗失了。"

"甘州凉州都是马步芳的地盘。"

"马步芳咋啦?他娃敢梢轻我把他屎割了,他娃敢惹你可不敢惹我,我是谁?我是尕司令他舅。"

他舅牵上驴回呀,尕司令能让他舅牵驴吗?尕司令让人牵来两匹马,他舅一匹他媳妇一匹。

"人能骑马吗?"

"马仲英的女人么,不骑骡子不骑驴,就骑马,高头大马。"

尕司令夹起女人,跟农民丢麦捆一样把女人丢到马背上。马高高跳起来,女人长叫一声,就不叫了,女人抓紧缰绳,又松开,马奔上山冈,祁连山红膛膛的,把女人也照红了。女人拧过身看丈夫一眼,一抖缰绳,踢夸踢夸向东方奔去。

队伍里的老兵唱起花儿,地地道道的尕司令队伍里的花儿。

山坡坡哟溜溜儿长,
红红的牡丹开在嘴上。

钢枪快枪都扛上,
大姑娘捎在马鞍上。

10

本来计划让团长马世明带兵去新疆。部队集合整装待发,马仲英给大家讲话,他问士兵们:"金树仁怕不怕?"

"不怕。"士兵们吼。

"还有大戈壁大沙漠，比咱甘肃的旱塬还要荒凉怕不怕？"

"不怕。"士兵们越吼越凶。都是十八九岁的愣头小伙，天不怕地不怕。

"马步芳日你娘，害得老子走新疆……"

马仲英的尕劲就上来了，他跟着士兵一起吼。

"老子还是尕司令，老子不老，老子领着弟兄们跃马天山，跃到山尖尖上，让金树仁尿裤裆。"

士兵们轰一声笑了，跟地雷一样。尕司令就爱这种大嗓声，士兵放一个很响的屁他都要表扬一番："这小伙，屁眼跟大炮一样。"参谋提醒地：是马世明去新疆不是你。

"不成，头茬面应该留给本司令，马世明马世明。"

马世明喊："到！""马世明你狗日的不能占这个便宜，我去新疆呀，你给我当助手。"

马世明成了副司令。三十六师的部队，从连长到师长都叫司令。

尕司令开始挑兵，他嫌人多，打金树仁用不了一个团，半个团就够了。一千多小伙子站在大操场，每人挨尕司令一铁拳，打趔趄的都退后一步。尕司令挑出五百名精壮小伙，携带轻武器，开始他的新疆之行。

那正是炎热的夏季，从肃州到哈密的千里之地，全是大戈壁。黑石头无边无际，看不见一棵树，连枯木都没有，戈壁滩上一尘不染，石头滚烫。部队就像在烙铁上行走。尕司令不停地催着大家，他跟士兵一样斜挎着一杆来福枪，胯下一支驳壳手枪，跟儿马一样一跳一跃。荒凉的戈壁就像脚下的跷跷板，他在前边一路领先，大家紧跟在后边。五百个精壮小伙，跟轻捷迅猛的狂飙一样穿行在大漠深处。

一口气急行军一百多公里,他们看到野骆驼。他们进入大漠连一只蚂蚁都没看到,连沙漠里常有的蜥蜴都没有。他们朝野骆驼奔去,野骆驼在吃东西,他们要看看野骆驼吃啥东西?该不是吃石头吧!野骆驼见人就跑,士兵们"哗"全举起枪,枪栓拉动如同暴雨,枪口黑幽幽一声不吭盯着野骆驼,枪比他们还喜欢野骆驼。他们看到了野骆驼的食物,甘肃宁夏的西北边也有沙漠,沙漠里长着骆驼刺,生长在沙窝子里,多少有些水分。这里的骆驼刺跟一团火一样,长在石头缝里,石头滚烫,骆驼刺更烫,尖刺上像是要喷火。大家扒开根,根下全是沙石,散着热气。尕司令说:"看它的叶子,嘴长在叶子上。"叶片跟纽扣一样又圆又光,上边挡太阳,下边吸水分。从空气里吸。士兵们叫起来:"吸汗哩,咱身上的汗都叫它吸了。""咱离开肃州它就开始吸了。"

大家感到饿,端起葫芦水壶一人只喝一口水,尕司令说了,一顿饭一口水。润润嗓子,就吃锅盔炒面饼子。有人带了鸡蛋,听人说过新疆热天沙子里能煮鸡蛋,带鸡蛋的人就扒一个坑,埋上鸡蛋,过十分钟鸡蛋果然熟了。尕司令吃了一个,太香,噎得人翻白眼。吃饭休息十五分钟,尕司令说走,大手一挥,大家一拥而上,戈壁滩一大片一大片往下掉,跟踏烂的席子一样。日头在天上转圈圈。长长的一队人马,跟刀子一样,从肃州的西端到新疆的东边划一道口子,大戈壁被截成两半。天山就是这样出现的,当碎裂的戈壁漂移时一股神力一下子把大地掀到天上,全是大块大块的石头,石头顶着雪帽跟银盔一样闪闪发亮。有人叫起来:"祁连山,祁连山跟着我们。"

祁连山在甘肃与新疆交界处消失了,跟一群狂暴的野马一样,在天尽头扬起一绺褐色的长鬃。他们向南边望,只看见天尽头的褐色石阵,跟马脊背一样。谁也没想到这是一群潜行的山脉,与他们遥相呼应,猛然出现在他们面前,已经不是原来的模样了。雪峰和冰川闪烁银光，山谷一片幽蓝，跟枪管子上的烤蓝一样，那些没用过的新枪就是这种光泽。

"这么新的山，我的爷爷！"

"跟新媳妇一样。"

"怪不得叫新疆，新疆日他妈就是新。"

"马世明这我儿想吃头苍面。"

马世明嘿嘿笑："你尕司令的命令么，我又没抢。"

"没抢你回去，去咱甘省吃洋芋吃炒面去。"

"我不去。"

马世明挨了一脚还是不去。尕司令跟他耍哩，尕司令跟谁都能耍，这么一耍，大家不累了，耍耍闹闹比啥都解乏。大家又说又笑，戈壁滩上的石头跟马脊背一样噗溜噗溜往前蹿。在天山脚下急行军，越行越急，群山一起一伏跟人赛跑哩。长长的队伍也是一起一伏，队伍跟山一样，山肩上扛着宝剑似的冰峰，士兵肩上晃动着刺刀和枪管子，他们在追一样东西。山也在追一样东西。

"山追啥？"

"山追金树仁哩，追上就把他老东西颠下马鞍子。"

"山上有马鞍子？"

"山上有马鞍子。"

"谁腿上有劲谁就能骑。"

大家都抬起头看山，这么美的山，谁都想骑。

"那五百个瓜熊①亏死了"。

"挨不起尕司令那一拳么，挨不起就提着裤子走。"

他们从来没有见过这么雄奇的山脉，这很符合他们的浪漫心理，他们一次次仰望那高傲威严的山峰。

---

① 瓜熊：方言，傻瓜。

"它就像个将军。"

"当将军就要到这搭来当。"

"薛仁贵征西就是这搭。"

"快看，前边有个樊梨花。"

"是穆桂英。"

他们就这样急行军三天三夜，走了四百多公里，穿越大漠，突然出现在哈密以东的绿洲上，全疆震惊。这简直是鹞鹰的速度。数千年来这条用兵捷径都得半个月的时间。省军原想以逸待劳，尕司令的五百壮汉根本不疲劳，欢实得跟马驹一样，就像踢一场足球。大家经常跟尕司令踢足球，尕司令在南京呆两个月，学会了踢足球，带了几只，有空就踢。大戈壁平平坦坦，尕司令一路踢踏过来，一个射门，就破了哈密的门户黄卢冈。驻守黄卢冈的一团省军没招儿，散伙了。省军又派两个团在西耀泉阻击，数千人马占据有利地形，枪炮齐鸣。那五百名壮汉从洼地里一口气冲到山顶，连气都不喘，抡刀就砍，手里的枪不紧不慢，弹无虚发，跟铁锤钉钉子一样，钉倒一大片。省军的枪炮就这样被压下去了，那些不紧不慢的枪声一下子拉长了，子弹在追击逃敌。省军的枪炮彻底哑了。大炮丢在阵地上，枪还拖着，没心思打枪了。徒步也好，骑马也好，漫山遍野全是受惊的败兵，跟黄蜂一样全是喘息声和杂乱的脚步声，不断有人栽倒，也有绝望至极一屁股坐倒不起的人，歪着脑袋伸着腿，跟干枯的树一样。两团人马就这样溃散了。尕司令收缴的武器堆一座小山，人家换上好枪，余下的武器掩藏起来，肃州的大部队缺武器。

镇西守军不战而降。尕司令多了一千人。和加尼牙孜阿吉跟尕司令在瞭墩会师，维吾尔部队编成一个团。阿吉跟尕司令合影，就像父子两个，大胡子司令和一脸稚气的娃娃司令。不要说打仗，光那急行军就把和加尼牙孜阿吉给震了！"那个地方，野骆驼都要跑十天八天,你们三天就过来了,太了不起了。"

阿吉很高兴,哈密起义后,一直被省军堵在山里,到处躲,快要顶不住了。尕司令跟狂风一样呼啦一下把哈密吹干净了。阿吉哈哈大笑。

"咱们打迪化去,抓金树仁这个老混蛋。"

尕司令告诉阿吉:金树仁已经尿裤裆了,他一定要派大军到哈密来晒裤子。

在迪化坐了好多年冷板凳的盛世才开始执掌兵权,再糊涂的主子也不敢给这种家臣一丝权力。盛世才仍然是东路军参谋长,协助鲁效祖迎击马仲英。快到哈密时,盛世才建议沿山布防,守住主要关口,寻找战机。旅长杜治国根本不把尕司令放在眼里,"没毛的娃娃么,跟大人调皮捣蛋,我给他娃上一课。我不打他娃,我扯他耳朵吓唬他,只要他娃流眼泪,我就放他娃回甘省吃炒面吃洋芋蛋。"

"冯玉祥不是娃娃吧,西北军五万人马才把他压下去。"

"老盛勾子①松,多吃点花生,花生补勾子哩。"杜旅长带着他手下五千人马浩浩荡荡杀向瞭墩。找不见尕司令。

"娃躲起来啦,到底是个娃娃么。新疆不是甘肃,戈壁滩就把你娃吓住了。"

杜旅长在平坦坦的野地扎营,不扯娃耳朵把娃赶回甘肃也行!

半夜三更娃来了,来了五百个娃,把大营掀个底朝天,火光、枪声、战马的嘶叫。杜旅长刚出帐篷就被流弹击中,躺在地上哼哼唧唧,两个卫兵守着。五千人部队眨眼不见人影。尕司令手下一个连长跑过来问这是谁?卫兵说是我们旅长。杜旅长还有气,尕司令的连长一心想着立功,就割下杜旅长的首级,押着两个卫兵去见尕

---

① 勾子:西北方言,屁股眼。

司令。尕司令听完报告，拍两个卫兵肩膀："难得你两个有心人，长官没白带你们。"

队伍集合起来，尕司令叫连长把事情重说一遍，连长刚说完，尕司令就一刀卸下他的首级扔到地上。

"呸！我嫌恶心。"

杜治国全军覆没，盛世才却要大举进攻。鲁效祖是个文人，早已吓破胆，无心再战。

"你是军事专家，你给我想办法撤退，只要能脱身就是胜利。"

"骄兵必败，马仲英做梦也想不到我们会进攻。"

"你看我的腿在干什么？"

鲁效祖司令的腿跟蛇一样摇曳不止。盛世才不能不考虑这个问题，他当年在南京混不下去的时候，鲁效祖介绍他来新疆，他不能坐上热板凳忘了老朋友。他只能放弃这次机会，他以参谋长的名义下令焚毁七角井军火库，大军趁机撤至奇台。尕司令难以探测省军虚实没有追击。

金树仁又从伊犁调来陆军第八师，仍以盛世才为参谋长，迎击马仲英。鲁效祖不敢出战，盛世才率部迎击马仲英。

盛世才的部队有好几千白俄大兵，全是慓悍的哥萨克。尕司令看见哥萨克明晃晃的马刀就两眼放光。他不想打仗了，跟金树仁打仗太没意思了，比打西北军差远了，比横穿大戈壁差得更远。他要打道回府时，冲来一群威风凛凛的哥萨克兵，他又觉得新疆有意思了。他砍倒两个哥萨克兵，兴奋得直叫，兵就应该这样子，经打经砍，筋道。他嘴嘿嘿叫着号子，刀锋相撞，火花四溅。那个哥萨克活着回去了，哥萨克兵抖着缰绳，吃惊地看着尕司令，眼中一片茫然。很少有人从尕司令刀下活着回去。尕司令一带缰绳猛冲过去，第八师和白俄大军全垮了。盛世才收缩兵力，缩进奇台城，马仲英率部猛攻，城上拼死抵抗。火力交叉织起一道火墙。马仲英太熟悉这种打法了:"城上指挥官是谁?"和加尼牙孜阿吉说:"东路军的参谋长盛世才。"

"是干什么的?"

"不清楚。"

哈密的维吾尔人只知道金树仁,金树仁的手下全是河州人,一口河州话可以把盒子枪挂。"见老乡两眼泪汪汪,盛世才也是河州老乡?河州城里出这样的能人,莫非我马仲英眼睛瞎了。"

马仲英不相信盛世才是河州人,河州除了汉民就是回民,盛世才这样的河州汉民太叫人吃惊了。马仲英派人去抓活口,最好是军官。特务营派人很快抓一条活口,是省军的一个连长,军校学生兵,盛世才的铁杆兵。盛世才原来是东北人,日本留学生。马仲英"腾楞"一下来了精神,"哈哈,老子来对地方啦,金树仁手下有这么一个宝贝,金树仁这老勾子才有味道。先弄盛世才,再弄金树仁。"马仲英等不及了,大叫:"盛世才盛世才你出来。"盛世才乖得很,盛世才在城头闪一下,马仲英还没看清楚就听见城门一响,盛世才骑着高头大马领着一群骑兵冲过来,别人都举着马刀,盛世才举着奇形怪状的弯弯刀,马步芳身上挎的就是这种洋刀。马仲英朝盛世才一指:"捉住他,把弯弯刀夺下,折断!"两个马仲英的兵冲上去,只见盛世才的弯弯刀轻轻一晃,两个骑兵连人带马一起栽倒,人头跟马头一齐滚。马仲英大吼一声冲上去,战马交错,刀锋相撞,彼此的膂力一下子清楚了,两人跟猛兽一样往后退,谁也不敢小看对方,下一个回合两人再也不使牛力气了,用技术取对方的要害。乒乓十几个回合,不分胜负。盛世才的卫兵都是军校老学员,心目中只有恩师没有金树仁,更容不下马仲英,一个卫兵大吼着从侧面冲上去保护老师,死在马仲英刀下,栽下马时突然不顾一切抱住马仲英坐骑的前蹄,另一铁蹄踏碎了这个忠勇卫士的脑袋,失去头颅的卫士一下子僵硬在马蹄上,马跪倒在地下,一下子把马仲英摔出去。马仲英就地打滚，一个鲤鱼打挺站起来。双方再也不玩古典式拼杀了，手里的枪不由自主响起来，一群卫兵挡住子弹掩护盛世才进城，那些骁勇的白俄大兵把守城门，城门还开着。马仲英来不及上马，朝城门奔去，白俄兵朝他乒乓开枪，他撕开枪弹的火网，打个趔趄，流弹击中右脚，尕司令成了瘸子，他一瘸一拐砍倒冲上来的哥萨克兵，他追着砍，把城门口的守军全砍光了，幸好大门关着，否则这只瘸狼会冲进去。

这只瘸狼根本不在乎子弹，他在弹雨中奔来奔去，拖着受伤的腿，不断地砍啊、射击啊，不断有人从城上掉下去。大家连看他的勇气都没有了。

尕司令流血过多，一瘸一拐从东疆绿洲消失了。

那个凶悍的影子还徘徊在天山上空。人们就像看到曾经活跃在中亚腹地的瘸子帖木儿①，马仲英就是另一个帖木儿。瘸子帖木儿。

尕司令撤到半路就听到这个光荣的称号，他太喜欢这个地方了，这个荒蛮之地，出产沙子石头暴风冰雪，也出产世所罕见的英雄豪杰。他在汉唐以及左宗棠走过的那条宽敞的官道上竖了许多木牌，上边写着：马仲英部于5月23日开走，将来还要回来。马世明留下来跟和加尼牙孜阿吉一起战斗。尕司令说："这么好一块地方留给你狗日的，你不要嫌金树仁老，你就日他勾子，把老勾子日烂，日不烂我不回来。"

马世明下保证。尕司令不听这些，尕司令要他的行动，要他日烂金树仁。

尕司令带五百人出嘉峪关，给马世明留二百人，回肃甘州时已经是四千人的大军和八千支枪。

---

① 帖木儿，中亚突厥人，自称成吉思汗继承人，曾威震欧亚，建立帖木儿帝国，明朝时欲征服中原，于途中神秘死去。

11

马世明放弃平川，进入天山。几百人的队伍，加上快马，在山里蹿来蹿去，几次差点攻进迪化。金树仁不得安然。盛世才能打仗，金树仁不得不用盛世才。马世明闹得越欢，盛世才的官越大，盛世才升为东路总指挥，金树仁把吐鲁番、哈密全交给盛世才了。盛世才带兵收复了东疆失地。马世明又蹿到迪化郊外专劫省军粮草。

最厉害的一次，马世明的部队冲到红山脚下，守城的省军连招架之势都没有，盛世才从哈密及时赶到才保住了迪化。和加尼牙孜和饶勒博斯在哈密吐鲁番的大山里死死地拖住盛世才，马世明与之呼应，全新疆只有盛世才一个人能带兵周旋。

省主席金树仁的两个弟弟把持军政大权，把新疆搞得乌烟瘴气，又胆小如鼠不敢出城作战。天山南北怨声载道。这时，大批东北义勇军抗日失败后退入苏联，从塔城边入境云集迪化，省军中的白俄大兵无法忍受金家兄弟的傲慢无礼，也蠢蠢欲动。1933年4月12日，金树仁手下的陶明樾、李笑天、陈中联合白俄大兵发动政变，杀掉金树仁的两个弟弟。金树仁在卫队的保护下退守迪化城最险要的红山要塞，双方僵持着。

东北义勇军因为是路过客军，只想安全返回内地，无意插手地方事务。手握重兵的盛世才成为举足轻重的力量。盛军开到迪化郊外的一炮成功①不再前进坐山观虎斗。城内政变部队不再害怕盛世才，放开手脚猛攻红山，金树仁只好突围而去。省府大权空缺，各

---

① 一炮成功：今乌鲁木齐市郊区，左宗棠收复新疆时，其大将刘锦棠在此地架起大炮，还未开炮阿古柏政权就垮了，故名一炮成功。

方组成的临时政府邀请盛世才入城。政变发动者陶明樾李笑天陈中想大权独揽，但资历声望和实力都无法与盛世才相比，盛的副官首先发言，提议由东北军旅长郑润成担任临时督办，郑旅长表示我们是客军我们要回内地不干不干。郑旅长希望老乡盛世才掌权，可以得到帮助，政变所依靠的部队白俄首领大声咆哮：我们只想过和平安宁的生活，有能力保护我们新疆的只有盛将军，不要再争论了，如果没有盛将军到处征战，迪化早陷落啦。盛世才不动声色而定迪化，就任临时边防督办。政变的发动者陶明樾三人只好忍气吞声，至少给我们省主席、秘书长或者师长城防司令干干吧？盛世才公布的领导班子里，陶明樾只得到副秘书长职务；李笑天会开飞机，就给航空处长；黄埔军校的高材生陈中年轻气盛慓悍有为，盛世才就让他当东路军参谋长，协助总指挥去剿灭马世明。这三个人气得直跳，又无可奈何。新疆军政大权落入盛世才之手，盛开始放手改革弊政，迪化城的气象为之一新。盛世才就把4月12日这一天定为革命节日，"四一二"政变成为"四一二"革命。

谁都看见金树仁的狼狈相，金树仁跑到乌苏，苏联人就找他，答应帮他反攻迪化夺回江山。金树仁系好裤子，多少有点尊严，"我不能仰仗洋人的力量坐江山"。老汉衣冠整齐，假道苏联回国。马世明给尕司令捎信：司令快来，金树仁挨不起了，提着裤子跑啦。

远在甘肃嘉峪关的马仲英接到消息大叫："马世明锤子硬，两年工夫终于把金树仁的勾子给日烂了。盛世才是个硬核桃，咱去砸盛世才！"

1933年夏天，马仲英率新编三十六师一万人马，再次进疆。这次行动隐秘而迅速，一万人的大军在戈壁里急行军，迪化方面毫无察觉。三十六师一个月内连克哈密吐鲁番，一下子冲到最险要的重镇——奇台。

马仲英的弟弟马仲杰担任步兵旅长，看到骑兵旅连连获胜，小伙子急了，要用他的步兵旅攻奇台。马仲英就答应了。奇台是东疆重镇，守军四千人大多都是骁勇善战的白俄哥萨克。

攻坚战打了五天五夜，部队冲进去又退出来七进七出。马仲杰亲自带敢死队上阵，攻进东城门，那里正好是白俄大兵的机枪阵地，子弹暴雨般扫过来，冲在最前边的马仲杰顿时成了血人，直挺挺站着来福枪垂到地上。趁弟弟未倒下，马仲英大吼一声，蹿上去，一大群士兵紧随身后，从马仲杰身边疾步而过。马仲杰撕开的口子一下被拉开了，整个奇台城碎裂了。狂暴的马仲英跃上机枪阵地，跟切西瓜一样把所有的机枪手全都切开，尸体上的脑壳子冒白汽，跟热馒头一样。战斗已经停止了，马仲杰还挺着，血都淌干了，马仲英带着哭腔：

"兄弟你已血脖子了，你歇吵。"

兄弟不歇，兄弟还在赶路哩。

马仲英端起机枪朝白俄军官"突突突"猛射，射倒二十七个，马仲杰才倒。

兄弟葬在天山脚下金黄的草滩上，那是骏马的天堂，"兄弟你天天听马叫唤，你想骑就骑。"

马仲英睡了三天，又活蹦乱跳精神抖擞起来。他对幕僚杨波清说："兄弟阵亡，精神不好，杀那么多白俄军官，省军会拼死抵抗的。"

杨波清说："我们的对手是个老狐狸，远非金树仁可比。"

"先把他打软再说。"

奇台失陷，全疆震动。

盛世才正忙着巩固政权呢，金树仁时代的权贵们不服气，天山南北的各路诸侯更是虎视眈眈，马仲英又刮起一场风暴，迪化新政府危在旦夕。盛世才毅然出征，率军校学生迎战马仲英。

一连三战，打得盛世才落花流水，龟缩迪化。伊犁张培元站在马仲英一边，和加尼牙孜的维吾尔部队也在马仲英一边，三十六师的先头部队越过天山，控制了塔里木，整个新疆除迪化周围全在马仲英手中。

三十六师另一支三百人的分队直扑塔城，联络苏联的力量，要在新疆打开局面非借助苏联不可。

做完这一切以后，马仲英的主力大军开始逼近迪化。这一次不是马世明的乌合之众围攻迪化，是一万多人的精锐之师。伊犁张培元的第八师正日夜兼程向迪化杀来。

迪化几乎没有能够野战的部队了，马仲英跟啃骨头一样把他们啃得干干净净，人们想不起来迪化还有什么军队。省军的劲旅白俄大兵，因为不是主人，会在这种江山易主的时刻保持中立的。仅有的部队就是假道苏联归国的东北抗日义勇军，他们肯不肯出兵很难说。

盛世才硬着头皮出门迎战，他终于说动了东北老乡义勇军，也说动了白俄大兵。盛世才亲自上阵。那正是炎热的七月天，马仲英的部队全身白色单衣，在大漠急行军。两军在紫泥泉接火。打到黄昏，盛军招架不住，跟以往的战争一样，部队溃散了。盛世才和几个卫兵躲在一个破房子里不敢动。外边三十六师的骑兵来回奔驰，打听盛世才，大喊活捉盛世才。一群骑兵冲过来问："盛世才在哪？出来！出来不出来？"卫兵指指那边，说往那跑了。骑兵打马去追。那是盛世才一生最惊险的一次。突然气温降至零下三十度，冰雹砸来，接着狂风四起，搅着飞雪。三十六师的官兵全被冻僵了，耐力好的看不清对方，互相开火，自己人跟自己人打到天亮，只好撤出战场，盛军备有皮衣，脱险。

这就是紫泥泉大战。七月飞雪，史所罕见。

盛军在达坂城一带与三十六师对峙。盛世才悄悄返回迪化。后院起火，陶明樾、李笑天、陈中赶金树仁下台，却上来个盛世才，他们趁盛马交战之际，再政变一次。还没等他们动手，盛世才突然从前线返回，将三人枪毙在督办公署的院子里。在场的官员全吓瘫了，其中包括南京政府派来接收整个新疆政权的干部班子。房顶架着机枪，中央大员仓皇而逃。南京很快公布盛世才担任新疆边防督办的任命。

  这几个月太重要了，政权抓到手。截击马仲英派往塔城的联络分队，盛世才如法炮制，亲自与苏联领事会谈。他在日本留学时翻阅的社会主义书籍有了用场，他很快就跟领事成了同志。红军从伊犁抄张培元的老窝，张培元的主力在迪化途中。另一路红军从塔城入境直扑迪化。

  1934年正月，红色骑兵军的一个师在迪化郊外头屯河与马仲英交战，全军覆没。苏军的装甲摩托化部队和空军开过来，炸弹跟雨点一样落到三十六师阵地上。三十六师溃败了。

第三部

1

1934年春天，遭到惨败的马仲英和他的三十六师在塔里木大漠又奇迹般复活。盛世才的部队和苏联红军分两路包抄过来。

辽阔的南疆自清朝末年一直是英俄角逐的势力范围，两国在喀什葛尔设有领事馆，沙俄垮台，英国势力大增。当盛世才的迪化新政府倾向苏俄时，英国人急了，英国驻喀什葛尔总领事倾全力支持新疆的各种分裂势力发动叛乱，成立"东土耳其伊斯兰共和国"，完全是十九世纪末阿古柏叛乱的翻版。那也是英国人策划的结果，阿古柏割据新疆达十余年，后来被左宗棠的大军消灭。英国人的打算很周密，马仲英所部大多数官兵是虔诚的伊斯兰教徒，就像当年陕西回民义军白彦虎一样，在左宗棠的追击下，远逃新疆，与阿古柏合作，阿古柏被消灭，白彦虎率五千陕西回民越过国界避难俄罗斯。白彦虎临终前对部属说："有机会跟公家和解，回到老家去吧，拍拍西安城的门环，那就是我的口唤①了。"英国人很自信，马仲英

---

① 口唤：即遗嘱。

一定会跟他们合作,英国总领事主动派人到库车来迎接马仲英。"这确实是一次机会,"马仲英在军官会议上说,"可咱是新编三十六师,是堂堂民国军人,英国人是什么东西?从鸦片战争就欺负咱中国,咱老先人在北京打过八国联军,咱对得起先人,咱打了苏联打英国,打英国人的走狗。"这话是当着英国领事的秘书说的。库车的老辈回民也劝尕司令不要胡来,新疆这地方,咱回民起先跟着人家造反打公家,赶走公家,人家接着收拾咱。三十六师后有追兵前有强敌,马仲英亲自指挥主力部队猛攻喀什葛尔,激战四天四夜,"东土耳其伊斯兰国"覆灭。三十六师官兵无不惊叹马仲英判断的准确,幸亏没有上英国人的当。

三十六师政治部的蔡雪村是中共党员,留苏学生,他向马仲英建议,尽快与喀什葛尔苏联领事馆取得联系,与苏联合作,为三十六师谋求新的前途。"现在是分秒必争,追兵马上就到。最想消灭我们的不是苏联人是盛世才。"马仲英对官兵们说,"大家看到了,英国人是骗人的,苏联人帮盛世才,盛世才才有力量打败我们。我们跟苏联人合作,才能在新疆打开新局面。"蔡雪村的联络工作很顺利,苏联红军在库车与喀什葛尔之间停下来,接着后撤。

盛世才接到前线指挥官刘斌的报告,都快气疯了,"不要理苏联人,飞速前进,拿下喀什葛尔,一定要拿下喀什葛尔!"

刘斌率领东北骑兵团和新疆最精锐的装甲分队配合苏军,连连获胜,盛世才把新疆军队几乎全交给他了。他很激动,他接到盛世才的电报,他不顾苏联顾问的反对,率部大胆进击。骑兵抄近路绕喀什葛尔南边向北进攻,装甲分队由北而南,正面突击。盛世才的学生军也开往前线增援,航空队的十几架飞机配合装甲分队。盛世才带着精干的参谋班子与苏联方面讨价还价,南疆的战斗直接影响新疆未来的格局。

喀什葛尔的战斗异常激烈，双方打成了拉剧战，打了整整一个礼拜。迪化的谈判有了眉目，在苏联的调解下，马仲英就任南疆司令，划和田绿洲为三十六师防区。南疆重镇喀什最终交给盛世才，这是谈判的焦点，盛世才绝不让出喀什。马仲英得到了一个南疆司令的空号衔，刘斌为盛世才立下汗马功劳，担任喀什警备司令。

马仲英对飞机佩服得五体投地，他对坦克装甲车不怎么感兴趣，三十六师的好汉炸毁了多少坦克装甲车，就是对付不了飞机，飞机日他妈太厉害了，老子非学会飞机不可。这是马仲英跟苏联谈判的主要条件，让我开飞机，其他都好说。蔡雪村等一帮子中共幕僚一再提醒他要分盛世才的权力，要苏联先装备三十六师。苏联领事瞧着这个可爱的大孩子，耸耸肩，"蔡雪村，你不要劝了，司令官喜欢飞机，就让他开吧，我们苏联有的是飞机，不过开飞机要受专门训练。""那就训练我吧。"尕司令已经等不及了，总领事拍他的肩膀："你得出国，到苏联到基辅到莫斯科去。""我以为到天上去呢，飞机上天，飞行员肯定住在天上，跟孙悟空一样。"

谈判很顺利，三十六师万余官兵集中起来，尕司令亲自挑选二百四十名精壮的小伙子。尕司令站在昆仑山下和田的大地上，仰望无比辽阔的蓝天，他在想象他未来的空军部队，二百四十个河州好汉，每人一架战机，二百四十架庞大的机群，有战斗机、有轰炸机，跟鸟群一样欢叫着飞翔着。蔡雪村笑着说："司令，还有侦察机呢。""不用侦察机，这么厉害的家伙跟老鹰一样，老鹰翅膀一扬就能抓兔抓老狐狸，把狼都能抓住，根本不需要侦察。谁见过一只老鹰偷偷摸摸搞侦察，另一只老鹰去捕抓。"蔡雪村被训得一愣一愣的。

三十六师由马仲英的姐夫马虎山代理师长，马仲英带着一大帮青年去苏联学飞机。

新疆终于迎来了和平。盛世才亲自制定六大政策，清除卖淫嫖娼赌博和鸦片，整顿吏治，对贪污腐败绝不手软，处决了一批专员县长。同时给公务人员建立专门的服务社，保障他们生活无虞，公务人员只能兢兢业业认真工作。干部选拔更是别具一格，一个小学教员只要能干就可以直接当局长当厅长。新疆一片兴旺景象，与内地的腐败低效率形成极大的反差。盛世才访问苏联归来，自信心大增，因为苏联只对少数高级干部实行特别供应，绝大部分中层干部生活就比较紧张，老百姓更差。新疆的公家服务社面对所有公勤人员。

从南疆撤退的苏军坦克部队在哈密留下一个坦克团，余部撤回。这个坦克团跟钉子一样扎在新疆通往内地的门户上。协助盛世才的是苏联顾问和联共党员，联共党员都是中国留学生，可他们听莫斯科的，不受中共领导。出于自身的利益，盛世才邀请延安中共派干部来新疆工作，但苏联只准中共党员在新疆工作不许发展组织。当时的中国，除延安以外迪化是最进步的地方，吸引着全国的有为青年和进步人士。

借鉴苏联大清洗的经验，新疆的大清洗也开始了，首当其冲的是英国日本等帝国主义国家派来的特务、封建王公、金树仁时代的旧官吏，全被一网打尽。这也是盛世才发动的唯一一次大快人心的清洗工作。盛世才的威望空前高涨。他的敌人马仲英还在苏联，那支令人望而生畏的三十六师还在和田绿洲。

他的敌人太多了，根本不敢细想，越想心里越发毛。

2

青年军官尹清波，1929年投奔马仲英抗击冯玉祥的国民军。那时，甘青宁一带的进步青年都向往尕司令的队伍。北塬的汉人、撒拉人、东乡人纷纷投奔尕司令。

后来，尹清波作为三十六师的幕僚随马仲英来到新疆，最先在马明石的先头部队作战，奇台战役中，他投奔盛世才。

他认为盛世才是真正的革命者。盛世才欣赏他的才干，让他指挥军队保卫迪化。迪化解围后，他升任团长，率部追击马仲英至喀什，成为盛世才最信任的高级军事干部。

那是他最辉煌的日子。他独当一面，在遥远的南疆重镇喀什与三十六师对峙。三十六师官兵对他刮目相看。当初他在三十六师时很一般的，连他自己也不知道他有什么才干。他告诉那些前来看望他的三十六师老朋友：我的才干是盛督办发现的，盛督办是真正的革命军人，制订六大政策，八大宣言，成立反帝军。我们的军歌就是督办本人写的。督办手下的将领都是从下边直接提拔的，拿破仑当年就是从士兵和下级军官中直接提拔元帅。盛督办是古今少有的革命领袖。

三十六师不乏渴望进步、倾心革命的分子，他们当初跟马仲英起事就是打军阀救百姓，他们一下子喜欢上盛世才了。

那时，新疆的阳光很灿烂。盛督办被埋没太久了，刚刚从洼地里升起来，与战尘累累的马仲英相比较，盛世才光彩照人，魅力无穷。

新疆反帝军团长尹清波，每天天不亮起床，指挥全团官兵操练。

太阳出来时，他们已经操练完毕。一千多名官兵在团长的口令声中挺胸收腹，气守丹田，双拳紧握，眼瞳潮湿，凝视那颗在昆仑山顶奔驰的太阳。

在这庄严的时刻，尹团长向官兵们讲述自己在督办身边工作的情景，"督办每天天不亮起床，天很黑了还不吃饭。奇台战役，我们打败了和加尼牙孜，截获了和加尼牙孜装在羊肠子里的黄金。督办把这些金子,当场分给大家,每人一份。"

尹清波出身贫寒,现有文化是在困苦的生活中自学而来的,他有一个信念: 人人都应平等,互不剥削,互不利用。那是个充满理想和信念的年代,人们向往进步,渴望革命,并身体力行。

尹团长讲完话时,太阳正好离开茫茫的山谷,在蔚蓝的天空驰骋。

官兵们列队去吃早饭,尹团长还要独自呆一阵。太阳从昆仑山起飞后,徐徐上升,天空开始展现它的辽阔与深邃。那最深处是一片清纯的蓝色,太阳就落入那片蓝色,太阳在那里放光,就像眼瞳在眼睛里放光一样。尹团长每看到一次太阳的瞳孔,他的灵魂都要得到一次升华。那是人生的最高境界,天上的雷电穿胸而过,那种痉挛与战栗超过任何形式的战争。尹团长不是一般的军人,他告诉官兵们:"真正的军人,不但要经受炮火的洗礼,还要经受伟大人格的洗礼。"尹团长用低沉的嗓音告诉大家:"跟随盛督办征战的日子里,我就像拿破仑手下戴熊皮高帽的近卫兵,那是军人最辉煌的时刻。"

官兵们经常听尹团长讲这样的话,这样的话就像古典音乐,每一次弹奏,大家的感受都是全新的。尹团长每天都要看南疆的太阳。这地方一年四季很少有阴天,尹团长很喜欢这地方。这里延绵的群山和无垠的戈壁沙漠全是给军人准备的,尤其是烁亮的太阳。勤务兵说:"报告团长,你为什么不把那段经历写成文章呢?蒋总司令当年就写过《孙大总统蒙难记》。"粤军总司令陈炯明发动叛乱,孙中山登永丰舰避难,蒋介石一直跟随左右。后来蒋把这段经历写成一本小册子《孙大总统蒙难记》,由孙中山亲自作序出版。达坂城战役时,盛世才全军覆没,仅有几个卫兵跟随盛世才逃回迪化。尹团长就在其中。那几位卫兵先后战死,尹团长便成了唯一的幸存者。经勤务兵点拨,尹团长很快写了一篇《盛督办东疆历险记》,迪化《反帝战线》头版头条发表此文。盛督办很高兴，视察南疆时接见了尹团长，并且合影留念。这样，尹团长对太阳的感受又深了一层。

盛督办离开喀什的第二天，正值盛夏季节，尹团长指挥官兵操练完毕，凝神屏息，遥望昆仑山顶。太阳从山谷中飞驰而来，光华四射，尹团长的眼睛一下子黑了。他看见太阳深处有一块黑斑，黑斑逐渐扩大，大得无边无际。尹团长魂飞魄散。他大叫一声之后，睁不开眼睛，视线模糊，瞳光散淡，太阳苍老不堪。他不敢相信自己的眼睛。大家都说他有眼病，需要治疗。请示迪化督办公署后，尹团长回迪化城治疗眼疾。

那时迪化人才济济，汇集着许多优秀知识分子。医生全是德国留学生。

医生告诉尹团长："不能长时间看太阳，太阳固然明亮，看久了就会走向明亮的反面，出现黑暗。"

尹团长问："这是为什么？"

医生说："新疆日照时间长，空气清净，透明度好，阳光对人的刺激强度大。特别是夏天，呆在戈壁滩上，没有眼镜根本不行。烈日烘烤下，眼睛就像草叶上的露珠，一晒就干。"

"你怎么能把人的眼睛比做露珠？"

"别说眼睛，连人的生命也像露珠。曹操的诗中就有：对酒当歌，人生几何？譬如朝露，去日苦多。露珠无法躲避烈日的暴晒。"

尹团长说："为什么要躲避呢，这是露珠的幸运，如果它不接受阳光，就会被尘灰吞没。你们文人太软弱了，生命终归要消失在时光中，你总不能抱怨吧。"

"可时光是无情的，生命的消失是痛苦的。"

"你没凝视过太阳，你无法体会那庄严的时刻。"尹团长说，"阳光深处，是天空的眼瞳。"

医生叫起来:"你说太阳是天空的眼瞳?"

"宇宙的神光全凝聚在那眼瞳里。"

"噢!你看到了太阳的黑暗。"

"你说什么,太阳有黑暗?"

"你看到了太阳的眼瞳,而眼瞳都是黑的嘛。"

"我向往光明,才看太阳,怎么会看到黑暗?"

"你看的时间太长了,你看得太深了,你看到了别人看不到的东西。"

"真没想到,我会得这种病。"

"不是你病了,就是太阳病了。"

军人尹清波没有反驳,也没有说文人软弱,他整天呆在医院后面的大院子里。

这里长满白杨树、桦树,它们的树皮清朗洁白。人们从窗户向他打招呼,窗户真多啊,哪儿都是病房,他们都是真正的病人。他算什么病人,他的眼睛已经恢复正常,整个世界在他的眼前,轮廓分明,一清二白。

他请求出院,重返部队。医生说:"明天复查。"尹团长一夜未眠,他想南疆的日子,想昆仑山上飞驰的太阳和塔什库尔干清凉的风。

天不亮医生就来叫他,他好久没有这么早起床了。他随医生登上楼顶。月亮正在熄灭,市区的平房呈现出一片幽蓝,仿佛童话世界。太阳出来的时候,医生告诉他:"一般人跟太阳对视最多十六秒钟,你远远超过这个界限。你是两个小时。"

太阳八点半出来,到十点钟时,尹团长"呀!"大叫一声,眼睛发黑。医生说:"你看到什么啦?"

"太阳破了,里边冒黑水,天是不是下雨了?"

他的眼瞳像点燃的导火索蓝光闪射。

医生说:"蓝光是最纯净的光。"

"那白光呢?"

"光线混入尘灰就显出白色。"医生说,"太空是蔚蓝色,那是宇宙的原色。"

"太空没有黑色?"

"太空没有黑光,黑光在太阳深处。太阳只需要我们看到它的光明,你却异想天开,闯入它的禁区。"

"我是忠诚的。"

"光有忠诚是不够的,还需要明智。"医生说,"你不能出院。"

"我以后瞧太阳,绝不超过三分钟,我跟大家一样还不行吗?"

"生命是一次性,不可能进入过去。"

尹团长还要争,医生说:"我跟你一样,也在接受治疗。"两个陌生人在下边等着,医生跟他们进了一间大房子。尹团长穿过又黑又长的走廊,他看见好多大房子。房子里的人都在埋头工作,整理材料抄抄写写,互不搭话。他们穿着和他一样的衣服。"四一二"革命后,新疆各部门公务人员全心全意扑在工作上。尹团长没想到连医院也是一片繁忙景象,跟军营一样。

有一天,门外有人喊他:"尹清波会客。""我是病人,谁要看我,让他自己进来。"叫他的人耐不住了:"你见不见,不见我赶他走。"尹团长跟那人穿过大院子,那人指指白房子:"一刻钟,放快一点。"

尹团长一进白房子,他老婆在里边。他老婆问他身体咋样,他说挺棒,老婆取出几件衬衣,还有吃的。老婆问他:"他们打你没有?""他们打我干什么?"

"没挨打就好,要放在金树仁的监狱里,你非掉几层皮不可。""你说这是监狱?"

"你没犯法公家能抓你吗?大家都知道你犯法了,五尺高的汉子,好汉做事好汉当,以前你可不是这样子。"

尹团长回房子躺一会儿,不甘心就这么当犯人。他找到病房,往外看,门诊那里看病的人很多,什么人都有。尹团长实在看不出外边的世界跟这里有什么区别。当他打算出去时,立即有人把他拦住。那是过道里的一道门,门里的人不许他出去。过道那边的自由人都看他,他们以为他是住院的病人。他明白了,这里进来容易出去难。

他等候审讯,审讯的时候总会把问题说清楚。尹团长安心睡一觉。看守说,他是新监狱最早的犯人。尹团长说,经过宣判才算犯人,我不算犯人。看守们笑,笑得莫名其妙。

不久,他见到了许多老熟人,他们都是"四一二"革命后为盛世才打天下的功臣。

盛世才任东路指挥时,没有军队,富全旅长把他的部队交给了盛世才,盛世才有了实权。"四一二"革命时,东北军将领郑润成掌握迪化城最精锐的东北义勇军,他支持盛世才当边防督办。刘斌师长、杨树棠团长,曾率部打败马仲英和张培元。

这些人陆陆续续全进来了。这些人跟尹团长一样忠于盛世才。除郑润成外,其他将领都是盛世才一手提拔上来的,盛世才从他们身上发掘出连他们自己也不知晓的才干,他们一下子达到人生最辉煌的顶峰。每个人都有激动人心的经历。看守们说:"你们他妈的当了一回英雄也值了,我们能干什么?只能当看守。"大家笑:"盛督办知人善任,让你们当看门狗。"看守们也笑:"你们在战场上挺威风,到最后还得落我们手里。"大家说:"这叫虎落平阳被狗欺。"

日子很快就拉长了,像二胡的弦,揪人心肠。大家再也没有兴致谈自己虎啸山林的壮举了。他们等候审讯,审讯时总会把问题说清楚。大家都以为这是一场误会,盛世才总不能把自己的心腹爱将关一辈子吧。看守们说:"你们都是心腹爱将?在督办肚子里呆过?"大家频频点头,看守们说:"那你们就是督办肚子里的蛔虫,督办得把你屙出来。"大家对看守肃然起敬,看守像个哲学家:"不把蛔虫屙出来,肚子疼啊。""盛督办是革命领袖,我们向往革命才追随他出生入死啊。""关键是你们钻到人家肚子里去了。"

大家的脑袋都垂下去,据说葵花就是这样忠于太阳的,它的花瓣是依照阳光的形象来塑造的。不用看守提醒,大家都感觉到问题的严重。因为葵花最终把阳光变成了黑的。葵花籽密如黑蚁。

最先服罪的是尹清波团长。

我看见阳光深处冒黑水,阳光跟柏油一样。一千多官兵都说阳光灿烂,偏偏我看到了太阳的黑暗。

看守问:为什么?尹清波说:"医生告诉我,太阳不能看得太久,我天天看,一看就是两三个小时。"

看守说:"你这么看还能看不出毛病?你这人真是的。"

"我要是看一会儿就不会出问题。"

"别开脱自己啦,你还是军人呢。"

看守带尹团长到院子里,尹团长说:"你真会开玩笑,等天亮再让我看太阳。"

看守告诉他,现在是正午十二点,"你把晌午当半夜,太阳在你眼里成煤球了,成灰渣了。"

看守问牢里的人:"谁还出去看太阳?"

大家不敢吭声,因为尹团长出去时大家都看见牢房外边比屋子里还要黑,钟表上的指针却是正午十二点。刘斌将军说:"死不足惜,我只是遗憾自己,刚开始建功立业就身陷囹圄。""四一二"革命以来,新疆所有的战争都是刘斌师长指挥的。他是省军前敌总司令,苏联顾问称他是真正的中国军人。刘斌说:"我在张学良手下默默无闻,盛督办知人善任使我成为真正的军人。我们东北军官兵在盛督办手下才摆脱了丧师失地的屈辱,恢复了军人的尊严。我们在哈密打败饶勒博斯,在乌苏打败张培元,几千公里急行军追击马仲英。"刘将军叫起来:"让我再听一次军号声。"

军号声果然响起来,囚犯们一下子恢复了军人的天性,列队报数,开始唱军歌,就是那支有名的新疆反帝军军歌:反帝军反帝军铁的意志铁的心高举反帝旗奋勇前进哪怕帝国主义凶猛和残暴敌不过我们的血肉长城……看守们冲过来,用大头棒把他们击倒摆平。军号声依然在响,看守们耳贴地面,他们听明白了,军号声是从大地深处传来的。

看守们打电话报告督办公署,公安管理处的人马上赶来。军号军歌令人不寒而栗。公安管理处的苏联顾问说:"这些人不能再留了,快把材料赶出来。"

看守们用冷水浇那些被打晕的人,天快亮时,所有的人都被浇醒了。他们醒来后,个个惊喜异常。看守说:"还想听军号?"他们说:"军号是我们的灵魂,真过瘾啊。""军营里还没听够?""以前是给军阀当炮灰,自从跟了盛督办,咱成了革命军人,军号声才有了实际意义。"看守说:"我明白了,你们这脾性跟马戏团的马一样,听见锣鼓响就要尥蹄子。"看守说:"这下麻烦大了。"

大家问为什么。

看守说:"我知道你们都是反帝军的英雄,可有些罪行自己感觉不出来。盛督办能发现你们的才干,也就能发现你们的罪恶。"

他们当初并不知道自己有什么才干,盛世才一提拔,他们就有才干了。

看守说:"盛督办比你们自己更了解你们。"

他们当初给金树仁张学良当兵时,听见军号响不是尿裤子就是发疯发狂,弄得人鬼不像。跟着盛督办,他们一下子有了军人的尊严。

看守说:"花无百日红,人无百日好,就在你们开始起反心的时候,盛督办及时挽救了你们。"

大家张大嘴巴,难以接受。

看守说:"这种挽救是痛苦的,可人就这么复杂。要不诸葛亮能挥泪斩马谡吗?马谡忠了一辈子,最后犯了大罪,要是早斩了他,也不至于失街亭。盛督办就高明在这里,把腐烂的地方及时剪掉,最大限度地保持一个人的完整。"

大家释然,"有滋有味活几天,比活一百年强。"

看守听了很高兴。大家说看守了不起,他们从来没见过这么有水平的看守,比教授还有水平。

看守说:"算你们猜对了,我就是教授,清华大学文学院教授。"

看守曾留学英法德三国,学习最先进的实验心理学和弗洛伊德心理学。他的学生都是中国现代派文学的中坚力量,比如新感觉派小说家刘呐鸥、穆时英。

"民国二十四年,我在上海读了杜重远写的《盛世才与新新疆》,我被震撼了,我没想到在遥远的中亚腹地会有一个新世界。那里充满光明,充满生命。作家茅盾、画家鲁少飞、电影明星赵丹、新闻记者萨空了都被这本书打动了。我们离开上海,来到迪化,创办新疆学院。苏联顾问说我的专业适合对付罪犯,盛督办就派我当看守。"

看守腰间的钥匙像士兵的子弹带,看守说:"我喜欢这个工作,陌生而又新奇,新世界果然魅力无穷。跟你们打交道,比跟清华大学那些小布尔乔亚有意思。"

看守活了九十多岁,一直活到 1975 年。因为他精通外文,便调到资料室搞翻译,翻译美国人写的《纳粹第三帝国兴亡史》。书中有这样的记载: 纳粹党刚兴起时支持者全是流氓无赖街痞恶棍。后来德国知识界也卷了进去。德国知识界从十九世纪八十年代起一直领先于全世界，柏林是世界最大的文化中心之一。知识界刚开始对纳粹运动不感兴趣，甚至不屑一顾。偶然听一次希特勒的讲演，他们就被这位狂人的天才所征服，短短几分钟便改变了他们的人生观。老看守想起三十年代，在上海读《盛世才与新新疆》的情景，那种灵魂的震撼刻骨铭心，永志难忘；那种震撼就像少女在大街上碰到梦中的白马王子，那是无条件的全身心的向往。

那时成千上万的优秀分子，离开繁华的大都市来到新疆，他们在遥远而荒凉的中亚戈壁上寻找新世界。那时新疆确实是中国最先进的省区。

那里的阳光又深又纯，打动了所有的人。

尹清波告诉大家，马仲英少年时代就向往新疆，说这里的沙漠是骑手们最后的海洋。

看守说："塔克拉玛干曾经是海洋，后来消失了，马仲英是在寻找早已消失的神马。"看守说："回回尚马，马是他们的灵魂。马仲英进疆时正好发生'四一二'革命，说明他已经感觉到这里是新世界的所在。"看守说："马仲英虽然去了苏联，可他的最后归宿在这里。"

尹清波说："在新世界里死而无憾。"

尹清波问大家，大家都说死而无憾。大家一点也不像囚犯，新世界里阳光灿烂。

3

这天夜里，公安管理处主任李溥霖来看望大家。李溥霖是东北抗日义勇军李杜将军的义子。李杜、马占山、孙炳文等人路过新疆回内地时，把部队交给盛世才，盛世才把公安管理处的重任交给李溥霖。李溥霖告诉大家，他是代表盛督办来看望大家的，诸位为创建新新疆立下汗马功劳，没有诸位的浴血奋战，就没有今天的大好局面。

刘斌将军说："送我到前线去，我要打马仲英。"刘斌曾一手驾装甲车一手打机关枪，打死二百多名三十六师的骑兵，威震天山南北。他的装甲分队从库尔勒直插喀什葛尔。盛世才用唐朝大将薛仁贵的诗嘉奖他：将军三箭定天山，壮士挥戈入汉关。

李溥霖说："马仲英在苏联病死了，三十六师马虎山叛乱，也被苏联红军剿灭干净了。"

这已经是1939年冬天了，大家在监狱里就迟钝呆滞，总觉不到岁月的流逝。

李溥霖说："老刘你想哪儿去了，你是个现代军人嘛，怎么能向往这些冷兵器。"

"那些骑手都是向我冲锋时被打倒的，他们的战刀砍在钢板上，刀子再长一点我就身首异处了。他们向我挥刀子，因为我腰间挂着指挥刀，我没有勇气拼刀子，我不敢看他们血红的眼睛。"

尹清波说："回民都向往血脖子，流血和死是一种荣耀。"

刘斌说："所以冷兵器最能体现军人的勇气，我羡慕那些骑手，他们有战刀和马。"

李溥霖说："可你打败了他们，历史只承认成功者。"

"他们用勇气打败我们，他们并没有失败。"

李溥霖说："刘师长说得太多了。"

刘斌说："人之将死，其言也善。"

李溥霖说："你很聪明，我就不多说了。大家有什么要求可以提出来。"

刘师长说："我们反对金树仁的黑暗统治，参加'四一二'革命，我们不能死在黑夜里。"

李溥霖答应给他们拉电灯。

"不要电灯我们要火。"

李溥霖答应囚徒们的要求。囚徒们从雪地里扒出好多木棍，看守们都没想到院子里会藏这么多东西。囚徒用木棒造反可不得了。李溥霖不停地摸手枪。后来他发现囚徒们把木棍堆起来，并没有反抗的意图。

那些木棍跟他们的身份相吻合，以军阶大小堆起来。开始他们就知道自己的结局了。木棍垒起来就是一堆好柴禾。

刘师长的在最顶上。

刘师长说："干柴遇烈火，一点就着，感谢盛督办对我们的提携。"

东北军的一名排长将火把扔在柴堆上，那些木棒开始碎裂，裂缝喷出火焰。

木柴在树林里生长的时候靠的是泥土和雪水，它们压根没想到自己蕴藏有火焰。

苏联顾问问李溥霖："点火干什么？"

李溥霖说："木棒是他们的替身，他们让灵魂先死，受刑时就不难受了。"

苏联顾问说："你们中国人很怪。"

囚徒们失魂落魄，注视着自己的毁灭。

材料都是二号监狱里的工犯加工好的。二号监狱关的都是高级知识分子，这些人加工的材料天衣无缝，囚徒签字如画龙点睛。囚徒们醉心于篝火，六神无主，很快就签上自己的大名。

最先烧完的是刘师长，刘师长走进黑房子，行刑人员用绳子勒五秒钟，再把他挂到后墙的铁钩上。每烧完一根柴棒，就勒一个。勒完以后挂起来慢慢死掉。

那天夜里，四百多木棒垒起的篝火，一直燃到太阳出来，太阳都被烧扁了。

每勒一个囚徒，监狱上空就发出一阵风吹电线似的嗡嗡嗡声。那些声音像鸟儿落在天穹深处。因为囚徒一个接一个，天亮以后，人们发现那些鸟儿整整齐齐排在蓝天上，像成群的大雁排着队，排出大大的人字。

尹团长的木棒最后一个烧完，按军阶他在刘师长郑旅长之后，下边还有许多营长连长排长……可他那根木棒真神了，一直燃到天亮。尹清波说："我是从马仲英部队投奔过来的。"阳光哗啦啦落下来，像秋天的杨树叶子，阳光冰凉而沉重，落在地上竟然没有弹起一点，据说金子掉在地上就是这样。盛督办把他们烧成了金子。

篝火熄灭后灰烬被风卷进雪里，那是仅有的一点痕迹。卡车把他们的尸体拉到六道弯，那里有个大土坑，像大地的伤口；伤口不流血，黑乎乎的尸体把坑填满了，接着是沙石。沙石愈合了大地的伤口。干完这一切，还不到十二点。中亚腹地的冬天，寒冰不拒绝太阳，阳光大片大片往下落，落下来全变白了，连太阳的模样也是白煞煞的。公安管理处的人没心思烤火，爬上车回去了。

李溥霖和苏联顾问坐小车去督办公署。苏联顾问说他很钦佩中国人的聪明，干什么事都天衣无缝。

李溥霖说："盛督办英明伟大。"

苏联顾问说："斯大林更英明更伟大。"

李溥霖说："那当然。你们是我们的老师嘛。"心里骂：妈拉巴子钦佩咱的鼻子没你们的大。

苏联顾问说："莫斯科大审判你知道吗？"

李溥霖说："那是你们内务部的功劳，挖出那么多阴谋分子。"

苏联顾问说："我们有些工作没做好，比如加米涅夫，季诺维耶夫，很顽固，我们费了很大劲都没有奏效。中央书记叶诺夫只好另辟蹊径，以政治名义要求他们两人帮助党摧毁托洛茨基及其匪徒。

最后把斯大林都请出来了，斯大林跟加米涅夫、季诺维耶夫进行了面对面的谈判。他们才答应为党的利益放弃抗拒，接受指控。"

三十年代发生在莫斯科的那场大审判，布哈林、加米涅夫、季诺维耶夫这些老布尔什维克纷纷放弃为自己辩护的权利，竞相与法庭主动配合，大搞自我控诉，那种强烈的舞台效果打动了无数善良的群众，就连当时旁听的美国总统特使也不例外。叶诺夫就这样在从肉体上杀害布哈林等人之前，已经残杀了他们的灵魂。

李溥霖说："那堆篝火烧毁了他们的灵魂，勒他们时他们都伸出了脖子。"

苏联顾问说："你们是青出于蓝而胜于蓝，盛督办不用出面就把一切都办好了。"

李溥霖说："我担心他们乱喊乱叫，中国的土匪上法场时要唱戏文，他们只放了一堆火。"

李溥霖小时经常在老家关东看法场砍头的场面。他很喜欢那种踔厉激扬的气氛。他经手的这场大屠杀，四百多号视死如归的军人连个呵欠都没打就被解决光了，从屠场到坟场，弥漫着一种阴郁的气息，一种令人透不过气的窒息。

李溥霖说："妈拉巴子，一代不如一代，大清朝时用刀砍，嚓！血喷二丈远；到了民国用枪打，用炸子炸，把个大脑壳炸没了，还不如放炮。"

李溥霖吐口唾沫，"不吭不哈用绳子勒，没意思。"

盛督办表扬了李溥霖。

李溥霖说："刘师长很有意思，他羡慕马仲英的骑兵，骑大马拿大刀比坦克飞机威风。"

盛督办说："他一直跟三十六师作战，受马匪的影响很深，本督办及时法办他，就是防止他成为另一个马仲英。"

"他不是打败三十六师了吗？"

"三十六师都是真正的军人,刘师长跟他们打过仗,这叫不打不成交。"

"马仲英也算英雄?"

"你说呢?"

"我从小不念书,宁肯挨枪子也不认字,义父说我没出息。"

"你很能干。"

"干柴遇烈火,一点就着,谢谢督办栽培。"

4

按计划,马仲英和他的二百四十名骨干军官从安集延坐火车直达莫斯科。苏联中亚地区边防军司令部对这个中国娃娃司令太感兴趣了,司令员一定要见见这个娃娃司令。宴会上,司令员情不自禁地端起酒杯,"少年尼奇拉,我可以告诉你,头屯河战役的指挥官是我,军人的交情是打出来的。"蔡雪村当翻译,蔡雪村告诉马仲英尼奇拉是俄语将军的意思,马仲英很喜欢这个词,对少年就不感兴趣了,他大声说:"我已经二十三岁了,娃娃司令的时代已经结束了。"司令和苏军军官全都笑了:"在我们俄罗斯,二十五岁的青年还可以称少年少女。"

对马仲英最感兴趣的是布琼尼元帅。布琼尼的哥萨克骑兵什么时候打过败仗?元帅曾当着斯大林的面大声咆哮,要亲自带兵去教训这个乳臭未干的中国小孩,顺便把新疆拿过来。斯大林端着那只有名的黑烟斗,笑眯眯的,只有布琼尼可以在斯大林跟前这么"放肆",他们的交情在内战时期就很深了。斯大林说:"布琼尼同志,你怎么也像个孩子,一点委屈都受不了。"

"红色骑兵军是苏维埃政权的柱石!"

"我理解元帅同志的心情。"

有个叫巴别尔的作家在小说《骑兵军》里为了表现主人公的内在美，写了不少骑兵战士的残忍和阴暗面。布琼尼一下子火了，在《真理报》上向巴别尔发难。高尔基挺身而出，告诉布琼尼，这是一部罕见的杰作，不是对骑兵军的诽谤而是艺术上的赞美。官司打到斯大林那里，斯大林只能报之以微笑。

斯大林太了解他的元帅了，红色哥萨克就是他的亲儿子。元帅的愤怒很短暂，因为马仲英不但打败了哥萨克骑兵，而且把强大的装甲部队也阻挡在头屯河西岸，坦克装甲车被炸毁了许多。布琼尼元帅跟许多苏军高级将领一起去观看从中国拖运回来的坦克残骸，布琼尼对那个中国娃娃司令的仇恨顷刻间化为乌有，而且产生一种莫名其妙的兴奋，那简直是狂喜！骑兵！伟大的骑兵！永远是不可战胜的，只有荒漠和草原上的汉子才能欣赏一匹骏马的美与高贵！国防部长杜哈切夫斯基元帅望着被骑兵炸毁的坦克，心情很沉重。这正是布琼尼元帅所希望看到的。杜哈切夫斯基早在内战时期就与布琼尼发生矛盾，他们一起打垮白军，把入侵的波兰军队赶出国界，并进军华沙，全世界为之震惊，欧洲报纸把杜哈切夫斯基称为"红色拿破仑"。确切地说，杜哈切夫斯基元帅的声望远远超过布琼尼，甚至让斯大林都感到不安。杜哈切夫斯基在军队的影响根深蒂固。红军最初由托洛斯基组织起来，杜哈切夫斯基就是创建人之一。杜哈切夫斯基完全是个职业军人，对政治不感兴趣，也不敏感。他是二战前世界上少数几个热衷于坦克战立体战的探索者之一，当英法德几国处于理论探讨阶段时，杜哈切夫斯基已经开始立体战军事演习，装甲兵与航空兵结合将引起一场军事革命。布琼尼是斯大林的有力支持者，布琼尼在国防会议上公开指责国防部长杜哈切夫斯基：坦克装甲车是资产阶级军事理论，而骑兵代表无产阶级。双方僵持不下。这时，从中国新疆传来装甲部队受挫的消息，布琼尼元帅兴高采烈了，终于有了一个骑兵打败装甲部队的战例，更多的是数千年来蔓延在辽阔草原的古典式的骑兵神话。

可以想象马仲英一行在莫斯科受到欢迎的热烈场面,布琼尼元帅就像见到老朋友一样拥抱马仲英,用拳头砸这个慓悍的中国小伙子。斯大林咳嗽两声:"布琼尼同志,你的情绪波动太大了。"元帅露出草原牧民才有的那种憨厚质朴的笑。

马仲英日夜想念着飞机,他们被安排去布琼尼元帅的骑兵部队。那真是现代化武器与古典式骑兵的完美结合,马背上配有轻机枪和小钢炮,在旋风般的冲锋中发射暴雨般的子弹和炮弹。马仲英技痒难忍,布琼尼元帅慷慨大方像个国王,"孩子们!——"哥萨克兵全都扬起脑袋,连马都无限崇敬地望着元帅,元帅抱着马仲英大声说,"顿河的孩子们,他就是第一个打败哥萨克骑兵的英雄马—仲—英!"元帅首先鼓掌,整个草原发出暴雨般的掌声和跺脚声;骑手在战场上兵刃相见是一回事,到草原上来作客又是另一回事,血腥和友谊奇妙地结合在一起。马仲英的愿望得到满足,哥萨克们微笑着希望远方的英雄能选中自己的马,那将是多么大的荣耀!马仲英却一溜小跑奔向河边的马群,他早已看中马群里的灰色马。灰色马,就是灰色马,《圣经》里所说的灰色马上骑着死亡,一个穆斯林是不信这个的。那匹顿河草原的灰色马是标准的骏马,长长的脖子,小巧结实的脑袋,后臀圆得像大车轮子,光那圆圆的闪闪发亮的后臀就能激起男人的雄性之力;可它的毛色让人骇怕!信奉东正教的哥萨克们总是远远躲开它,那是一种阴森森的美。这个中国穆斯林对它情有独钟,连马鞍子都不要就翻身上去了,贴着顿河疾风般奔跑。哥萨克们都叫起来。顿河两岸常常出现陡坡和悬崖,会把骑手的脖子摔断。谁也不敢贴着河岸纵马疾驰。元帅命令快去追,一群哥萨克兵消失在原野上。

两个时辰后,马仲英和大灰马贴着河岸回来了,从身上的尘土可以看出大灰马翻越了多少悬崖和陡坡;更让人吃惊的是马仲英手里提着两只野兔，野兔浑身发抖黑眼睛亮晶晶的。元帅哈哈大笑："我年轻的时候也能纵马抓兔，最优秀的哥萨克才有这种本领。"

马仲英说："我们河州人每年都要纵马抓兔，小孩都会这个"。

"河州什么意思？"元帅感到好奇。

马仲英说："就是黄河第一州。"

"噢，就是河的大儿子。"元帅很聪明。

马仲英终于如愿以偿，甚至比愿望更圆满，他们参观了飞机制造厂。那么大一座工厂，跟一座城市一样，一座航天工业城市在生产飞机。在航天城里他们碰到另一拨中国人，是盛世才派来学习飞机制造的，盛世才要在迪化建工厂造飞机。马仲英就觉得这个盛世才很不简单，在那么落后的地方造飞机，简直是神话。马仲英去过北平南京，中国的大城市除了热热闹闹几乎没有现代工业。这些工业神话让他大开眼界。他瞧着蓝天就心里发急，好像辽阔天空是他家的院子。

在飞行学校检查身体，一半人不合格，马仲英就想回新疆再换一批人，"我有一万多人，不够还可以招，中国有的是人。"校方告诉他："几十万人里才能挑出几个飞行员，你带来二百四十个人，能挑出一半已经是个奇迹了。知道一百二十名飞行员是什么概念吗，那是一个完整的空军师。""哈哈一个师，我还是师长，你们听见没有，要好好地学，咱们三十六师成空军师啦，留在国内的弟兄给咱们做地勤工作吧。"

理论课之后，要用大量时间做准备开教练机。每个教练带一个学员，马仲英被教练员带两次以后，自己就驾机飞上蓝天，连翻几个筋斗，把指挥中心的人吓一跳。"这个中国人胆子太大了。""他是骑兵，他以为在天上放马呢。"

马仲英驾机起飞的照片刊登在苏联报纸上，很快落到盛世才的办公桌上，盛督办百感交集。文字部分介绍三十六师一百二十名学员的学习情况。一百二十架战机装备起来的三十六师将是什么样子？盛世才连想都不敢想，他马上喊来秘书，让秘书通知苏联总领事：苏新合作开发可可托海锡矿的协议必须上报南京国民政府，新疆边防督办公署没有权力签订这样的协议。这份协议在抽屉里搁了一个月了，其条款让盛世才大伤脑筋，那简直是袁世凯当年跟日本人签订二十一条卖国条约！

因为苏联和盛世才的特殊关系，迪化总领事理所当然享有与斯大林直接通话的权利。总领事告诉斯大林：马仲英开飞机这件事对盛刺激很大，许多合作项目有可能中止。斯大林很冷静，"盛世才是一只老狐狸，需要一些刺激。"

斯大林很快受到了另一种刺激，那些三十六师的中国飞行员掌握飞机的速度比苏联飞行员快一倍。"这怎么可能？他们几乎是文盲。"斯大林皱起眉头。

秘书有更详细的报告，秘书告诉斯大林，这些中国人记忆力惊人，"简直是一群猛兽闯进菜园子，什么东西都能咽下去都能消化掉，飞行学校的考核成绩让人受不了，苏维埃国家的学员全被抛到后边。我们的教师情绪很大，斯大林同志，这是很伤尊严的。"斯大林已经不抽烟了，黑烟斗端在手里跟小手枪一样。"教师同志们是有道理的，让他们自己解决这个问题吧。"秘书说："还有一件事一定要报告斯大林同志，在飞行表演中马仲英把我们的空军英雄伏陀比扬诺夫①都比下去了，马仲英成为飞行员心目中的英雄。"斯大林又噙上那只黑烟斗。秘书退出去，克格勃头子叶诺夫马上进去，斯大林说："应该设法消除马仲英的影响。"

这是一个很含糊的指示，叶诺夫思索半天才拿定主意。

几天以后，马仲英得到一次飞行机会。据说是对他的特别照

---

① 伏陀比扬诺夫：苏联空军英雄，曾驾机飞越北极。

顾,其他中国学员已经没有重上蓝天的机会了。叶诺夫特意安排在航空兵飞行训练这一天,杜哈切夫斯基元帅要来观看这场训练,让马仲英的战机栽在国防部长面前是很有意思的。国防部长杜哈切夫斯基看见这位中国骑兵英雄,就走过去询问头屯河战役的情况,元帅根本不相信骑兵决定未来战争这种神话。马仲英坦率地告诉元帅:"坦克装甲车都不可怕,我们怕的是飞机,我们之所以能取胜是因为坦克进攻的时候飞机就飞走了。"元帅大声对他的部下说:"听见没有,装甲兵和航空兵协同作战就能取胜。"

马仲英驾上战机跃入蓝天,动作迅猛犀利,杜哈切夫斯基喃喃自语:"真是好样的,飞机在他手里就跟马刀一样闪闪发亮。"将军们都感到吃惊,苏联最有名的两位元帅,以飞机和骑兵为标志。在飞机元帅跟前千万不要提骑兵,包括马刀马鞭子马枪;在骑兵元帅跟前不要提飞机,包括飞机投掷的炸弹。飞机元帅盯着万里蓝天,情不自禁地喊起来:"多么好的飞机呀,简直是一匹骏马!"

一个很悲壮的声音从苍空飘下来……那是灰色马,灰色马,一匹灰色马。

在《圣经》里上帝把死亡作为出色的骑手,骑着灰色马跑呀跑呀……上帝的灰色马为什么跑得那么快?它在追击马仲英的同时追上了杜哈切夫斯基元帅。这位出色的坦克战奠基人,不但引起斯大林的猜忌,更让希特勒嫉妒,德国展开强大的情报战,不久斯大林就杀掉了杜哈切夫斯基。

希特勒可以大胆地进攻苏联了,布琼尼元帅指挥一百万勇敢的哥萨克骑兵迎击德国古德里安的装甲狂潮;苏军五个集团军全军覆没,六十七万人被击毙,三十三万人被俘,布琼尼元帅痛不欲生,被斯大林派来的直升机强行拉走。古德里安在这次人类历史上最大的合围战——基辅会战中登上战争艺术的顶峰。古德里安给希特勒的报告中写道:"我坐在坦克里原想跟真正的对手作一番殊死较量,碰到的却是骑着顿河马的唐吉诃德，我朝思暮想的坦克战之父杜哈切夫斯基元帅为什么死得那么早？"

连杜哈切夫斯基本人也想不到骑着灰色马的死神会来纠缠他，他揉一下眼睛，他明明看到天上有一匹灰色马，真的是灰色马，杜哈切夫斯基命令指挥中心赶快让马仲英跳伞，飞机要出事了！叶诺夫吓坏了，以为杜哈切夫斯基元帅发现了克格勃的阴谋，职业军人是很讨厌秘密警察的。指挥中心无法指挥，战机在空中乱蹿，变成了一匹野马，再有几分钟飞行员就会晕过去。跳伞也没用，伞是打不开的。那架失灵的战机歪歪扭扭滑向涅瓦河上空，然后栽下去，沉了好半天才轰一声爆炸。

马仲英是两天以后返回军营的。他死亡的消息早已上报斯大林。迪化总领事刚接到马仲英死亡的电报，紧接着就是马仲英死而复生的电报。总领事已经习惯了这一套，他告诉盛世才：你不要对我们产生什么怀疑，马仲英这个人你是知道的，死亡总绕着他，谁也没办法。盛世才在开发锡矿的协议上签字："我盛某人对苏联可是诚心诚意的。"总领事也不含糊："我们一定满足你的愿望。"

盛世才知道这是斯大林不信任他，用马仲英来牵制他，他不能坐以待毙。他派去的特工人员渗透到三十六师各个部门，进行分化瓦解，使马仲英不能遥控自己的军队。马仲英从苏联派回来的代理师长已无法行使权力，三十六师被匪性十足毫无远见的马虎山掌握着。盛世才需要的就是这种效果。三十六师是一群狮子，由马虎山这头笨熊带着正合他的心意。自然界优者生存的规律并不适合人类。斯大林在英雄与小人之间选择了小人。当一切成为历史时，盛世才方明白斯大林的良苦用心。他从延安来的中共干部那里了解到，斯大林对中共领袖们也是如此安置。斯大林喜欢书呆子王明，王明的信徒差点丧失中共的全部家当；斯大林喜欢张国焘，张国焘在长征路上搞分裂；斯大林喜欢工人出身的向忠发，向忠发担任中共总书记时在上海包房间养妓女。被捕后，妓女拒不招供，向忠发自己把自己招了，周恩来说他连婊子都不如。盛世才完全明白斯大林的用意了，因为他不再是一个真正的军人。他无法忍受斯大林给他的耻辱。我不可能成为真正的军人了，绝不允许真正的军人存在，他们的存在是对我的羞辱。他杀掉替他打天下的郑润成刘斌等高级将领。对羁留国外的马仲英更是恨之入骨。马仲英被扣在苏联，三十六师群龙无首，军队被马虎山掌握，在省方特工人员挑拨下，马虎山铤而走险率部叛乱，给盛世才提供了机会。盛世才再次向苏军求援。苏军坦克部队分两路进入中国，围歼三十六师。被省方特工策反过来的三十六师官兵尝到了另外一种滋味。他们是变节者，盛督办不让变节者上前线，上前线太危险。变节者说：打仗咱不怕，弄刀弄枪是咱的看家本领。盛督办说：枪林弹雨是英雄干的事情，你们干不了。变节者说：咱当过马仲英的枪手，咱不给马仲英干了，咱给盛督办干。盛督办说：枪手都是儿子娃娃啊。变节者说：咱就是儿子娃娃么，河州儿子娃娃全跟尕司令到新疆来了，河州没儿子娃娃了。变节者说到这里忽然不说话了。盛督办怪怪地笑，笑得他们不好意思。"儿子娃娃都死了，你们还活着么。"盛督办没让他们上火线，让他们跟着省军和苏联边防军，在和田喀什搜捕三十六师残部。这是一种比死亡更严厉的惩罚。"这种工作别人干不了，只有你们才能胜任，你们是死里逃生的人，怕什么？婊子卖身，一次是卖，十次百次也是卖。"盛督办说这话时恶狠狠的。盛督办被斯大林如此这般炮制过，跟他们相比是五十步笑一百步。盛督办跟他们一样渴望死亡。

他不断地制造冤案，有十多万人被屠杀。他操纵如此巨大的死亡，自己却与真正的死亡无缘。既然生命与死亡是对等的，死亡就可以人为地加以破坏。盛督办就这样发现了人类生命的奥秘，并成为杰出的死亡大师。死亡不是简单的掉脑袋吃枪子，死亡是一门艺术。死者被处决之前，不但承认全部预定好的罪行，而且不遗余力地给亲友身上栽赃，丧失生命中一切珍贵的东西。经过死前的加工处理，死囚们再也没有勇气在刑场上慷慨激昂，视死如归了。盛督办把死亡改变了，死亡就是死亡，死亡没有意义。

斯大林搞大清洗时就很注意这个问题，斯大林没有让政敌成为十二月党人或普希金，斯大林成功地控制了死亡的进程。当是时也，爱因斯坦的理论将被应用到军事上，原子弹的蘑菇云将对生命进行脱水处理。科学家们使物质释放出空前所未有的能量，政治家们不但使人的生命丧失意义，而且使人的死亡变得丑陋无比。

原子弹在比基尼岛试验成功那一年，盛督办离开新疆，赴重庆就任民国政府的农林部长，成为民国的功臣受到蒋总裁的接见。

"听说你发明了一套处理死囚的方法，很管用。戴笠抓来的共党分子个个硬得像石头，死到临头，又是唱《国际歌》，又是喊口号，讨厌死了。"

"处决之前让他们自行堕落。"

"共党分子不吃这一套。"

"要在生活上心理上让他们堕落，让他们男女同牢，最好是朋友的妻子或长辈，天长日久，就会发生男女关系。"

"盛先生不愧是人中之杰，马仲英骁勇善战，碰到你手里能不倒霉吗？"

"马仲英是斯大林杀的，我没杀他。"盛世才说，"这是我一生最遗憾的一件事，我把三十六师全都干掉了，偏偏漏掉了马仲英。"

"斯大林替你除了心腹大患，你遗憾什么呢？"

"斯大林给他的死亡是货真价实的。"

蒋介石给弄糊涂了,"枪毙就枪毙,哪来这么多名堂,娘希匹。"

三十六师被肢解后,马仲英困在莫斯科。盛世才请求苏方将马仲英转交他处理,斯大林不答应,斯大林说:"盛世才曾经是个杰出的有血性的军人,他知道血性对人的重要,他想用马仲英的血来救自己,我们不能满足他那残酷的要求。让马仲英像一个英雄那样去死吧。"叶诺夫给马仲英准备好毒药。死亡突然降临,马仲英毫无防范。

那天,他在克里木半岛,鞑靼人问他:
"骑手,你从哪里来?"
"甘肃河州。"
鞑靼人让马仲英看他们的马群,马群中有一匹大灰马,马脖子上的疤痕呈月牙形。
鞑靼人说:"那弯月是拔都汗咬的,拔都汗咬开以后月亮就不落了。"
鞑靼人说:"我们的英雄都在古代,现在没了。"
马仲英说:"金帐汗国和青帐汗国是骑手用马鞍子垒起来的,有马就有好骑手。"
克里木半岛上全是鞑靼人的马群,他在青海时就感受到马血涌动的那种强劲的冲力;马血跟大陆外边的海洋是连在一起的。
鞑靼人说:"克里木最先是我们汗王的名字,克里木汗和他的骑手消失后,这地方才有了名字。骑手们在大洋之间的陆地上驰骋了好几个世纪,他们困倦了,克里木汗把他们带到黑海,黑海就是骑手们最后的海洋。"
海洋里奔流的是全是战马和骑手的血。
河州骑手的血在青海湖里,他们的骨头在祁连山在神马谷。马仲英说:"在我们老家,湖是青的山是白的。"

鞑靼人说:"你要是从大洋那边跑到这边,血就变稠了,海水就会发黑。"

克里木半岛像马嘴深深扎进黑海里,海水如同高高的牧草发出哗哗的响声。

鞑靼人说:"明天我们就要离开这里,斯大林不信任我们鞑靼人,要把我们迁到西伯利亚。"

马仲英说:"谁能把克里木这个名字搬走?"

鞑靼人说:"马群不上路,那匹大灰马是头马,谁也套不住它,明天要是套不住,军队就会朝它开枪。"鞑靼人说:"我不想让它挨子弹,实在不行我用刀子宰它,把它放进黑海。"

鞑靼人把马群赶来了,大灰马独自在海边奔跑。家马就是这样沦落为野马的。

马仲英打算明天去找那个鞑靼人,请求他把大灰马送给自己,死亡却赶在他的愿望之前。他回到旅馆,苏方军医要给他检查身体,他跟医生去医院。医生告诉他,他患有传染病需要住院治疗。吃过药后,躺到病床上,他真感到自己病了,护士告诉他这是伤寒,弄不好就会丢掉性命。尽管他意识到死亡在迎接他,他还是没在意,他想那还疯狂的大灰马,死的时候应该骑在马背上,让大灰马把他驮到黑海里去。既然没有力量打到大洋,那么就像疾风和闪电一样消失。

马仲英做好了死的准备。而那比死亡更卑劣的毒药已经发作了。疼得他满床打滚。克格勃特工人员准备拍照,回莫斯科交差。但马仲英竟打败了死亡,从窗户跳出去。楼道里铃声大作,这是克格勃秘密处决危险分子的特定房间。

马仲英穿过草坪和铁丝网,进入森林。特工们追上来开枪,在他背上钻好多黑洞,黑洞里冒出血泡,秘密警察紧紧围上来,斯大林有指示，这个人需要用药，不能用子弹。用药可以使他悄悄死去，用枪弹就不同了，枪弹属于军人。让这个人以军人身份死亡不符合斯大林的意图，因为这个人在迪化跟苏联军队打过仗，打败了布琼尼的骑兵师。实际情形是，马仲英独自一人在克里木半岛与苏军作战，这是斯大林难以接受的。自克里木汗以后，俄罗斯人成功地取代了金帐汗国和青帐汗国，东方骑手纵横中亚与东欧的局面再也不会出现了。

追击马仲英的部队迅速增加，保安部队的摩托车封锁了通往港口的交通要道，空军侦察机低空飞行，哥萨克骑兵在草原和群山之间巡逻。

马仲英大声喘息着，他快要吐血了，他离海岸边还有好几十公里，他倒在岩石上，北斗七星在闪闪发亮，变成一把钢刀。这时，大灰马来到他身边，卧在地上，他爬上马背，马轻轻跑起来。这是大灰马最后的日子，天亮后，主人就要宰它，然后主人离开家园迁往遥远而荒凉的西伯利亚。

追兵到达时，大灰马驮着它的骑手跃入黑海。骑手没有咬开马脖子，药性大发骑手开始吐血。血落在马鬃上，威风凛凛。后来马消失了，骑手继续向黑海深处滑行，水面裂开很深很宽的沟，就像一艘巨轮开过去一样。后来骑手也消失了，骑手消失时吐完了所有的血，海浪轻轻一抖，血就均匀了，看不见了。骑手的血和骨头就是这样消失的。

这一天，鞑靼人全部被迁往西伯利亚。黑海岸边再也看不见东方骑手了，而那伸进大海的半岛依然叫做克里木，海浪像马鬃一样簌簌响着。

苏联领事向盛世才保证：马仲英这回死定了，连人带马葬身黑海。

"他哪来的马？"

"克里木是鞑靼人的牧场，鞑靼人的大灰马把他驮进黑海。"

"鞑靼人是成吉思汗的后代，这里头有问题，他没有死。"

"你这么怕他？"

"死神都奈何不了他，我能安心吗？"

必须研究马仲英如何从死亡中脱身？

监狱里有许多高级知识分子，有许多三十六师被俘人员，他们日夜奋战，赶写出一份内容翔实的材料：材料的结论令人发怵，河湟事变中，屡次将死亡带给马仲英的只有西北军名将吉鸿昌，而吉鸿昌几年前就被何应钦枪毙了。

这是一种无法战胜的死亡，谁也驾驭不了。巨大的威胁像云影一样罩在督办心头。

对马仲英的死，盛督办耿耿于怀。

领事说："毁灭一个人的灵魂，只能在他活着的时候，他死了，什么都来不及了。人创造生命的同时也创造死亡，人最可贵的不是生命，而是介于生与死之间的创造精神。"

"那么失败呢？"

"失败也是一种创造。我们审判布哈林、季诺维耶夫、加米涅夫，并且枪毙了他们，但我们没有枪毙托洛茨基。他是个军人，打过仗，红军是他组织起来的。布哈林这些人是知识分子，知识分子的灵魂在脑袋里边，可以让它出窍；而军人的灵魂是战马和钢刀，让他们跟武器分开就行了。"

"你在军队呆过？"

"我曾经是个军人。跟你一样又从政了，这是我们的不幸。"

总领事跟他碰杯。他把伏特加喝下去，送总领事上车。外面阳光很亮，盛世才一身戎装，重返屋里时他在镜子里发现了这身戎装，上面挂着短剑盒子枪，加上浓密的黑胡须和大眼睛，是个很优秀的军人呀！盛世才问卫兵："领事的话你们听见了？"

卫兵说:"领事吃不到葡萄就说葡萄是酸的。"

卫兵说:"我给张学良站过岗,少帅整个花花公子,比起督办差远了。"

"那马仲英呢?"

"马仲英是厉害,可他死了,队伍也散了,成了戏文里的人物。"

卫兵的话扯远了,盛世才一下子没了兴致,沉着脸走进二号监狱,提审杨波清和吴应祺。这两个人曾作为马仲英的代表来迪化和谈,和谈破裂,被扣押在监。

盛世才问他们对马仲英的失败有什么想法。他们说:"跟苏联红军交战的时候,马仲英就知道自己要失败。"

盛世才说:"他驰骋西北四省,是为了寻找失败吗?他派人与苏联领事联系,又作何解释?"

他们说:"中原大战时马仲英就开始接受革命思想并且加入共青团,他谋求苏联支持,不是让他们派军队来。冯玉祥是中央任命的边防督办,马仲英尚能揭竿而起,跟西北军周旋,外国军队擅自进入中国,马仲英当然不能袖手旁观。以一师之众与大国抗衡,他注定要失败。"

吴应祺跟随马仲英时间最长,盛世才盯着他,他也盯着盛世才的佩剑和短枪,他说:"这次失败跟以往不同,打冯玉祥打马步芳时他年方十七岁,少年得志,志在必得,进入新疆以后,他一下子看清了命运的轮廓。这种悲惨的结局不是他一个人,而是他那一类人。这类人注定要失败。"

"为什么?"

"因为他们太强大了。"

"你是基辅军校的毕业生,受过高等教育,不懂达尔文的进化论吗?物竞天择,适者生存。"

"那是自然法则，人类社会正好相反。老子说：天之道损有余而奉不足，人之道损不足而奉有余。所以，马仲英驰骋西北四省力挫群雄之后，便意识到他梦寐以求的最后海洋是在真主的花园里，那是骑手的归宿。"

"马仲英最终还是去了苏联嘛。"

"他是去寻求真诚的帮助，不是去投靠。"

吴应祺一直瞅着盛世才的佩剑和手枪。

吴应祺说："你那支枪能打响吗？"

"该响的时候就会响，"盛世才说，"能屈能伸也算真豪杰。"

杨波清说："现在是盛督办伸的时候了。其实你应该早点提审我们。"

"你很聪明。"

"我们身上有督办的秘密。"

"什么意思？"

"从我们口中你可以重温一下军人的梦想。"

盛世才吩咐看守不要弄出响声。吴应祺幸存下来。杨波清被勒了两小时才断气，每次勒到七八成又松开，等他大口喘气时再勒。死亡就这样艰难地进入他的身体。

那是1939年冬天。

那年希特勒德国进攻波兰，苏军从东线进攻。波兰在历史上曾三次被德国和俄国瓜分。历史有着惊人的相似：1905年日俄在东北决战；1934年，日军进攻华北，苏军秘密进入西北。德苏夹击波兰的消息登在大公报上，盛世才看得很详细。

报道介绍说，华沙陷落时。英勇的波兰骑兵直扑德军坦克，用马刀砍钢板，被坦克履带碾得粉碎。苏德大军所经之处，战死的波兰官兵被坦克压平在地面上，飞行员可以从空中看见，手持马刀的士兵与大地融为一体。

卫兵们说:"波兰人傻帽儿,跟马仲英的兵一样,坦克车开过来转身跑哇,马比坦克跑得快。"

盛世才厉声喝道:"坦克开过来能跑吗?"

士兵不敢吭声。日军坦克进沈阳的时候,他们的统帅张学良跑得飞快,日本人赶都赶不上。卫兵说:"我们没跑,我们跟马占山在临江消灭了鬼子一个师团。"

盛世才说:"波兰是小国,我们是弱国,弱小国家的军人应该这样!"

卫兵们又把报纸看一遍。马仲英与苏军交战的时候,他们在红山嘴上看得清清楚楚:三十六师官兵被坦克碾碎,被炸弹送上天空,残肢断臂像鹰在天空飞了好久。

5

这一年,大作家茅盾先生应邀来新疆讲学。荒原上的白杨树把大作家震撼了,在作家的笔下,白杨树成为西北民众以及整个民族精神的象征。新疆学院的学生首先读到了那篇有名的《白杨礼赞》。

有学生问:"先生写的是延安的白杨树还是新疆的白杨树?"

茅盾先生说:"生长它的土地都是。"

有学生问:"先生是否专程来新疆的,在延安只是短暂停留?"

茅盾先生说:"延安的毛泽东先生在诗中写道:山,刺破青天锷未残,天欲堕,赖以拄其间。我的白杨树跟毛先生的群山一样,都是刺破青天的宝剑。"

学生中的内线把这些情况报告督办公署。

督办说:"延安和迪化是全国公认的进步地区,沈先生的话没有错。"

内线说:"马仲英也能算在里边?"

盛督办说:"你们想提这问题?"

"我们怕沈先生乱说没敢提这问题。"内线说,"西北老百姓把马仲英当英雄,要是经沈先生之口说出来,不是为虎作伥吗?"

"大家都说马仲英,沈先生说有什么不好?"

"沈先生是仅次于鲁迅和郭沫若的文学家,他的话就是权威。"

"你们很崇拜沈先生?"

"他写过一部名著,轰动了世界。"

"不是《白杨礼赞》,是长篇小说《子夜》。"

"本督办有机会瞧瞧。"

督办摸摸下巴,下巴很荒凉,他的胡须全长嘴唇上。

督办一个晚上就把《子夜》看完了。太阳刚刚亮起来,督办赶到新疆学院,向茅盾先生请教。

督办说:"三十年代是蒋介石的鼎盛时期,红军被赶出江西,冯玉祥阎锡山李宗仁被委员长打败,国民政府的各项建设很有成就,先生为什么把中国写得一团漆黑?"

茅盾说:"蒋政权最强大的时候也是他最虚弱的时候,这是黑暗时代的故事,子夜过后就是光明,就像诗人雪莱说的:冬天来了,春天还会远吗。"

督办说:"文学家都这样看问题吗?"

"艺术家总是走在时代的前边,司汤达说他的《红与黑》是写给一百年后的读者看的。"

督办说:"先生一部《子夜》就宣布了一个时代的灭亡,先生很了不起。"

"有识之士都看到了蒋政权的黑暗,我只是写出来罢了。"

茅盾先生意犹未尽,指着窗外晴朗的天空说:"人的眼睛可以透过阳光看到太阳深处,只要留心看,你会发现阳光深处的黑暗。我的《子夜》就是这样写出来的。"

盛督办的手开始摸手枪，当他意识到自己的举动时连他也吓呆了，开始介绍他的六大政策："沈先生来大西北除白杨树以外，印象最深的是什么？"

"六大政策呀，杜重远的《盛世才与新新疆》跟斯诺的《西行漫记》一样震撼人心。"

"杜重远的书出版时毛泽东还在爬雪山过草地。《西行漫记》一书出版，外边都把我们新疆忘了。"

"新疆和延安都是全国最革命的地方。"

"《西行漫记》另一个名字叫《红星照耀中国》，我们新疆民国二十三年就爆发了'四一二'革命。"

"要说爆发革命，中共二十年代就开始革命，盛先生和毛先生都是革命者，"茅盾说，"西北是中华民族的希望所在。"

"四一二"革命，他的光亮超过马仲英，现在又出现毛泽东。盛世才的手又在摸枪把子。过了很久，他才听见茅盾的谈话："新疆最大的变化是民族文化促进会。"茅盾把他最得意的维族学生穆塔里甫介绍给督办。那是一叠诗稿，准备在《新疆日报》上发表。

茅盾说："他的诗有点普希金的味道。"茅盾朗诵了其中的一首诗：

　　黑暗压得我驼背弯腰
　　鹰爪掐住了我的咽喉
　　我绝不屈服——绝不
　　绝不用哀求的声音要求归还生命
　　绝不伸出颤抖的双手向偶像求饶
　　我憎恨那些把头埋在敌人脚下的懦夫
　　我憎恨那些把光明送给黑暗的叛徒
　　我憎恨那些跪拜在偶像面前哭泣的人

当突破黑夜,留下足迹的时候

岁月艰苦……希望却依然光明

用你的战斗来创造战斗的年月

赋给岁月以力量

茅盾喝杯水还想朗诵,盛督办说:"他是黑暗世界的歌手,为什么不歌唱'四一二'革命呢?新新疆阳光灿烂,难道不值得他去赞美吗?"

茅盾不好意思再朗诵了。

督办公署一道指令把诗人穆塔里甫从迪化《新疆日报》调到阿克苏。到阿克苏不久,穆塔里甫被捕入狱,狱卒逼他写悔过书,他拒绝了。出狱后,诗人回忆他在迪化与茅盾先生相处的日子。

那段时光犹如普希金诗中的皇村。二十一岁的穆塔里甫写了《幻想的追求》:

我不凝望,我追求远大的理想

我绝不能放下为战斗而举起的臂膀

坚毅的园丁不会使花儿萎谢凋零

让花园不合时宜地荒凉

我的幻想宛如纯真的婴儿

为吸吮慈母的双乳而神往

我凝视天空沉浸在甜蜜的想象里

以思维的眼睛瞧见了那光亮的一方

当爱情的火燃烧起我的胸膛

我怎能不写富有幻想的郁郁的诗章?

我既然是情海最深处的波浪

那渺小的池沼怎能制止我的渴望?

这首诗以"卡依那木——乌尔戈西"为笔名发表,卡依那木译成汉语是波浪的意思,跟《热什哈尔》中的生命之露一样,是骑手们向往的最后海洋。

督办下令处死穆塔里甫,督办很生气:"文人没个好东西,他呆在迪化歌唱黑夜,呆在监狱偏偏又说他瞧见了光明。"

诗人说:"新疆就是监狱,监狱就是新疆。"

诗人说:"越是黑暗的晚上,星星越是明亮,而在大白天,我需提着灯赶路。大白天的黑暗是真正的黑暗。"

好多年前,督办本人曾在南京蒋介石身边经历过这种黑暗,冯玉祥大白天提马灯拜见蒋介石成为民国的爆炸性新闻。

督办浑身发抖:"到坟墓里去见阳光吧。"

督办公署一道指令,诗人被杀害了。几年以后,真正的阳光照亮了全国,照亮了新疆,也照亮了诗人静静的墓地!

督办杀了茅盾的学生,督办知道茅盾要来找他。督办备好马等着。茅盾一来,督办就请他上马,茅盾就上去了,卫兵们荷枪实弹紧随身后。

茅盾说:"你知道人最大的痛苦是什么?"

督办说:"怀才不遇。"督办说:"我坐过蒋介石的冷板凳坐过金树仁的冷板凳,我尝过怀才不遇的滋味。我执掌迪化政权以后,惟才是举,超过曹操。曹操用人不问道德品质,我用人之才不顾及他的身家性命。人尽其能,物尽其用,生命是一种能量,当一个人的才能发挥完时,把他杀掉,这样更符合生命的真谛。我杀了很多人,我的双手鲜血淋漓,因为我太热爱生命了,我毁灭的是他们的肉体,而不是他们的生命。"

茅盾感到吃惊。他们的肉体和生命全都被毁灭了呀!茅盾说:"我们不满蒋介石的腐败和黑暗才投奔新疆,正所谓希望愈高失望愈大。做梦的人是最幸福的,人最痛苦的不是怀才不遇,是梦醒之后无路可走。"

督办说:"先生不到西北来就不会有《白杨礼赞》,先生最有才华的作品除《子夜》外就是《白杨礼赞》了,《子夜》写的是蒋政权,《白杨礼赞》写的是新疆。"

茅盾说:"还有延安。我说到督办的痛处了,在西北你不是唯一的。"

盛督办那时号称是世界六大伟人,是举世瞩目的革命领袖,联共党员,斯大林的红人。

可是好多优秀分子被杀掉了。《盛世才与新新疆》的作者杜重远,曾以《闲话皇帝》一文刺疼蒋介石而被捕入狱,成为与抗日六君子齐名的人物,"西安事变"时张杨提名杜重远担任国民政府行政院次长,蒋介石多次派人收买均为杜拒绝,杜来疆后尽心尽力扶植盛世才,意欲将六大政策推向全国,把盛世才培养成中国未来的领袖。当督办的绞绳勒住他的脖子时,他还对盛深信不疑。

好多人都是这样死去的。他们在生命的最后关头,还念念不忘盛督办的光明与伟大。

1940年的迪化,茅盾极其痛苦。

茅盾说:"政治家追求秩序,艺术家追求生命的自由。"

督办说:"历史只承认成功者。"

督办说这句话的时候,战马已经把他驮到头屯河。这里曾是马仲英与苏军交战的地方。战马受到神灵的感应,啸啸长鸣。高地之风深长悠远,强劲有力,啸叫着掠过大地,直透旷野深处。卫兵们还记得马仲英的骑手跟苏军交战的情景。那是年少勇猛的鹰与老谋深算的狼的搏斗。年轻的鹰以自己的惨死为自己的生存画上了句号。而老狼却在旷野中发出绝望而又凄凉的长嚎。

作家茅盾从地上拣起鹰的残骨,对它赞不绝口,说它是不朽的艺术珍品。茅盾把这块灵骨挂在马鞍上,卫兵们说这块骨头是马刀。

茅盾说:"当马刀它太短了。"

卫兵们说:"马回回用的河州短刀就这样子。"

草丛里果然有一把河州短刀,刀锋铆在一具残骸上。卫兵们说那是俄国大兵的尸体。卫兵们要拔那把刀送给茅盾,茅盾制止了他们。

茅盾说:"这本身就是一片好景致,不要破坏它的完美。"

从远处看,那把河州刀就像泥土坚硬的牙齿,卫兵叫起来:"那是兀鹰的嘴。"

只有鹰才有那样的嘴。

高地之风深长悠远,强劲有力,啸叫着掠过大地,直透旷野深处。风过去之后,那把短刀停止啸叫。这样的短刀遍地都是,它们把好几千哥萨克啄碎嚼烂,哥萨克强悍的躯体化为柔软的黄草,稀稀落落长满头屯河。苏联人援建的钢铁厂就建在这里。他们制造小坦克和大炮,每天都在这里试射,打好多炮弹,不顶用,那些黄草长不成红松。

钢铁厂名义上是新疆与苏联合办,实际工作由苏方负责,外人不得入内,包括省府官员。盛督办只去过两次。

盛督办邀请茅盾进去看看:"比汉阳铁厂先进好几倍。"

茅盾举举鹰的灵骨:"这是最好的钢,有了它,所有的炼钢炉都显笨了。"

那块骨头挂在马鞍上,铿铿锵锵,那声音就像剑在铜鞘里吼叫。

盛督办紧张了好长时间,他老婆邱毓芳说:"佩剑将军让一个文人给吓着了,你怕他什么呀?"

"他是中外闻名的大作家,他写了《子夜》和《白杨礼赞》,他要写鹰怎么办?"

"让他去写呀，你怕他不成？"

"我们在头屯河遇见鹰和狼搏斗，"督办小声说，"头屯河是马仲英打仗的地方。"

邱毓芳听明白了："文人胆儿小，把他的小气儿给放了，看他还写不写。"

"连蒋介石都治不了他，我能吗？"

"蒋介石，蒋介石算什么？蒋介石是人民公敌，你是民众领袖。沈先生不是倾向革命吗？以革命的名义收拾他。"

盛督办便是以革命的名义收拾杜重远，以革命的名义把赵丹关起来。

艺术家赵丹被屈打成招，招出一长串奇奇怪怪的同案犯，不但有自己的亲朋好友，连舞台上的主人公也招供了。公安管理处的特工在全疆搜捕奥赛罗和哈姆莱特。

艺术家赵丹痛苦不堪，以头撞墙。

……

大作家茅盾被软禁了，夫人和孩子被关进匪属牢房。茅盾可以听见囚徒们被勒毙时的喘息声，喘息声中总要挣扎出拥护六大政策、盛世才呀好领导好呀好领导之类的灵魂表白，然后双脚一蹬，魂归蓝天。

那些归天的灵魂都是纯净的，它们把太阳擦得很亮。

大作家茅盾先生在囚徒的勒毙声里度过了三百六十五天。离开迪化时，盛督办说："你是清白的，你经受住了革命的考验。"盛督办说："希望你用如椽之笔写出不朽的杰作，我等着你的好消息。"

茅盾却在吟诵他的学生穆塔里甫的诗：

绝不用哀求的声音要求归还生命，

绝不伸出颤抖的双手向偶像求饶。

茅盾还念咒似的嘀咕穆塔里甫的笔名"卡依那木——乌尔戈西",卡依那木就是波浪的意思,就是荒漠里的海洋,就是瀚海。

6

1938年正月,迪化郊外出现一支马队,为首的青年军官策马飞驰,离开队伍好远,城上的守军叫起来:"尕司令,尕司令打过来啦。"步枪机关枪乒乒乓乓打起来,装甲分队出城迎战,航空队的飞机盘旋扫射。盛督办亲临前线,把指挥部设在城头上,指挥省军奋力反击。

激战两小时,听不到马仲英的回击声,飞机低空飞行用无线电向盛报告,郊外的部队不是马匪是自己人。督办问他们从哪里来,回答说是从塔城入境的中国军队。督办急了:"打,打死他们。"督办告诉左右:"马仲英中毒后下落不明,苏联人没找到他的尸体,说他骑马跑进大海,马会凫水,他又回来了。"

指挥部的参谋们架起望远镜仔细观察,他们看到的确实是马仲英。马仲英骑着大灰马,拿着一柄马刀,在城下跑来跑去,对飞蝗般的子弹视若无睹。老兵们说,尕司令跟西北军打仗的时候就这样子,不避枪弹。

后来,大家的枪都打不响了,大家往下看,马仲英就在墙头下站着,问大家咋回事?大家的脖子挺得好长,空荡荡的嘴巴里甩出细软的舌头,仿佛被绞绳勒了半宿。马仲英要督办出来回话。督办掸掸军帽上的灰尘,梳梳大背头,佩剑和王八盒子一尘不染,督办以标准的军人姿势踏上城头,"你来得正好,听说你死了,我不相信,我找你四年了,这次定叫你万劫不复。"

城下的马仲英叫起来："大哥你不认识我了，我是老四世骐。"

大灰马上的盛世骐脱下军帽，亮出跟大哥盛世才一样的大背头。卫兵们仔细看，果然是盛督办的四弟盛世骐。盛世骐二十多岁，戴上军帽和白手套，再骑这么一匹大灰马，跟马仲英一般无二。

老兵们说："盛旅长把我们吓坏了。"

盛世骐大笑。他刚从苏联学习回来，从塔城入境。

督办说："你怎么骑这种马，马仲英就骑这种马。"

盛世骐说："这是阿拉木图的鞑靼骑手送的。鞑靼人曾经是中国人，以前他们可以到新疆来，现在不行了，他们的马可是回到天山了。"

盛世骐担任机械化旅旅长，却很少开装甲车，他在装甲学院开坦克开腻了，他喜欢纵马驰骋。大灰马跑成一团风时，他拔出马刀劈木桩，刀法凶猛漂亮，出鞘和劈杀一气呵成，几乎看不见动作，白光一闪，木桩拦腰而断，或者斜倾而裂。

盛旅长从来不带卫兵，他经常一个人策马而行，深入到天山腹地。回来时马鞍上总是挂一只鹰，鹰跟活的一样，就像马身上漂亮的图案。直到有一天，苍鹰躲过子弹，尖利的嘴啄他的额头咂他的血。喝足之后，展翅跃入蓝天，把他的血带到太阳的深处。伤口愈合后，那块疤痕上露出白净的骨头，有牙齿那么大，藏在黑黑的头发里边，跟鹰眼睛一模一样，让人感到不寒而栗。

盛旅长的血被鹰喝过之后，他还到山里去，不过他不打鹰了，马鞍上挂的不是猞猁就是棕熊。到了秋天，盛旅长把马牵到河边，不让它喝水。他给马喂苹果吃，一大桶苹果吃得干干净净，马打出的突噜芳香无比。盛旅长跃上马背，向草原深处跑去，牧草迷蒙，浑圆坚挺的马臀跟它吃掉的苹果一样芳香无比。

那些跟马仲英打过仗的老兵说："尕司令就这样子，手下的兵个个是石头。苏联红军用飞机坦克啃他们都费劲儿。"

有人说:"盛旅长是不是马仲英的替身?苏联人阴着哩,什么事做不出来?"

谣言传得很快,迪化城都知道了。盛旅长所到之处总有无数双眼睛盯着,大灰马靠近他们时,他们的眼睛和嘴巴全都张开,放出神光发出惊叫,大灰马消失后,他们以为是在做梦。

督办公署召开会议专门讨论这个问题,盛世骐说:"用不着讨论,我不戴军帽就是了。"盛世骐摘下军帽,果然是活脱脱一个盛督办,省府要员们大开眼界,大家说:"戴上帽子戴上帽子让我们瞧瞧。"盛旅长戴上帽子又骇然一个马仲英再生。在座的甘肃籍官员说:"就你这样子,现在回河州去,保证能带一师人马出来。"

盛旅长表示为了与马仲英有所区别,从此不再戴军帽。

大家说:"夏天好说,冬天咋办?"

盛旅长说:"古时候的将军冬不着裘夏不撑伞,革命军人不戴军帽冻不死。"

盛旅长光着脑袋在雪地里站一个小时,威风凛凛,毫不懈怠。苏联顾问对他也赞不绝口。

有一段时间,大家都替他捏把汗。这些年,稍对督办有威胁的人不管是有家的还是无家的,全被清除掉了。

盛督办说:"大家不要怀疑老四的忠诚,他是真正的革命青年。"

大家都感到不好意思。

盛督办说:"我从东京帝国军事学院毕业的时候,他刚刚考上这所学校,他学的是骑兵科,日本的骑兵相当厉害。骑兵在新疆是大有作为的。"

公署官员头一回听督办赞扬别人,而且感情真挚诚恳。人家是亲兄弟,手足之情不用掩饰。

好长时间，公署官员发现督办在远处深情地注视他的四弟，人们从督办的脸上读到一个人的回忆，人们听见督办哼起军歌，那是日俄战争时，日本海军官兵唱的歌曲。督办的脸庞以及周围的空间一下子变成浩渺无涯的蓝色海洋。哈萨克族官员沙里福汗也忍不住唱起来：我曾架鹰出猎，我也曾跨马疾驰如流星，我乌黑的头发布满霜雪，如同满月的脸庞今在何方？我虚度了年华，如今泪流满面的悔恨。

唉，青春呀青春我未能抓住你，让你逃去。

沙里福汗吟唱的是维吾尔族经典《福乐智慧》。督办就是在这个时候清醒的。

督办看见他的青春和热血在别人身上燃烧，那么他呢？真正的他早已消失。死亡静悄悄地不知不觉地取代了生命。他的胸膛里端坐的是何人？盛督办就这样恢复如初。清醒后的督办是吓人的。沙里福汗当天晚上就被处以死刑。

有一天晚上，督办梦见自己被吊在半空，绞绳悬在苍穹顶上，督办四肢发抖，老婆邱毓芳问他凶手是谁？督办说就是我自己。老婆说："我知道你要杀谁了。"

老婆说："你要杀老四。"

"我们是亲兄弟，我把新疆人杀完了也杀不到自己人头上。"

"别人不了解你，我还不了解你吗？老四迟早要死在你手上。"

老婆又说，"这是你的劫数，信不信由你。"

1941年，希特勒打进苏联，兵临莫斯科城下，这是督办摆脱苏联控制的好机会。督办借国民政府的力量向苏联施加压力，斯大林召回他的苏联顾问。驻扎在哈密的苏军坦克部队，随时都有可能与省军发生冲突。督办命令机械化旅在迪塔公路沿线布防。旅长盛世骐曾在莫斯科红军大学进修学习，信仰马列主义，是个真正的共产党人，他难以接受兄长盛世才诡秘的权变手腕。

老四质问大哥："六大政策是你亲手制订的，你又要亲手毁掉？"

大哥告诉他："亲俄联共是迫不得已，新疆局面复杂，不能不随机应变。"

大哥告诉他："政治家没有永远的敌人也没有永远的朋友。"

老四说："国民党如此腐败，你也把他们当朋友？"老四说："我不当旅长，要干你一个人干。"

大哥态度和缓，言语恭逊，规劝四弟改变政治态度，他说："德、日、意三国形成同盟，抗日绝无胜利希望，国民党不能救中国，共产党也不能救中国。我们应当适应潮流，当前局势不稳，已到紧要关头，念手足情谊，必须风雨同舟！"

老四说："这次世界大战，西方有斯大林，东方有毛泽东，法西斯虽然疯狂一时，将来一定覆灭。军人以战斗为天职，失败当与国土偕亡。你执意胡闹我宁愿带老母去讨饭，绝不走投降毁灭之路。"

老婆邱毓芳说："你的劫数到了。"

盛督办说："撤他的职就行了，不一定杀他。"

老婆说："少壮派崇拜他呀，当年你当教官时军校学员怎么崇拜你你忘了？金树仁干瞪眼没办法。老四当了那么多年旅长，你动他就不怕引起兵变？"

督办双手放在老婆肩上，大美人邱毓芳的肩膀每一次都能给督办以力量。前两次阴谋暴动的设计就是在美人的肩上获得灵感。

每次大清洗都很巧妙地设计成反革命分子阴谋暴动。第一次阴谋暴动案的对象是帝国主义间谍分子和封建王公旧官僚，第二次阴谋暴动案打击的对象是替盛督办打江山的功臣和以杜重远为首的进步文化人。

第三次阴谋暴动案设计目的是反共。中共党员不同于苏联来的联共党员，联共部分党员生活腐化，毫无威信。而延安来的中共人士作风朴实，效率极高，毛泽民担任财政厅厅长，林基路主持新疆学院教务工作。他们在各族群众中的影响迅速扩大。盛督办找黄火青、林基路、李云扬谈话，"新疆封建色彩浓厚，情况特殊，不能搬延安的那一套，你们犯了左倾冒进错误。六大政策就是共产主义，不需要从延安带来的共产主义。"林基路被调往南疆，上任不久，库车面貌焕然一新，共产党的高风亮节为各族人民所敬仰。第三次阴谋暴动案的炮制工作再次受阻。

盛督办心烦意乱时便想到邱毓芳美妙无比的肩膀，美人的肩膀越摸越圆。督办说："我想听你的声音。"

"真想听啊？"美人邱毓芳已经进入妙境，她的声音有如天籁之音，"我们让东北军打马仲英，马仲英败了，东北军的官兵反而向往当骑手。"

督办小声说："他们被清除掉了。"

邱毓芳说："我们派四弟去莫斯科学习，做做样子给斯大林看，四弟反而成了货真价实的共产党。共产党是个人服从组织，为了主义不顾及家庭。你首先把四弟当做共产党，其次他才是你兄弟。"

共产党——四弟，中间果然有一道绝缘体，盛督办想通了。第三次阴谋暴动案就从四弟开始。

1942年3月29日，盛世骐在家里与参谋处参谋陈文范闲谈，盛督办带着卫士长和卫士走进来，陈参谋躲到厨房里。卫士长在门外放哨，盛督办和卫士走进卧室，枪响之后，督办带卫士长和卫士走出院子。陈参谋返回参谋处，被卫士长看见，当晚被捕。

被捕的还有盛世骐的妻子陈秀英。捕网所及，所有留苏学生，与苏方关系较密切的军校毕业生，中共人员，盛世骐的部下机械化旅参谋长团长等全部被捕。

按预先设计，盛世骐的妻子陈秀英与外人私通，陈秀英勾结情夫谋杀亲夫。

督办给斯大林的文件中写道:"陈秀英与外人发生肉体关系(督办在肉体与关系之间用红笔加性交两字),盛世骐被杀是国民党反动派在新疆进行反苏反共反六大政策的阴谋活动。"给蒋介石的文件中说:"盛世骐被刺,是共产党在新疆的阴谋。"蒋介石立即派特务头子董显光带审判团到新疆。

督办向董显光保证: 一定要使中共在新疆的负责人叛变或脱党。

五花八门的刑具无所不用其极,刑具下传来林基路的《囚徒歌》: 黑暗吞噬着有为的躯体,镣铐锁断了自由的双翅,囚徒,新的囚徒!坚定信念,贞守立场!砍头枪毙告老还乡严刑拷打便饭家常设计方案没有成功,林基路、毛泽民等人被秘密处死。

下一步的关键人物是四弟盛世骐的妻子陈秀英。如果当着中央审判团的面,来一个隔帐对质,证明陈秀英与共产党通奸是真的,盛世骐被共产党暗杀是真的。

那么这场阴谋暴动案当然也就是真的了。

陈秀英被关在小东梁天主教堂137号。几次刑讯,她早已皮开肉绽体无完肤,可收效不大。盛督办只好请夫人邱毓芳出马。

邱毓芳来到137号说:"四婶,你不是想孩子吗?你招了就给你送来,也可以放你回家。"慈母恋子比刑讯难熬,陈秀英承认与肖某某有过暧昧关系,但跟共产党绝无瓜葛。盛世骐的小儿子被送到137号,母子团聚了。邱毓芳说:"四婶,你既然承认与肖能……那么,与共产党不能……这圆不了场啊!只要答应与某某某通奸是真,你提什么条件都可以答应你。只要你与某某某对质,对质时又不用见本人,问你时只答应一个有,那一切问题都可迎刃而解。为了孩子,四婶你还是答应吧!"

陈秀英破口大骂:"放屁!这种事只能出在你们邱家。孩子我不要了,告诉你,我根本不认识那个姓肖的。"

整个方案归于失败。

……太阳出来的时候,四婶看到了死亡,死亡穿着黑色的大氅,威风凛凛,不可一世。四婶说了几句话,说完就死了。

督办问行刑人员:"她说什么了?"

"她说她看见了死亡。"

督办说:"死亡很潇洒,死亡是她的白马王子。"

行刑人员说:"她还问死亡为什么不骑马?死亡很尴尬。她说真正的死亡在马背上,不骑马的死亡是假的。"

她丈夫不喜欢开坦克,整天呆在马背上,马是他的灵魂。

第三次阴谋暴动案从设计到收场全部落空。

自民国二十三年东花园枪毙陈中、李笑天、陶明樾开始,督办以清除托派的名义干掉大批军政要员赶走联共人员,以清除汉奸的名义干掉杜重远惩治茅盾赵丹鲁一飞,欺骗中共,玩弄共产国际和国民党中央,每次都能弄假成真。这次却栽在一个女人手里。邱毓芳劝慰丈夫:"猴儿也有打盹的时候,三齐王韩信将兵百万,战必胜,攻必克,不也栽在吕后手里。"

督办一声浩叹:"我愁啊。"督办指着文件上"性交"两字,"给她塞个灯泡只能出出气,没有证词,还是圆不了场。"督办说,"孔子说唯小人与女子难养也,女人最难弄。"

7

大清洗并没有影响各项工作的开展。公务人员提心吊胆,兢兢业业,恪于职守,各级官员早已成为惊弓之鸟,认真负责,讲究实效。财政收入逐年增加,内地省区的贪污腐败、吸毒、纳妾、赌博等旧习气在新疆得以清除。"建设西北,收复东北"的标语遍布迪化各条大街。

督办还跟以前一样，事必躬亲，平易近人。督办亲自给反帝训练班、军官学校、卫士队上课，亲自接待来访，公余时间跟卫士打篮球。吐鲁番的葡萄熟的时候，督办把当地行署给他送的葡萄分赠给干部们，干部们受宠若惊，他们吃下去的是果子，吐出来的是赤胆忠心。

邱毓芳劝督办注意身体。老婆越劝督办越来劲。他血气亏损、脾胃虚弱，见荤就吐。肉吃不成了。他的血性就这样消失了。他无法承受任何一个人的忠诚。

老婆的劝告不顶用。督办需要更多的忠诚，他既然在女人身上失败了，他就要加倍得到男人们的贞操。这是政治家与嫖客的区别。

那些日子，督办不相信自己的血性会消失，他精力充沛，能吃能睡，每餐必有大肉，越肥越好。医生提出忠告，邱毓芳要医生说实话，医生说这是回光返照。

邱毓芳大吃一惊，"督办会死吗？"

医生说："督办没有生命危险，危险的是督办的气血会严重亏损。"

邱毓芳松一口气："他五十多岁的人了，哪能像小伙子。"

医生曾留学德国，学贯中西，对中西医均有独到的研究。医生说："五十岁是政治家的黄金时期，何况督办是军人政治家。"

那天，督办参加军校毕业典礼，与学员们一起会餐。学员代表向督办祝辞，第一道菜是督办最喜欢吃的扣肉。督办给同桌学员每人分一条红色大肥肉。扣肉肥而不腻，小伙子们一哄而光。督办刚把肉条子吞在嘴里就眼冒金星，恶心难忍。

众目睽睽之下，督办强行把大肥肉吞下去，肠胃抽搐痉挛，肉条子像一只大白蛆，肥壮结实，大白蛆每动一下，督办的心里就涌起一股黑水。

学员们惊慌失措,把督办送进医院。督办不敢张嘴,嘴巴像一道防波堤,督办不能把黑水吐在众人面前。大家偏偏不忍离开督办一步,群情激昂,显示他们对领袖的忠诚和热爱。直到邱毓芳出现,大家才恋恋不舍走出病房。

邱毓芳把痰盂端来,痰盂很快就满了。督办大口喘气像从绞绳上放下来的吊死鬼,面孔枯黄,血色全无。

邱毓芳说:"让你悠着点儿你不听,医生早就说过你血气亏损,脾胃虚弱。"

"医生还说什么?"

"要忌荤腥。"

督办叫起来:"堂堂军人哪能不吃肉。"

叫过之后,督办只得面对现实,青春和血性早已消失,成为一种记忆。

8

能不能吃肉,这是问题的核心。难道我就这样完了吗?督办站在阳台遥望天山,心如刀绞。督办跨上战马,检阅威武的大军,两眼发黑。更要命的还有一架架战机,从迪化郊外起飞,到内地去参战。武汉大会战、兰州空战、杭州空战,新疆航空队捷报频传。被击落的日本零式战机运到迪化,各族民众大饱眼福啊。新疆人把飞机叫铁老鸦,帝国主义的铁老鸦被打成一堆废铁,新疆人扬眉吐气,全世界的帝国主义都是小小的,新疆人用小拇指比喻帝国主义。新疆反帝军反的就是帝国主义。督办的理想似乎变成了现实。可问题的核心不是这个。

肉不仅是肉,肉是一种哲学是一种精神。

这种事情一般开始得很早,发现就要晚多了。从事情的隐秘程度可以推断嘛。

督办在这种时候头脑还这么冷静,他自己也感到奇怪。还有强大的好奇心,他看见司机小陈进去了,夫人邱毓芳很快也进去了。他完全可以叫一队人马围上去抓活的。这个念头过于大胆,稍一闪,就被否决,督办冷静着呢。督办抽一支烟,他不明白他还等什么。他更弄不明白的是他这么好奇,他甚至有点兴奋。

他绕到后院,从山墙那边的小门进去,后院长满粗壮的白杨,粗壮得让人不可思议,地皮似乎都有被揭起来的危险。他轻手轻脚,跟一只轻巧的鼠一样,他可以感觉到,土层下边粗壮绵长而苍劲的根块。

窗户越来越近,没拉窗帘,竟然没拉窗帘!这绝对是一种军人似的气派,白天不拉窗帘,一种很有谋略的幽会呀!督办没有勇气站起来,督办蹲在窗台底下,倾听里边的声音,就像贴着贝壳倾听大海的波涛一样。多么年轻的声音!小陈就是个年轻人嘛。关键是邱毓芳,邱毓芳跟个少女似的,督办太熟悉这种女性的声音了。已经有好多年没听过这种青春气息的声音了。督办就像在听一个歌剧,直到闭幕收场。观众久久不愿离开剧场。

汽车发动机响起来,司机小陈开上车走了。

督办站起来,腿脚发麻。

夫人邱毓芳红光满面,问督办:"你看我气色怎么样?"督办脸色阴沉,嘴里嘟囔一句谁也听不懂的话。妒火开始燃烧,督办生气呀!这种事能不生气吗?更可气的是妒火迟迟不来,等奸夫淫妇散开了,你他妈的噗儿噗儿燃起来啦,还是那么冒着烟,死不拉叽的星星之火,完全没有燎原之势!算啦,不等啦。我总能等到下一次。

这种事一旦开了头就没个完。

督办咽下一口白米饭。新疆大米好吃呀,油质大,比东北大米好吃，甚至超过日本大米。

机会又来了。又是他妈的嘎斯车，斯大林支援新疆的都是这种嘎斯车，卡车、小轿车都是这牌子。年轻人以开车为荣。开小嘎斯的小陈就更牛皮啦。小陈开车去哈萨克大草原，牧民们吓坏了，问小陈："这什么东西呀，眼睛这么大，又不吃草，放屁这么臭！"小陈把这个笑话带回迪化，邱毓芳笑得肚子疼。女人肚子疼准没好事。督办估计就是那个笑话把司机小陈跟夫人连在了一起。该死的嘎斯车，司机小陈总是把摇把甩几下，塞进去，弓着身子使劲摇啊，狠狠几下，小汽车就吼起来啦，车屁股喷出一股黑烟，看见是烟，邱毓芳就笑，捂着肚子笑。

"小陈，小陈，你这坏蛋！"

坏蛋小陈听不见。邱毓芳就跑到阳台上。

"小陈，小陈，你把车开过来，开过来呀。"

小陈就把车开过来。

"你把车灭了。"

小陈就把车灭了。

"你打开呀。"

小陈就把车打开。小陈发动车的姿势很好看，弓着身，马步，挺腰，长臂一摆，车子就欢叫起来。这回邱毓芳没笑，邱毓芳咬着嘴唇，直直地看下边……不能再笑啦。

督办蹲在窗户下边都没有听到夫人的笑话，空气里弥漫着一种绝望和疼痛，一种少女似的软弱的亢奋。

督办眼睛湿蒙蒙的，跟大漠很不协调，在中亚腹地，要么冰雪，要么烈日熊熊，长风怒号，湿蒙蒙的景象极为罕见。

督办总是热血沸腾，怒发冲冠，提上马刀奔向后花园。他把方案想好了，一个铁血军人办这事不需要别人帮忙，一把刀足够了。他劲很足，栅栏一跃而过，跟一头雪豹一样，他喜欢把自己想象成一头雪豹。等抵达窗户底下时,雪豹变成小兔子,马刀跟拐杖似的拉在手里。督办的耳朵不争气,听见那种声音就沉醉在里边难以自拔。后来他用棉花塞耳朵,刀也不要了,提上手枪,顶上火。这才是一次真正的偷袭,偷袭从来都是这样,口衔枚,足缠棉,悄无声息,跟天兵似的从天而降。耳朵不再沉醉,可他的直觉把一切都毁了,在离窗户一公尺的地方,他身上的毛细血管一下子清澈起来,每个细胞都显得十分饱满圆润,生命如此辉煌,一种看不见的光芒从心中升起。督办从手枪里退出一粒一粒子弹,跟娃娃的小鸡鸡一样明亮的子弹,谁能相信它会爆炸,会去毁灭一对男女的生命。

督办扒开耳朵里的棉球,耳朵跟鸟儿一样开始欢叫。准确的说法是夫人和司机小陈。小陈太了不起啦。督办没有嫉恨,胸中只有钦佩。夫人好久没有这么快乐过了。夫人一直有偏头疼的毛病。十九世纪的欧洲贵妇人都得这种富贵病,南京的民国要员夫人也得这种病。督办执掌新疆不久,邱毓芳理所当然头也疼起来啦。迪化的俄国医生,英国医生,以及后来红色苏联的高级大夫都治不好邱夫人的偏头疼。

督办感到惭愧。督办竟然拿枪去对付夫人。督办把枪收起来。

夫人好像知道督办要说什么,夫人赶到他身边。

"亲爱的,告诉你一个天大的喜讯,医生给我找到了灵丹妙药。"

"有药就好,有药就好。"

督办多聪明,督办更钦佩夫人的智慧,把男欢女爱称之为药。他怎么就想不到这一点呢?迪化有的是俊男壮男,有身份有地位。夫人跟司机搞,司机什么角色,还不是仆人吗?督办有一颗博学的大脑,据说土耳其帝国的后宫里,贵夫人裸体从来不避男仆,仆人是奴隶。督办从执政那天起就已经跟芸芸众生拉开了距离,这种地位的悬殊,女人更敏感。夫人一直微笑着看着他,他拉起夫人的手，轻轻拍着。"哪个国家的医术都比不上中医啊，中医跟我们的饮食文化一样，无所不能无所不包，天上飞的地上爬的水里游的都能入药。"

邱毓芳又回到督办的怀抱，已经步入中年的邱毓芳跟妙龄少女一样让督办亢奋。一月之中，小陈客串几次，邱夫人容光焕发，如沐春风。

督办看小陈咋看都像一棵大人参，长白山老山参。督办哈哈大笑，小陈也笑，小陈不知道自己笑什么。小陈心里发虚。督办绝对不会害他，他心虚什么呢？邱夫人比小陈更了解小陈，邱夫人说："小陈，你做点生意吧。"小陈一下子就有了思想，邱夫人真是伟大，轻轻一点，司机小陈就开了窍。小陈兼职经营部队的被服厂，银子哗哗流过来，小陈腰板硬了，心里踏实，事办得有板有眼，邱夫人嘴刁着呢。

有一次去重庆开会，蒋委员长已经不把盛世才当外人了，经常在家里宴请盛世才夫妇。这次去作客，蒋氏夫妇落落寡欢。

新疆驻重庆办事处的人已经给盛世才提供了最新情报。蒋夫人美龄跟美国参议员詹姆斯有了绯闻。蒋夫人为神圣的抗战赴美演讲，其风采倾倒整个美利坚，其中包括参议员詹姆斯。詹姆斯总是找机会到重庆来，如此三番五次，蒋夫人难以招架，就在一家医院筑起爱情的小巢。委员长多精明一个人！老感觉不对劲，夫人的生命辽阔了许多许多。这种事戴笠也只能睁一只眼闭一只眼。委员长气急败坏手持汤姆式冲锋枪奔到医院，一对情人刚刚撤离战场，委员长娘希匹，突突突扫射，把那张可恶的床打散了架。全重庆都知道了。两口子谁也不理谁，僵持着。日寇正在疯狂地进攻，委员长没心思上班，大家急呀！可谁都没胆量去劝。

督办和邱毓芳恰好从西域赶来，陈诚陈布雷刻意安排这个宴会。大家都替盛世才夫妇捏把汗。

督办一见面就三言两语说到中医的好处，邱毓芳极力应和。委员长两口子对他们的偏方有了兴趣，督办轻轻一句长白山老山参就暗示了一切，委员长茅塞顿开。

"娘希匹，不就是一根西洋参吗？"

两个夫人一齐抗议男人的无耻，嘻笑着到内屋去说女人的悄悄话。

委员长感慨万千："新疆这些年你收获很大呀。治国如烹小鲜，你这个'人参论'很重要，对搞政治的人来说太重要了，对战后国家重建有很好的指导意义。要跟欧美打交道，中国的老传统远远不够，我们的干部思想僵化，跟不上时代潮流，我很着急呀。"

"卑职不才，只能谈一点点跟苏联打交道的经验。"

"你太谦虚啦，我们的干部都像你这样，中国的事情就好办了。"雨过天晴，委员长两口子恩爱如初，委员长情不自禁地喊起来："达令，你太迷人了。"

"我不年轻了，我这年龄的女人靠的不是青春，而是保养。"

"对对，要保养好，要一流的保养。"

隔二见三，夫人就去跟詹姆斯保养上一回。当初把幽会的地点选在医院完全是无意的呀，还是邱毓芳说得好："身体会自己选择的，相信身体吧。"

国民政府的大员们再也不敢小看盛督办了，遥远的新疆不但为内地输送援华物资，而且送来了治国之道和养生术。当然，这个秘密仅限于少数高层人士。这已经够了，督办很满足了。想想当年在南京坐冷板凳，恍如隔世。

心满意足的日子非常短暂。邱毓芳眼皮老跳。她把这个凶兆告诉督办，督办开始不当回事，女人总是神经质，疑神疑鬼，无中生有。可夫人的英明有目共睹，多少突如其来的险境是在夫人的点拨下化险为夷的。督办的眼皮也跳起来啦。

督办坐在办公室，整整一个上午没有一个人来找他。再坚持一会儿，楼道响起脚步声，督办一下子来了精神。按照不成文的规定，任何人进督办办公室都要敲三次门，进门后后退着走几步再转身，汇报完毕，也是后退着出门，至门外才能转身。督办的抽屉里有一把手枪，子弹上膛，督办听下属汇报时，一只手捏在枪柄上。高大的办公桌挡住半拉身子，下属是不知道这些玄机的。

督办的手刚抓住枪柄，那人就推门而入。是妹妹盛世同，迪化城最漂亮的姑娘，也是督办从小就喜欢的娇妹。督办差点扣动扳机。

"不好好上学，跑督办公署干什么？"

"我都二十岁了，还上高中呀。"

"那就上新疆学院吧。"

"哥，你故意装糊涂呀，新疆学院的课我去年就自修完了。"

"那就去苏联留学。"

大哥把小妹当掌上明珠，那只握枪的手也松开了，非常宽厚地笑着，露出白亮的牙齿。小妹毫不忌讳，脑袋凑到大哥耳边不说话脸先红起来，热烘烘的像木炭一样。

"苏联不就是中山学院吗，有什么好老师。哥，我告诉你呀，反帝救国会的王先生是个才子，听他讲课简直是一种艺术享受，杜院长都比不上他。"

"杜重远是汉奸，是汪精卫的奸细，能跟王先生比吗？王先生是联共的理论家，又不是专职教师。"

"就不能请他到咱们家讲课吗？"

"给你当家庭教师？"

"你也可以听呀，大嫂，弟弟，克勤克俭两小侄都听呀，这么好的老师，别人争取不到呢。"

少女盛世同就像团熊熊烈火，大哥无法招架："你这个妹子呀，全新疆谁敢给我这样。"

"我是追求进步，不可以吗？"

"请到家里就不好了，在王先生工作不紧张的时候，你抽空去请教请教，时间也不能太长。"

"你答应啦？"

"我堂堂督办我是小孩子吗？"

大哥拨通王先生办公室电话，说了两句，盛世同这才满意了。

眼皮不跳了。督办大惑不解，明明是凶兆嘛。督办做梦也想不到凶兆会落到妹妹头上。邱毓芳问得很详细，越问眼皮跳得越厉害。

"小妹爱上王先生了吧？"女人总是从感情出发考虑世界上的一切。

"王先生快四十岁了，才华横溢，一表人才，典型的江南才子，经历又那么复杂，恐怕孩子都一大群了吧？"

"你不懂女人，女人喜欢上一个人，是不会在乎这些的。"

"王先生是联共，联共也好，中共也好，都是一些特殊的人，他们只为革命和信仰，根本就没有私人感情的空间。"

"我说不过你，我的眼皮跳得这么厉害究竟为什么？"

"我怎么不跳呢，我跳了一整天，小妹一闹，一下子就安静了，没事了。"

"你别大意，你们盛家人都是一根筋，老四不是个例子吗？去一趟苏联，就成了铁杆共产党。""世同是个姑娘，姑娘总是浪漫一些，碰一鼻子灰，哭几把就没事了。"

联共党员王寿成，真实姓名俞秀松，中共最早的领袖之一。曾留学日本，后到苏联中山学院。王明崭露头角以前，俞秀松就直言不讳揭露其投机的本质，王明怀恨在心。连王明自己都不相信，自己年纪轻轻，刚来中山学院，在班上第一次发言，就让俞秀松洞察得清清楚楚，我真有那么坏吗？随着权力的增长，王明越发觉得俞秀松的可怕。老资历的联共中坚分子俞秀松被发配苏联远东地区，由于出色的才华和业绩，俞秀松又重新崛起，出席远东地区党的代表大会。王明又下狠手，把俞秀松投入监狱！借大清洗之机灭口。俞秀松严谨而雄辩的申诉连克格勃也不得不承认，此人是一个坚定的革命者。盛世才执掌新疆，联俄联共，俞秀松化名王寿成到新疆主持反帝救国会的工作。

儒雅的江南才子，坚毅的革命者，在偏远的迪化城显得格外醒目。在此之前，迪化人已经领略过内地大都市的文化名人，如杜重远、茅盾、萨空了、赵丹等等，其风采全让俞秀松、林基路这些革命者比下去了。俞秀松在反帝救国会第一次讲演，四个小时，观众忘记了欢呼忘记了鼓掌，很久很久，散场了，走到大街上，才一下子进入兴奋状态。少女盛世同就是在那一天，瞪大了双眼，又慢慢眯起来，瞳光变得犀利无比，又柔弱得可怕。成长在冰雪大漠的北国少女率真而执著。不管她任何时候到王先生办公室，王先生总是抽出时间给她讲课，从社会发展史，黑格尔哲学，马恩列斯，联共布党史，世界史，中国史，苏俄文学，中国新文学，甚至连音乐绘画，自然科学，最新的化学物理蚕丝工业都讲到了。

"蚕丝，你连蚕丝也懂啊。"

"我是浙江人，我们老家是鱼米之乡丝绸之乡，我在日本学的就是蚕丝专业。"

"日本明治维新以后，蚕丝工业超过了中国，新疆是丝绸古道，左宗棠征西把江南的蚕桑带到新疆，可惜产量不高。维吾尔人很聪明，和田喀什的丝绸质量非常好，比江南的产品还好，蚕丝业在新疆很有发展前途。"

王先生拿出江南的丝绸和新疆的相比较。

"你用手摸，手感是不一样的。新疆丝绸光滑中有韧性，有毛织品的厚重；江南丝绸就显得过于华丽，不够庄重。"

"你来新疆才几年呀，老新疆几辈子都不懂这些。"

"这是一个神奇的地方，我在莫斯科动身之前还有顾虑，中国的文人从古代就把西域描绘得很荒凉很可怕，中国的文人都是厌世的，都是弱女心态。梁启超说中国自古女儿情长，风云男儿少，西域大漠需要的就是风云男儿，热血男儿。"

"你骨子里是个北方汉子。"

更让盛世同吃惊的是王先生竟敢在太岁头上动土，拿督办的老岳父邱宗瑞开刀。邱宗瑞是迪化警备司令，在迪化城最繁华的地段强占民宅，大兴土木，修建私人林苑，俨然封建皇帝。俞秀松在《新疆日报》予以揭露，并挟舆论之威，查办了邱宗瑞，全疆轰动。

"王先生你太了不起了，我大哥都不敢惹他这位老岳父，我大嫂都气疯了。"

"你恨我吗？邱司令是你家的亲人。"

"革命者要大义灭亲，你把我看成什么人了。""那你就不应该什么了不起呀了不起，革命者秉公办事，职责而已，否则就是失职，罪不容恕。六大政策是督办亲自制定的，是新疆发展的基本政策。"

原来是五大政策，反帝、亲苏、清廉、和平、建设，俞秀松来后加上"民平"，成为六大政策。

"民国赶走了皇帝，崛起的是四大家族，民众所遭受的苦难远远超过满清政府，新疆的未来绝不允许新的封建势力。"

"我大哥就是这样干的，'四一二'革命，新疆的封建王公被消灭光了。"

俞秀松不能再说什么了。这个单纯的姑娘哪能看透她的督办大哥，这个人的政治手腕之高明世所罕见，重庆、延安、莫斯科，督办左右逢源游刃有余。多少有才华有思想的人都被督办所蒙蔽。以新的封建势力代替旧的封建势力，以革命做幌子，其利润何以万计！天下事无奇不有。狡诈的盛世才，竟有这么单纯善良而美丽的妹妹，还有他的四弟，一旦接受进步思想，就成为真正的革命者，这是督办本人难以预料的。

督办本人更没有料到，他心爱的妹妹盛世同跟铁杆共产党职业革命家俞秀松会产生千古罕见的爱情故事。一切出乎督办的意料。俞秀松忙于革命，直到三十七岁这年才萌动男女之情。毕竟不是少年时光了，坚毅的革命者把激情紧锁在心中。

有一次，盛世同翻老师的书架，从一本珍贵的精装本里发现一张照片，首先映入眼帘的是一行潇洒的钢笔字：我的挚爱，愿在愁苦中与你永生。姑娘紧张万分，以千钧之力在翻这张照片，好像濒临毁灭的边缘，照片上的女子不是别人正是少女盛世同。

这是斯大林所关注的婚姻，苏联驻迪化总领事做媒，亲自找盛世才谈话，盛督办坚决反对。

"我妹妹年纪尚小。"

"斯大林都知道了，这是苏新关系的新篇章，你要认真考虑啊。"

督办不好再坚持了，何况妹妹是出自真情。督办只能在床上，对夫人邱毓芳谈心里话。

"小妹完了，她会恨死我的。"

邱毓芳冷笑："都什么年代了，还来《梁山伯与祝英台》那一套。"

"小妹不懂政治啊。"

"二十岁大姑娘了，又不是小孩子。"

政治是很残酷的。1937年，督办出于自身的政治目的，开始大清洗，俞秀松首当其冲被捕入狱。他这种要犯，只能由莫斯科处理。俞秀松知道等待他的是什么！他多次坐牢总能化险为夷，而这次不同。王明与康生途经迪化时与盛督办做了政治交易，诬陷俞秀松是托派。临上飞机前，俞秀松对送行的妻子说："我们不能一起革命、生活一辈子，不知何时才能见面。你要记住，为革命献身是光荣的。"

1939年俞秀松死于苏联克格勃总部卢比扬卡广场。

盛世同听不到这声枪响。她痴情不改，等待着丈夫归来。她恨自己的哥哥，兄妹从此恩断义绝，她改随母姓，取名安志洁。安志洁带着母亲离开迪化，到俞秀松的老家浙江诸暨居住，安志洁从此开始长达半个世纪的寻夫生涯。

小妹把督办的心搅乱了。母亲坚决跟妹妹走。督办的亲人越来越少，脾气坏得可怕。岳丈的小老婆跟人私通，督办以最罕见的酷刑处死这个淫妇，据说是用马鬃一根一根勒其阴部让其活活疼死的。行刑时，邱毓芳津津有味地在旁边看着，回来讲给督办听。

"亲爱的，我是不是有点像苏妲己？"

"你真会给自己作比喻。"

"妲己有什么不好，我发现那些看守就这么看我。"

"他们活腻了。"

"他们这么想又没说出来。""想也不能这么想，想比做更可怕。"

督办开始琢磨让人不能胡思乱想的法子。可能有点走火入魔，有一天督办拉肚子。督办吃的水是老父亲亲自从水磨沟拉来的最洁净的泉水。督办亲自审问，老父亲反复申辩："我是你爸爸，我怎么能害你？我连这个想法都没有。"老头还是挨了一顿鞭子。因为在监牢里审，墙上挂满了刑具，督办又那么激动，又是那么一种气氛，鬼使神差，督办就毫不客气抓起鞭子抡了一气，打得老头子哭爹喊娘满地乱滚。

肚子拉了半个月,把很雄壮很威武的督办拉成了麻秆。日他奶奶的,小妹乱其心,老父伤其肚,好汉不敌三泡屎,督办那个气呀。邱毓芳日夜守在床边,督办神志清醒后第一句话就是:"还是夫人待我好,妈拉巴子的,自己人都不是东西。"督办算是把小妹彻底给忘了。邱毓芳流着泪:"我什么都不想,我只要你早点康复。"

9

肉还是吃着。迪化有的是高级大夫。督办康复后,不但吃大肥肉,连生肉都吃。督办让人把生猪肉切碎调上汁当凉菜。督办说,日本人喜欢吃生肉,海鲜都是生吃,所以日本有最精粹的武士道。

督办脱下病号服,换上军装扎上武装带,挂上佩剑和手枪,精神抖擞去上班。

督办跟往常一样,总是第一个进公署大楼。督办的马靴在楼板上响过之后,各厅各处的领导陆续进楼。新疆革命以后,领导们身先士卒,早出晚归已成风气。准时上班的是公务员。

按惯例,没人找督办汇报工作,督办亲自到各办公室听取下属们的意见和建议。

这一天,督办先去的是公安管理处。李溥霖、李英奇、惠大山这些特务头儿"哗"站起来,向督办问好。督办跟大家握手,握手之后,督办把手放在嘴上,眼睛发直。大家说督办怎么啦?督办看大家的手,大家的手白白净净,督办说:"手还在就好。"督办丢下大家离开公署大楼,走到僻静处,督办蹲在地上哇哇大吐,越吐越恶心。

回家漱口三遍,喉咙里响几个嗝。医生说肚子里空了,不会再吐了。督办平静下来，问医生："我们握过手，他们手上没毒吧？"

医生说："没问题也有问题。"

"这话怎么讲？"

"几年前，喀什前线有个叫尹清波的团长，他的眼睛可以跟太阳对视达好几个小时。太阳亮到极致就黑了。我给他治过眼病，很不好治。"

尹清波是省军第一个看到黑太阳的高级军官，对军方的清洗就是从尹清波开始的。

督办明白了："你是说公安管理处也会出现军队那种情况？"

医生不吭声，一门心思擦药瓶子。

邱毓芳说："这种情况在军队里出现过，在苏联顾问联共人员身上出现过，在你的老朋友杜重远身上出现过，在延安来的中共身上出现过，为什么不能出现在公安管理处呢？"

督办看天花板，不说话。

邱毓芳说："有意也罢无意也罢，效果是一样的，你的感觉能欺骗你吗？"

督办走出屋子。

新疆环境险恶复杂，支撑新疆局面的不是军队不是公教行政而是特务组织。

督办很慎重。

督办骑着大黑马离开迪化，来到南山。这里驻扎着一个营，全是东北老兵。

老兵们泪流满面。

督办问他们哭什么？老兵们说："迪化城已经没有东北军了。"

督办说："我就是东北军呀。"

老兵们指给他看南山底下，山下的原野上掩埋着好几万尸体。他们都是大清洗中被处死的，他们当中大多数是东北军军官。活下来的都是这些老兵。老兵们驻守在野外和边境线上。

老兵们剁羊肉洗胡萝卜剥皮芽子，用抓饭招待督办。

老兵们一边做一边生吃胡萝卜。

督办说："胡萝卜用大油大肉炖烂才有营养。"

老兵们说："营养太多不好，好多年不打仗了，吃生萝卜刮刮肚子里的油，人就精神了。"

督办禁不住诱惑，吃了一根，跟吃果子一样爽口。督办感慨万千，"都知道喝茶去腻，没想到生萝卜比茶还好。"

老兵们说："督办在迪化城里油腻东西吃多了，油腻太多伤脾胃，清淡东西才养人。"

老兵们说："督办该刮刮肚子里的油。"

大清洗落在特务们头上，大特务头子李英奇、惠大山被打入死牢。特务们大喊大叫，用匕首在胳膊上钻洞，血喷得老高。特务们唯一的长处就是对主子忠诚。

忠诚这玩艺儿不能太多，多了就会变成主子身上的痈疽。督办把这场清洗当做减肥运动。警务处和公安管理处大换血后，老资格的特务全死了，但督办身上并没有长出腱子肉。

医生说："油脂在身上堆积太久，骨头的造血功能会受到损伤。"

督办说："血液不是由肝管吗，跟骨头有什么关系？"督办忌讳骨头这个字眼。马仲英的骑兵把骨头当马刀，督办被三十六师打怕了。医生不知内情，照说不误："五脏六腑是筋肉的精华，而筋肉是从骨头里长出来的。"督办脸色发白，医生似有所悟，忙住嘴。

督办问警务处长："死牢清洗完了没有？"

"还有一个。"

"为什么不干掉？"

"他有机密情况要报告督办本人。"

最后一名死囚是和田公安局长惠大山。

惠大山最早是三十六师马仲英的部下,马仲英去苏联,省方向三十六师搞渗透,惠大山被发展为内线。三十六师溃灭后,惠大山因功升任和田公安局长。他手里保存着马仲英的录音资料。警务处按他提供的线索,在迪化郊外的石墙里找到录音片。

督办让大家出去放哨,不许任何人来打扰。

督办呆在暗室里,打开机子,嗞嗞啦啦一长串噪音之后是大片空白,马仲英咳嗽一下清嗓子,督办跳到墙角,在马仲英的声音出来之前督办的手准确有力地按在开关上,摁了好久,直到马仲英断气……督办又试着开了几次,每次都在马仲英的咳嗽声中中断,督办的手迅如猛禽,完全是一种自卫本能。

倾听骑手的声音需要勇气!当古老的大海朝我们涌动迸溅时,我采撷了爱慕的露珠。

"这是马仲英的声音?"

"是他的声音,是他从经书上看的。"

"是他的还是经书的?说清楚点!"

"因为是经书,信仰它的人把它也当自己的声音。"

"你看过那书吗?"

"没有,我只是听说过,知道有这么一本经书,叫《热什哈尔》,译成汉语就是露珠。"

"对酒当歌,人生几何?譬如朝露,去日苦多。马仲英轰轰烈烈一场就为这个?"

"他少年得志,喜欢瞬间的辉煌。"

"惠大山,你很聪明,你不喜欢瞬间辉煌,对不对?"

"对!对!"

"你放心,我不杀你。"

惠大山是死牢中唯一的活口。

10

三十六师败退南疆以后，马仲英与苏联取得谅解，带幕僚和数百名骨干军官赴苏联学习。

督办深知马部坚锐，省军根本不是他们的对手。督办改变策略，派遣特务人员向三十六师渗透，同时命令南疆各县公安局对三十六师进行瓦解工作。

三十六师最优秀的骨干军官大多去了苏联，所以瓦解工作搞得相当成功。三十六师各旅团营连排都有省方内线。半年后，督办开始接到内线们的报告，内线们认为剿灭三十六师的条件已经成熟。惠大山就是这个时候被督办发现的。

督办收到的情报中只有惠大山持异议。惠大山认为三十六师元气大伤，但元气尚存，一旦爆发战争，他们固有的骁勇慓悍会被重新唤醒。三十六师都是驰骋西北数省的老兵，善于野战攻坚。惠大山信中说：民国二十年，西北军打败马仲英后，乘胜追击，追到边都口，被受伤的马仲英反咬一口，损失惨重。民国二十三年，苏军在头屯河惨败又是一例。惠大山最后写道：虎死威不倒。

督办立即召见惠大山。惠大山向督办建议，用美人换马之计瓦解三十六师。当年大清皇帝打不过太平军，就用美人换马之计瓦解了许多太平军的强兵猛将。

督办说："这个办法好，我们可以考虑派漂亮娘儿们去。"

惠大山说不用派女的要派男的。

督办吃一惊。

惠大山说：三十六师官兵大多是绿林出身，匪性难改，马仲英在的时候他们尚能收敛，马仲英一走，他们会一发而不可收。

督办说："你这人很有头脑。"

惠大山受到鼓励，才思敏捷，"派往三十六师防区的地方官吏要年轻有为思想进步，他们可以用一身正气来吸引三十六师的进步青年。马仲英自称是西北革命青年，督办的六大政策也是革命的，这样可以取得政治上的优势。派往三十六师内部的特工人员最好是地痞流氓花花公子，让这些人给三十六师官兵开开眼。南疆有的是美女，有的是富豪，让他们去抢去夺。"

迪化以及北疆各地的流氓恶棍，被委以重任，潜入和田、库车、喀什，他们很快成为三十六师代师长马虎山的座上客。谈到荒唐事，马虎山便想起当年在河州一口气破六个少女之身的辉煌经历。

晚上，马师长带上亲信卫兵换上便衣戴上面罩，窜入富豪家里打劫。白天在街市上相中的漂亮女人，晚上用麻袋扛回司令部，马师长用过后再让部下们用，既新鲜又刺激。

这时，马仲英的电报来了，催马虎山等人去苏联学习。马师长尝到了人生的乐趣，对电报置之不理。马仲英重新任命代理师长回国接收兵权，马虎山抗命不从，把新师长孤立起来。全师官兵纷纷效法马虎山，白天是兵夜里是匪。两年后，即1936年秋天，三十六师已千疮百孔，破烂不堪。

督办已经摸清了斯大林的脾气，斯大林不会放马仲英回国的。消灭三十六师的时机已经成熟。按照预定方案，撤掉维吾尔族马木提师长的职务，促使马木提叛乱，把三十六师卷进去。

叛乱爆发前一个礼拜，马生贵旅长从苏联带回电影机和留声机。全师官兵观看苏联电影《夏伯阳》，看完电影后听马仲英的录音讲话。

天开始下雨，数千名官兵站在雨中听尕司令的声音。咳嗽声之后，骑手们听到了尕司令的声音："亲爱的共患难的弟兄们，让我首先慰问大家辛苦。很遗憾我不能同大家见面，所以利用录音向大家讲话。我讲的有三点： 第一，我在这里无时无刻不为三十六师前途着急，我们已经走上光明正大的革命道路，希望大家把防区管理好，以实现我们多年来领导民众奋斗牺牲的志愿。第二，三十六师有了光明的前途，三十六师要打回河州，帮助桑梓的父老兄弟姐妹摆脱旧势力的压迫。第三，大家应该注意中国目前的形势，外患日益逼近，内政日益腐败，卖国贼无耻地出卖祖国，日本帝国主义毫无忌惮侵占我国领土，西北地区也到了危急关头。我们要准备抗战！消极就要当亡国奴！同志们，本师长不久归来，领导大家走真正的光明之路。"

"用我们的骏马！用我们的战刀！用我们的血和骨头！"

官兵们有的低头不语，有的痛哭流涕。

哗！——数千把战刀举起来，旷野白煞煞仿佛天神降下的阵阵闪电。马仲英用他的声音唤起了骑手们的强悍与光荣。

当时，惠大山把这些情况密报迪化，督办没在意，苏联顾问也没把它当一回事，好多人都没把它当一回事。当惠大山亲自到迪化找督办时，督办似有所动，密令三十六师内线想方设法消除马仲英的影响。

内线们了解到，马虎山在肃州整军时挨过马仲英的骂，内线们便把马虎山烧起来。马虎山集合全师官兵，又把马仲英录音讲话放一遍，官兵们依然泪流满面。

马虎山叫起来："老兵哭还可以，新兵连马仲英的屁都没闻过，哭什么呢？"

官兵们沉默不语，眼冒血光。全体上下都知道要打仗了。省方的内线人员没见过这阵势。马虎山告诉他们说："嘀嘀，马仲英他娘的还真管用啊，离开队伍好几年了，几句话就把大家煽起来了。"马虎山说："三十六师打仗就凭这股血脖子劲。"

血先从眼瞳里冒，最后是脑壳子，北塬冷娃多，砍头只当风吹帽。

内线们脸色发白,跟他们的伟大领袖盛世才一样苍白。

战斗打响后,省军连连败北,连军校学员都上了前线。三十六师前锋直逼库尔勒,过了铁门关和干沟就可以拿下迪化。督办再次向苏联求救,苏军装甲师越过边境,一路抄三十六师后路,一路直抵喀什,把三十六师拦腰砍断。

马虎山见大势已去,毙掉参谋长,带上数万两黄金逃往印度。

省方内线大肆破坏,苏军坦克飞机狂轰滥炸,三十六师官兵各自为战,拼死抵抗。

抵抗持续整整两个月,战线逐渐缩短。

督办乘飞机亲临前线,督办俯视那些驰骋拼杀的骑手,骑手们奋力冲向坦克,把马刀抛向低空飞行的苏军飞机。

马仲英的筋肉依然在旷野上抽动。

战线缩进孤城和田,马生贵旅长投降,而三十六师的阵地上依然枪声不断,马刀的白光依然在闪。

军官们归顺了,骑手们还在拼杀还在呐喊,连旷野的沙石也有了声音,你听,那是大海的声音!大海消失了,大海的骨头还在!苏联人和督办亲眼看到了塔克拉玛干荒漠上坚如岩石的死亡,他们被死亡的高贵震撼了。因为塔克拉玛干曾经是海洋,海洋消失以后,海洋的声音还在,岩石还在呼吸,高地之风就从这呼吸里诞生,高地之风深长悠远强劲有力!哗!——数千把马刀举起来,旷野白煞煞仿佛天神降下的阵阵闪电。听!你听呀!尕司令用他的声音重新唤起骑手们的强悍与光荣。

用我们的骏马!用我们的战刀!用我们的血和骨头!太阳,青铜声,以及神圣的高地之风在骑手的胸膛上发誓要给他以生命,任何阴险的势力也无法得逞了。只有从荒漠上旋起旋伏的黄尘和露珠发出的银辉,只有倔强的野玫瑰在那里闪耀显形,并向苍天宣告:

我活着！我活着必定战胜死亡！……在那一天，在塔克拉玛干，死亡之海变成了真境花园。

……最后一名骑手被坦克压碎了。

11

监狱空了，那巨大的材料加工厂还在转动，炮制极为翔实的材料。许多苏联顾问被卷进去。必须有斯大林的指示，必须由苏联方面复查。叶诺夫和贝利亚都来过迪化，找不出任何破绽。迪化郊外的墓地堆起一层苏联顾问的尸体。后来连斯大林都不相信了，因为不管是联共还是克格勃，谁也不敢去迪化。斯大林召见贝利亚："到底是怎么回事？俄罗斯人的血还要流多少？"贝利亚出一头冷汗："中国人掌握了一种更厉害的秘密武器。"

"他们能超过捷尔任斯基？"

"盛世才有十大博士。"

"不是早就靠边站了吗？他的警察系统都在我们手里呀。"

"这就是中国人狡猾的地方，他们心照不宣，不需要任何机构却能形成一个自己的系统，你根本琢磨不透这些家伙。"

斯大林不吭气了，摸着那只有名的黑烟斗，一股子一股子冒黑烟。

贝利亚说："跟干掉三十六师一样，出兵干掉他。"

"我们正在跟希特勒作战，盛世才很会找机会。"

秘密驻扎在哈密的苏军坦克部队撤出去了，途经迪化时，督办命令最精锐的机械化旅严阵以待，随时开战。独山子的油矿也被省军接管了。国民党军队开进哈密。

国民党的特务、政工人员进入迪化。那座材料加工厂很快把他们卷进去，变成一份份翔实的材料，陈果夫亲自来迪化，也不顶事，复查不出什么东西，只能执行枪决。陈果夫脸色苍白飞回重庆。

那巨大的机器把国民党铁杆特务都卷进去了。"娘希匹，跟中央斗法呀！"

蒋介石气恨恨的，这回被卷进去的不是中统，是天子门生，是戴笠手中的王牌特务，在盛世才的大牢里全成了共党分子。

"娘希匹，盛世才太不把中央当回事了。"

谁也没想到蒋夫人美龄能去遥远的迪化。

"夫人，你这是何必呢？戴笠去就行了。"

"你忘了当年邱毓芳随夫远征迪化的情景吗？南京妇女界把她当成民国的巾帼英雄了，我还真想去领略一下西域风光呢。"

特务们见了第一夫人如同见了亲娘，号啕大哭，纷纷翻供。案子结不了，无法收场。重庆与迪化僵持着。

督办从来都是先发制人，给蒋委员长递上一份辞呈。重庆反应极快，接受辞呈，任吴忠信为新疆省主席，撤销边防督办这一特殊的机构，调任盛世才为国民政府农林部长。各大报最先报道这一消息。

跟苏联关系闹僵了，这是迟早的事。据最新情报，斯大林欲置盛世才于死地，把盛世才当年秘密参加联共的党证以及各种秘密协定副本全部提供给蒋介石。斯大林端着他那只大烟斗等着看盛世才的热闹，看盛世才在重庆怎样以叛国罪被处死。

"怎么办？我们怎么办？"邱毓芳慌了，女人再厉害遇上大风大浪还是不行。

盛世才头一昂："去重庆。"

"去自投罗网？"

"去当农林部长。"

夫人还要说什么，被丈夫拒绝了。丈夫披挂整齐去牢房处理最后一批死囚，就是那帮翻供的军统分子。军统分子这回真害怕了，他们以为盛世才要投苏联，腿肚子真抖起来啦，被杀两个以后，其他人快傻了，看守让干什么就干什么。蒋夫人再次被请上大堂，她再也听不到囚犯翻供的声音了，眼睁睁看着他们一个个被拉出去枪毙。

去重庆的不光是盛世才和夫人邱毓芳，还有两千多峰骆驼和五十辆卡车运载的黄金白银，还有关防大印。自辛亥革命以后，中央政府亲自任命的新疆省主席第一次赴迪化上任，从盛世才手里接过这枚大印。国民政府也第一次收到这个边疆省区数十万两黄金的国税。重庆轰动。

"娘希匹，盛世才总是能搞出些名堂，不但上缴财政部五十万两黄金，还给吴忠信留下好几万两黄金的积余，哪个封疆大吏有这本事？"

有委员长这句话，所有的过节全都烟消云散。

邱毓芳紧紧抓住丈夫的胳膊。

"我现在才松一口气。"

盛世才说："勇往直前，才不会受制于人。"

塔克拉玛干不是死亡之海。当最后一名骑手被坦克压碎时，所有的沙子跟马鬃一样刷刷抖起来。沙丘连着沙丘，沙丘越来越高，沙丘奔跑起来，一身的金黄，金光灿烂，直追太阳。太阳往高空里退缩，天空更加辽阔。金色的野马群狂叫着逼着群山往后退，昆仑山和天山让出一条通天大道，马群的洪流向西向西一直向西，把群山也裹挟进去了；起自帕米尔高原的群山一下子跃到马背上，很雄壮地起伏着。越来越多的群山跃上马背，越来越多的沙子和牧草跟马鬃一样抖动起来，起自帕米尔高原的群山在高加索被黑海挡住了，不管多么迅猛的马群总会被海水挡住。

黑海绝不是骑手的葬身之地。

黑海在那一天刚刚吞下一名骑手，连骑手的大灰马也被吞下去了。海浪从那一天开始发出马鬃一样的刷刷声，海浪从那一天开始被骑手的血染上一层奇异的光芒。海涛汹涌澎湃，扑向陆地，陆地发出愤怒的吼声。陆地在下沉，跟一艘破船一样发出嘎吱声，跟桅杆一样高耸着的群山已经变成更汹涌的波涛，呼啸着冲过来。陆地彻底垮了，破裂的碎片漂浮在滚滚波涛上，很快被冲向浅滩。大海辽阔而平坦，在平坦中很威猛地起伏着，很难看到浪谷，更多的是不断挺起来的台地一样辽阔的海水。

海水是灰蓝色的，海水烁亮鲜美。

骑手又回到烁亮的露珠里，回到祁连山神马谷。那是多么绝望的一粒露珠！无边无际的旱塬和光秃秃的群山寸草不生，唯一安慰他的只有天空。他站在山崖上仰望高空望了好多年。

　　当古老的大海朝我们涌动迸溅时，我采撷了爱慕的露珠。

图书在版编目（CIP）数据

西去的骑手/红柯著. -- 上海:上海文艺出版社,2023
(红柯作品系列)
ISBN 978-7-5321-8450-7
Ⅰ.①西… Ⅱ.①红… Ⅲ.①长篇小说－中国－当代
Ⅳ.①I247.5
中国版本图书馆CIP数据核字(2023)第018648号

发 行 人：毕　胜
责任编辑：李　霞
特约编辑：谢　锦
装帧设计：周伟伟

书　　名：	西去的骑手
作　　者：	红　柯
出　　版：	上海世纪出版集团　上海文艺出版社
地　　址：	上海市闵行区号景路159弄A座2楼 201101
发　　行：	上海文艺出版社发行中心
	上海市闵行区号景路159弄A座2楼206室 201101 www.ewen.co
印　　刷：	上海昌鑫龙印务有限公司
开　　本：	710×1000　1/16
印　　张：	15.5
插　　页：	3
字　　数：	250,000
印　　次：	2023年3月第1版 2023年3月第1次印刷
Ｉ Ｓ Ｂ Ｎ：	978-7-5321-8450-7/Ⅰ · 6668
定　　价：	68.00元
告 读 者：	如发现本书有质量问题请与印刷厂质量科联系　T:021-52830308